心身の合一

❖ベルクソン哲学からキリスト教へ

中村 弓子［著］

東信堂

まえがき

私の研究には、私の関心に応じた二つの領域がある。

第一は、ベルクソン哲学を中心とする現代フランス思想であり、第二は、ジード、クローデル、モーリヤックなどを中心とする現代フランス文学である。

第一論文集『受肉の詩学』と同様、第二論文集である本書でも、それらの領域に関わる論文を集め、Ⅰ部が第一の領域、Ⅱ部が第二の領域に対応している。

Ⅰ部はベルクソンに関する論を集めた。第一章「心身の合一」三篇は、共に、心身二元論を命の概念のうちに統合するものである、ベルクソン哲学とキリスト教を比較し、後者の超越的次元のうちに究極的解決を見る、という全体的構図のうちに考察を展開したものである。

第一篇は、ベルクソンの二元論の著作である『物質と記憶』を、『創造的進化』の生命論の視点で読解し直すことによって、心身の合一の可能性を、共に「意識一般」としての生命の顕現である両者の間の合一の可能性として捉えたものである。いわば、『創造的進化』のベルクソンによって、『物質と記憶』のベルクソンの二元論の袋小路を突破する試みでもある。

第二篇は、第一篇の哲学的次元と第三篇の宗教的次元をつなぐ蝶番的な部分であり、哲学者としてのベルクソンの生涯のモラルを、最後の著書『道徳と宗教の二源泉』の時期まで、デカルトにおけると同様に、厳密な方法による「科学としての哲学」の達成を生涯の究極目的とするかたわらで、その目的の成就のためには穏健をこととする「仮の道徳」を生きる、とするものであったと洞察し、ベルクソンは最晩年に遂にそのようなモラルを乗り越えて、パスカルのいう「哲学者の神ならずして、アブラハム、イサク、ヤコブの神」に向き直った、とその精神的進展を辿った論である。

第三篇は、通常、心身の二元論として理解されているキリスト教を、新約聖書そのものに沿って考察し直し、キリスト教の人間観において本質的であるのは、心身の区別ではなく、全人的命であり、キリストの奇跡における「あなたは癒された」は、病気の癒しではなく、その全人的命の癒しであること、そして、そのような癒しは、永遠の神的命に与っての究極的癒しのうちに成就するものであること、復活の教義における「肉身の甦り」とは、全人的命の不可分性に連なりつつ超えゆく神的命の不可分性を表すものであること、などを考究した論。本論第一篇で考察したベルクソン哲学の心身合一論が、キリスト教の全人的命の不可分性の哲学的土台として貢献できることを指摘すると共に、『道徳と宗教の二源泉』における神性には真の超越性が欠けているがゆえに、キリスト教における神的命の論についてベルクソン哲学は貢献しえないという限界も指摘した。

以上、第一篇〜第三篇は、全て、お茶の水女子大学紀要に掲載されたものである。なお、第一篇は既に、みすず書房より出版の『受肉の詩学』の最後に所収されたが、第一篇〜第三篇でまとまったものであるので、一冊の本にまとめた。

第二章「ベルクソンと一六世紀キリスト教神秘主義」

ベルクソンが、『道徳と宗教の二源泉』において展開したキリスト教神秘主義についての考察は、一六世紀スペインの神秘家、十字架の聖ヨハネの思想に多くを負っていることは、ベルクソン自身が言明しているところであるが、今まで、聖ヨハネの著作と一言一句をつき合わせての比較検討はなされてこなかった。分担量の制限内ではあるが、そのような比較の試みを行い、ベルクソンの神秘家像に決定的に欠けているものが、正に「十字架」であることを指摘したもの。『ベルクソン読本』所収（法政大学出版、二〇〇六年）。

Ⅱ部にはモーリヤックに関する論を集めた。

第一章「ふたつの愛（宗教と文学）」は、サルトルのモーリヤック批判に対して、真のキリスト教文学のあるべき姿を論じたシャルル・デュ＝ボスの優れた論を対峙させた、キリスト教と文学についての一般論を導入に、モーリヤックの小説『愛の砂漠』を、パスカルの想像力論を「解読格子」として用いて解釈したもの（聖心女子大学キリスト教文化研究所編『宗教文学の可能性』所収、春秋社、二〇〇一年）。

第二章『蝮のからみあい』——危機と恩寵、は、モーリヤック自身が自分の最良の作品と言う傑作『蝮のからみあい』について、第一章と同様、パスカルの、今度は、《深淵》と《気を紛らすこと》の観念を「解読格子」として解釈する試み。お茶の水女子大学の紀要に掲載したもの。

付論「体験としての翻訳——翻訳者として、読者として、教育者として」は、お茶の水女子大学の比較日本学センター主催の翻訳をめぐるシンポジウムで、司会役、兼、発表者として話をしたものである（『同センター研究年報　第二号』所収　二〇〇六年三月）。

目　次／心身の合一―ベルクソン哲学からキリスト教へ

心身の合一

――ベルクソン哲学からキリスト教へ――

第I部　ベルクソン論

第一章　心身の合一――ベルクソン哲学からキリスト教へ

展　望――乗馬のエピソード

ベルクソン「幸いなことに人生の途上で私たちは、私たちを高めてくれるような精神や魂にひとつならず出会うものです。しかし、プージェ師[1]を前にしたとき、私はなんともいえない気持ちがしました。師はまさに今あるようにしかありえないという感じがしたのです。生まれつきの定めでいらっしゃったのでしょうか？　神の特別な御旨によるものでしょうか？　聖人となるためになんの努力も必要としなかった方という印象でした。多くの聖人たちはそういう風であったのだと思います。しかし努力をした人も沢山います。反対に師のような方においては、努力の跡形もまったくなくて、いきなり、可能な限りの高みにいらっしゃるのです。（中略）

そこには、今まで分析されることのなかったなにか大きな神秘があります。私の考えるに、苦労なしに卓越性を獲得した人たちもなんらかの苦労はしているのです。ただ、普通の苦労とは全く異質の苦労なのです。しかし、それは瞬間的なものでもなく、瞬間という範疇には入りえないものです。それは単純な決心のようなもので、その決心のうちには、我われが、一定の持続と広がりを持つ薄められたものとしてしか知らない何かが、集中した状態で収まっているのです。

おそらく宗教は、人間がそのようにいきなり至高の状態に達するということは認めないことでしょう。それに私も、人間が完璧なものとして生まれるということは疑うものです。ですから、ある時点で、その人に多少なりとも適しいものとして、天上からの助けの介入があるということに違いありません。

その非常に高い状態に、自分のほうからの多少なりとも時間をかけた進歩の努力によって近づくように見える人たちがいます。それからまた、外から見るといきなりそこに達したかのように見える人たちがいます。しかし、内から見るならば、そこには他ならないその努力に対応するなにかがあるはずです。

このことを私は自分の乗馬の経験とつき合わせたいのです。若いころ私は好きでよく馬に乗ったものです。(中略)クレルモンでのことだったと思いますが、ある日、私は自分がそれまで努力してやっていたことを努力なしにやってみようと決心しました。しかしそれは分析の大変難しい状態へと移行したとき、結果は上々でした。緊張状態から、落着いて身を任せた信頼の状態へと移行したとき、結果は上々でした。しかしそれは分析の大変難しい状態です。問題に密着してその諸条件を研究することが必要でしょう。いづれにせよ私には、それが勇気の問題ではないことはわかっていました。なぜなら危険はまったく無かったからです。それはおそらく、なにかの手のなかに自分を委ねる信頼のようなものだったでしょう。手といっても誰のでしょうか？何のでしょうか？　私にはわかりません。《乗馬の精霊《ジェニー》の》としておきましょう。私にはとても《神の》とは言えませんから。それは、それまでの一連の努力の全てにほぼ瞬間的に取って代る絶対的な信頼のようなもので、それが私に柔軟さと、自在さと、なにかそれ以上のものさえをも与えたのです。巧みな騎手になるためには早く始めなければなりません。達者になるために要する時間も苦労もさまざまですが、努力をした者は必ず、そこに至るために要した努力のなんらかの形跡を留めているものです。非常に早くに完璧で絶対的な自在さを得る者もいますが、それは少数者の特権です。私自身は非常な努力をしなければなりませんでした。けれども、私自身、同じ結果に、努力なしで、あるいはほとんど努力なしで達することができたかもしれない、この努力に代って、それをひとつの単純な形のうちに収めるような何ものかがつねにありえたのではないか、と感じていました。それは身体的構えと精神的構えの中間にある定義し難い状態で、それが分析できたなら私は行動のためのひとつの方法論を作りだしたことでしょう」。

シュヴァリエ「そのお話には、適性の問題と恩寵の問題が、その根源において見出されるような気がします」。

ベルクソン「ええ、私もそう思います。次元は違いますが、どちらにおいてもあるのは、なにか不可思議な構えというべきもので、それは恩寵の状態では完璧に適用されるのに対して、もうひとつの場合は比喩的に適用されるのですが、しかし、比喩的といっても、その比喩のもとには、体験によって明確にされるべき何か現実的なものがあります。

普通の人々は、そうした高みの状態に一挙に達して、ごく自然な誠実さを持つような人に対してのほうが、辛く苦しい努力によってそこに達した人に対してよりも信頼を持つようです。そしてそのような感情はおそらく正しいのでしょう。なぜなら、第一の人のうちには、第二の人が果した賞賛すべき努力の高度な相応物というべきものが存在するはずですから」[2]（筆者訳　強調シュヴァリエ）。

右記のベルクソンの言葉は、弟子の哲学者シュヴァリエがほぼ四〇年にわたるベルクソンとの交流のあいだ耳にした師の言葉を、メモを手に、たゆまず記した記録『ベルクソンとの対話』（*Entretiens avec Bergson*）の奇しくも最後となった、一九三九年、ベルクソン八〇歳の対話のうちに見いだされるものである。プージェ師という類まれな宗教的人物に触発されてベルクソンの語ったこの《乗馬のエピソード》

の含蓄する意味そのものについては、本論第一篇の最終節において仔細に考察するつもりであるが、ベルクソン哲学からキリスト教への展望において《心身の合一》(l'union de l'âme et du corps)の問題を考察し、この問題を通して両者における二元論の超克の様相を考察しようとする本論全体の源泉となったものが右記の《乗馬のエピソード》のうちにある。

なぜなら、ここには、後にも見るように、ベルクソンの心身合一論の一種の発展的要約とも言うべきものがあると同時に、それが、宗教的位相への展開の可能性のうちに示唆されているからである。霊的なものと身体的なものの現実的な連なりを指摘し、その関係の考察を深めることを促す、右記のベルクソンの言葉こそ本論全体の方向を示唆するものである。そして、禅において《心身一如》と呼ばれるものが、広義には、宗教的存在論と認識論における心と身体の不可分性を意味するならば、ここにはベルクソン的心身合一論の延長上にキリスト教的《心身一如》とも呼ぶべきものが示唆されているとも言える。

ベルクソン哲学は、同時代に支配的であった唯物論的実証主義への反動として生まれた唯心論という粗雑な把握をされることが多いが、後に第一篇で見るように、ベルクソン哲学は単なる伝統的唯心論の枠を越えるものであり、究極的には二元論の超克を特色としている。本論はまず第一に、心身合一論を通してベルクソンにおける二元論の超克を明らかにすること、次に、それがキリスト教における二元論の絶対的な超克の様相へとどのように連なり展開するかを見ることをめざしている。

本論の具体的展開としては、まず第一篇においてベルクソンにおける心身合一論を考察する。そこにおいては当然『物質と記憶』(*Matière et Mémoire*)という心身論を扱った著作が中心になるが、しかし、この問題は、心と身体を包括する《生命》の視点に立つことによって初めて充分な考察が可能であると思われた。従ってこの考察は、『物質と記憶』（一八九六年）の論を『創造的進化』（一九〇七年）の《意識一般》(Conscience en géneral)としての生命[3]の観点から把え直したものとなるであろう。

ところで、ベルクソンの生命論は『道徳と宗教の二源泉』(*Les Deux Sources de la Morale et de la Religion*, 一九三二年)のキリスト教的ヴィジョンへと展開したものであり、彼の心身合一論も、《乗馬のエピソード》に垣間見られるように、宗教的位相にまで連なる可能性を持つのではあるが、グイエが『ベルクソンと福音書のキリスト』[4]において見事に指摘したように、少くも『二源泉』に至る《著作》のベルクソンにおいて見出されるキリスト教は、《生命の躍動》(élan vital)のヴィジョンを展開するものとしての、愛と創造の宗教としての側面のみであり、十字架と贖罪の側面はほとんど見出されない。ベルクソンの心身合一論は、キリスト教的心身合一論に対して補強的基礎をなすものとして、そこへと展開する可能性を含みつつも、前記の点にひとつの厳然とした限界がある。

そこで、第一篇のベルクソンにおける心身合一論の考察を踏まえ、その基礎の上に立って、福音書とキリスト教における心身合一論へと考察を進める前に、ベルクソン個人のキリスト教に対する立場の進展を辿り、それをもって、本来的な意味での哲学的次元に展開する第一篇と、宗教的次元に展開する第三篇の両者をつなぐ《蝶番》的な役割を果たす第二篇としたい。

そこでは単にベルクソンの哲学的著作に著わされた限りでのキリスト教に関わる思想の進展が問題になるだけではない。グイエが哲学史的位置づけとしてしばしば指摘したように[5]、規範とする科学に数学と生物学という違いはあるにせよ、本来ベルクソンは哲学を《厳密な科学》(science rigoureuse)[6]として把えていた点ではデカルトと同様であったが、そのようなものとしての哲学を探究する者としての《哲学者ベルクソン》は《人間ベルクソン》の全体の中にどのように位置づけられていたか、そして、その位置づけに、哲学者の生涯を通じてどのような進展があったかという哲学者のモラルの問題一般が考察の対象となるであろう。そして、そこでは、同じく哲学を《厳密な科学》として把えたデカルトにとってのモラルである《仮の道徳》(morale par provision)が思いがけない現実性をもってベルクソンの生涯の中に現れるのが垣間見られるであろう。そして『二源泉』までのベルクソンにとって最重要なのは、右に述べた意味での哲学の《方法》を遵守することであり、『二源泉』までの神は、最も広義においてではあるが《哲学者の神》、すなわち哲学体系と整合し、哲学体系を説明するものとしての神、に留まっている。

《仮の道徳》は、《厳密な科学》としての学問の展開との対比において《仮》なのであって、それ自身内容を持つひとつのモラルであると同時に、モラルというものそのものの人間の営みの全体の中への位置づけを含むものであるが、最晩年のベルクソン、著作を著すために残された時間のみならず、地上に留まるために残された時間そのものが失われつつあった時に、《人間ベルクソン》は、キリスト教を含めモラルというものに対して《仮の道徳》の位置づけから大きく一歩を踏み出したと思われる。そして《乗馬のエピソード》を語ったのは、その一歩を踏み出して、哲学体系のためにではなく、キリスト教そのもののためにキリスト教について問いかけをしていた時期のベルクソンに他ならない[7]。

このような、哲学者のモラルに関する《蝶番》的部分が本論の第二篇になり、それに続く、キリスト教における心身合一論の展開に対する考察が第三篇となるであろう。ところで、この第三篇の、キリスト教における心身合一論の考察については、筆者は個人的な出会いの中に、問題の考察のためのひとつの大きな示唆を得たので、ここで、それについて触れるのをお許し頂きたい。

その示唆は、医師であり司祭であるという立場のひとりの方[8]に向って、どちらの召命が先であったのか、医学による身体(corps)の癒しの限界を感じられて魂(âme)の癒しへと向われたのか、と筆者がお尋ねしたのに対しての、書簡による次のような返答のうちに得られたものである。

「私にとってはキリスト教神学と医学のあいだに対立があるとは思われません。聖書の全体が法学的であるより医学的な性格を帯びています。キリストは裁くことを拒まれ、魂と身体を癒され、復活させられます。彼は植物的、動物的、人間的、神的《生命》について語られます。彼は、限られ、脅かされ、死すべき現在の生命を永遠の生命に変えることを約束され、果たされます。医者と同じように彼は死に対して闘うのです。が、しかし、彼のほうは死に対して究極的に打ち勝つのです」(フランス語原文より筆者訳)。

この返答は、筆者自身のうちにある根強い近代的二元論の存在に気づかしめると同時に、どのような哲学的体系によっても偏りを蒙らないものとしての福音書の真のメッセージの理解について、目からうろこの落ちる思いをさせるものであった。

キリスト教における心身合一論は、ここに示唆された《医学的聖書》という、一種の《心身医学的》(psyco-somatique)な展望のうちに、そして究極的には、復活における《肉身のよみがえり》に至る、生命の絶対的癒しという様相のもとに把えられるであろう。

第一篇　ベルクソン哲学における心身合一論

序　論——問題の所在

本論のこの第一篇においては、ベルクソン哲学において《心身の合一》はどのように把えられているか、それはいかにして可能であると考えられているのか、という問題を、ベルクソンをベルクソン自身によって補強し、ある場合は修正しつつ、ベルクソンの思想の可能な限り最も綜合的な様相のもとに考察する。そのように考察した場合、ベルクソン哲学において心身合一の可能性の最も根源的基礎をなしているのは、意識的存在のみならず、物質的存在をも含めて、全ての存在は、なんらかの仕方で持続している、とする《汎持続主義》と呼ぶべき存在論である。この汎持続主義こそが、『創造的進化』に述べられる《意識一般》としての生命が無機物を貫通して有機体を形成することを可能にするものであり、本来的な意味での心身合一の可能性の問題は、この《意識一般》としての生命による有機体の形成の可能性に基づきつつ、その上に更に加わる問題として、有機体の進化全体の頂点に現れる人間という特権的存在において提出される問題である筈である。それゆえ、ベルクソン自身が『物質と記憶』で心身問題を扱う視点そのものは人間存在に限られているのではあるが、我われはこの問題を、《意識一般》としての生命の進化の中に人間を置き直して考察する。従って我われは、ベルクソン自身の哲学者としての歩みとは逆方向の《逆綜合》を行って、『物質と記憶』を後の『創造的進化』の視点から読み直す。そこに、単にベルクソン自身の提示した心身論の検討に留まらない、本論の読みがある。またそれは、二元論の超克という点からするならば、精神と身体という二元論の超克を、生命と物質という二元論の超克の問題の中に包括するということである。

そのような次第で、本論第一篇の第一節は、問題全体の基礎である汎持続主義についての考察、第二節は《意識一般》としての生命の特質についての考察、第三節は以上の考察に基づいて『物質と記憶』を中心とする本来的な意味での心身合一論についての考察、そして最後に第四節は、以上の考察の上に『道徳と宗教の二源泉』をも参照しつつ、《乗馬のエピソード》が示唆する、ベルクソンの心身合一論が宗教的展望へと連なる可能性と、その限界を考察する。

第一節　汎持続主義

ベルクソン哲学における二元論超克の根源的基礎をなすものである汎持続主義とはどのようなものであろうか？

「意識を持つ存在者にとって、存在するとは変化することであり、変化するとは成熟することであり、成熟するとは限りなく自分で自分を創造することである」（*E.C.* 499）。このようなものとして意識のうちに直接与えられたものとしての《持続》(durée) の発見から出発したベルクソンにとって、汎持続主義は、物質における持続の認識の進展とともに徐々に成立していったものである。その進展を辿ってゆくことによって、ベルクソンが最終的に至った汎持続主義の実体がいかなるものかを的確に把えるように努めよう。そして、それをもって本論全体の堅固な基盤としよう。

まず処女作『時間と自由』(*Essai sur les Données immédiates de la Conscience* 一八八九) におけるベルクソンの立場から見ていくならば、それは、内的持続としての時間を空間と峻別する立場であり、内的持続を、空間に屈折させることによって分析的に把える言語や常識による把握から分離して、《純粋持続》(durée pure) すなわち純粋な様相のもとに把えようとする立場である。「しばらく外界を旅した後にわれわれがふたたび自己把握をこころみる場合、われわれはもはやまったく自由の身というのではないのだ」(*D.I.* 146) というこの書の結論におけるベルクソンの言葉には、「意識の諸状態を内から外へと運ぶ流れ」(*D.I.* 91) に逆らって内的持続の純粋性を回復し保護しようとする、この書に一貫するベルクソンの《ピューリタニズム》の姿勢が端的に現れている。

この書においてベルクソンは、時間の実質を等質的時間に還元してしまったことについては「カントの誤り」(*D.I.* 151) として批判し、等質的時間とは一種の空間に他ならず、結局等質的空間の派生物にすぎないことを明らかにするが (*D.I.* 66)、しかし等質的空間そのものについては、「カントとともに」(*D.I.* 154) 人間に固有の感受性が認識する《実在》(*D.I.* 66) として認めている。結局のところ、「われわれの外部には、継起を欠いた相互的外在性があり、内部には、相互的外在性を欠いた継起があるわけである」(*D.I.*

149)。

エレア派の詭弁に対する反論のうちに見られるようにベルクソンが空間の中に継起を認める場合も、それは究極的には、その継起を検証する意識にとってのみ実在性を持つものとして、内的持続にとりこまれてしまうのであって(*D.I.* 80)、「空間の中には持続も継起も存在しない」(*D.I.* 80)。空間の中にあるのは現在だけであって、残るのはただ、その空間の中の現象が一挙に展開するのではなく時間に沿って継起するように見えさせている「なんらかの不可解な理由」(*D.I.* 137)のみである。

このように、『時間と自由』のベルクソンの立場は内的意識と物質を峻別する完全な二元論の立場である。

次の著作『物質と記憶』では、まず、「常識にとっては、対象はそれ自体で存在し、しかもまた、それ自体において、私たちがみとめるときのままの生彩ある姿をしている。これはイマージュだが、それ自体で存在するイマージュなのである」(*M.M.* 161)と第七版の序で定義づけしているように、観念論者が《表象》と呼ぶものと実在論者が《事物》と呼ぶものの中間に、物質的《イマージュ》として把えられる。そして、そのようなものとしての物質に対する認識は、「行動の中心」(*M.M.* 171)という特別な役割を持つ物質的《イマージュ》として世界の他の物質的《イマージュ》の中に置かれる身体が把えるものとしての知覚を分析することによって、大きな変貌をとげる。

実際の知覚においては、「記憶力は、直接的知覚の素地を記憶の布でおおう限りにおいて、同時にまた多数の瞬間を集約する限りにおいて、この二つの形式のもとで(中略)事物についての私たちの認識の主観的側面を構成する」(*M.M.* 184)のであるが、記憶力によるそのような主観的側面を排除して、知覚の素地をなす《純粋知覚》(perception pure)を想定するならば、それを構成するのは、まず第一に、末端神経から伝わる外界からの刺激であり、第二に、それに対して「一種の中央電信局」(*M.M.* 180)である脳が運動機構の道を全部一緒にひらかせることによって、生まれかけの無数の可能的反応運動に散逸する過程か、あるいは、同じ脳が特定の運動機構を選択して接続することによって、特定の反応運動へと展開する過程であって、いづれにせよその全体は、刺激の求心運動と反応の遠心運動を含む《回路》を構成する。

そして、この回路の構成要素のすべては、物質的《イマージュ》という同じ次元に展開するものであるから、「私たちの知覚は純粋な状態ならば、本当に事物の一部をなすことになる」(*M.M.* 212)。そこでベルクソンは、このようなものとしての《純粋知覚》の様態から、同じ次元にあるものとしての外界の物質的《イマージュ》の様態を推定してゆく。

その考察の結果把えられた物質の様態は『物質と記憶』最終章に述べられており、それは次の二点に要約される(*M.M.* 318 sq.)。

まず《純粋知覚》において、知覚は事物の一部をなしているから、逆に、事物は知覚の性質を共有することになる。それゆえ物質的延長は、もはや幾何学の語る無限に分割できる《延長》(étendu)ではありえず、表象の不可分的ひろがりに似た《拡がり》(extention)として把えられ、そこに延長と非延長の距離がせばめられる。

また、具体的知覚が無数の《純粋知覚》の記憶力による綜合であるならば、感覚的諸性質の異質性は記憶による収縮に由来するものであり、物質自身においてはその異質性が無限に弛緩して稀薄になっているにしても、それを純粋な量にしてしまって、物質内部にあるものを完全な等質的振動に還元することはできない。だから意識と物質との間には持続の《緊張》(tension)の度合いの大きな違いがあるにしても物質もやはり固有のリズムで持続しているものとして把えられ、そこに量と質の距離がせばめられる。

ベルクソンは『時間と自由』では(Cf. *D.I.* 64)動物は空間を恐らく異質性の集合として把えているのに対して、質なき実在としての等質的空間の知覚こそは人間に特有の能力であり、それが知性の機能の基盤をなすものとみなしているが、『物質と記憶』では、具体的知覚の考察から出発することにより、等質的空間が実は利害を離れた純粋認識ではなく、人間が行動の利害のために、物質の下にはりめぐらす、無限に目のこまかくなりうる図式である(*M.M.* 353)として、その実在性を否定する。

そのようなわけで、ベルクソンは『物質と記憶』の冒頭(*M.M.* 161 sq.)では、この書が、精神と物質の関係を記憶という事例において決定するものであって、明らかに二元論的なものである、と規定してはいるのであるが、最終章においては(*M.M.* 355)、精神と物質の関係の考察を、空間の観点からではなく、時間の観点からなしたことによって、両者の間に推移が可能になったとしており、『時間と自由』の徹底した二元論は、ここに至って、リズムは全く異なるものの同じく持続するものとしての両項の間に成立する汎持続主義のうちに和らげられている。

さらに『創造的進化』では(*E.C.* 664 sq.)、『物質と記憶』で、右記のように、物質と精神の間の距離をせばめる要素として挙げられた《緊張》と《拡がり》の両要素が直接結びつけられ、両者のあいだの本質的連関が明確に次のように把握される。すなわち、我われが自己の生命の最も内奥の《純粋持続》を把えようとするとき、過去が、つねに前進しながら、絶対的に新たな現在によってたえず増大してゆくその不可分の様相を把えるためには、人格全体が強度の《緊張》のうちに自己集中するのが感じられる。反対に、《緊張》を弛めると、それまでたがいに浸透していた過去の思い出は浸透することをやめ、たがいに他に対して外的な思い出に分解してしまう。精神は、ときおり起るこのような自己の《弛緩》すなわち自己の可能的な《拡がり》の感情の中で、空間の《拡がり》についての暗黙の表象をもつのである。

すなわち、《精神性》と《物質性》は正反対の方向をなすものであって、《精神性》の《緊張》を弛めるだけで《物質性》の《拡がり》へと連なってゆくのであり、前者の中断は、おのずから後者への方向転換を意味することになる。それゆえ《精神性》を単に個別の生物としての意識に限らず、生命の原理そのもののなす《意識一般》の流れまで拡げ、宇宙全体の規模で問題を考えるなら、宇宙そのものの中に、二つの相反する方向の運動、一方は《上昇》の、他方は《下降》のそれが互いに切り離しえないものとして存在することになる。そして、このような宇宙論は、熱力学の《エネルギー散逸の法則》、すなわち、すべての物理的変化は下落して熱となる傾向があり、熱そのものも物体のあいだに均等に配分される傾きにある、といういわゆる《エントロピーの法則》とぴったり重なって(*E.C.* 698 sq.)、後者の運動は、《エントロピーの法則》に沿ってこわれていく事物の流れを表わし、前者の運動は、その物質のくだる坂を逆に登ろうとする努力としての生命の流れを表わすものとなる。

『創造的進化』第三章の「物質に想定される起源」の節において、この二つの流れは更に、発生論的に結合される。すなわち、《エントロピーの法則》によって、我われの太陽系の世界は、そこに含まれる変動力をたえず消費しているわけで、使用可能なエネルギーの最大量のあった《はじめ》が当然想定される。ではこの《はじめ》の変動力はどこから来たか？というエネルギーの起源の問題は、空間の中に解決を求める限り、問題を順延するだけにしかなりえないものであるから、エネルギーと空間を分離しえない物理学の立場では解決しえない。しかしながらエネルギーの起源はそこにこそ、すなわち空間外の過程に求めなければならない。ところで、生命の過程は、物質のこわれてゆく過程を通してできてゆく過程をなすものであるから、物質はつねにその《裏返し》(l'envers *E.C.* 699)をなすものであると同時に、また、その生命の過程の中断は、おのずから、物質のこわれてゆく過程に転換するわけである。以上の二点を併せ考えるときに、次のような宇宙発生論のヴィジョンが提出される。すなわち、無尽蔵の花火から火箭がとび出すように、ひとつの中心からもろもろの世界が湧出するのであり、そこに、こわれてゆく物質の流れを貫いてできてゆく生命の流れが見られ[9]、生命の流れが尽きるところでは、火箭の火が消えた時のように物質は燃え殻として落ちてゆく。そして、神をそのような中心として把えるならば、神はでき上がった何ものをも持たない不断の生命であるとみなされる。

　ベルクソンの宇宙論は、この壮大な《花箭》のヴィジョンのうちに完成し、同時に、方向はたがいに反対ながら同じく持続し、不可分のものとして世界を構成する《精神性》と《物質性》というヴィジョンのうちに、二元論超克の基礎をなす汎持続主義も完成する[10]。

第二節　《意識一般》としての生命[11]

『物質と記憶』は、ベルクソンが、心と身体の関係という古い問題を、記憶と脳の関係の問題に絞り、それを失語症という具体例において考察することを試みた研究である。従って、表題の『物質と記憶』の《物質》は、まずは、物質一般を意味するにしても、特に脳という《物質》を意味している。

ところで、この書において《物質》という語は一貫した意味を持つものであって、それは本論第一節でも述べたような、それ自身として存在する《イマージュ》としての物質である。そしてこの書においては、「脳は他のイマージュと同じく一個のイマージュであり、大量の他のイマージュに包まれている」(*M.M.* 190)と、脳を含めて身体は、そのような《イマージュ》としての共通項にくくられることによって、結局は、無機物としての物質にとりこまれる結果となっている。そして、そこに非常に大きな問題がある。そのために、この書の結論部分において(*M.M.* 317 sq.)、《心身の合一》は結局いかにして可能か、という問いに対する答は、身体をそのように無機物としての物質のほうにとりこんだ上で、本論第一章に述べた意味での汎持続主義、すなわち内的持続と同時に物質もそれなりの持続を特性として持つとする汎持続主義、のうちに与えられる結果となっている。

しかし、脳は、そして身体は、ただの物質と同一視することができるであろうか？

ベルクソンは『物質と記憶』で、脳を含めて身体を、事物を動かすことを使命として持つ《行動の中心》として把え、「私はイマージュの総体を物質と呼び、その同じイマージュが特定のイマージュすなわち私の身体の可能な行動に関係づけられた場合には、これを物質の知覚と呼ぶのである」(*M.M.* 173)と述べているように、身体が他の物質のなかにあって持っている特別な役割については充分認識しながらも、その身体の実質そのものについては、このようにあくまでも他の物質と同じ《イマージュ》に還元してしまっている。

ところで、『物質と記憶』では三箇所で(*M.M.* 179, 211, 377)、そして三箇所のみで、《matière vivante》という語が用いられているのが見出される。最初の二箇所は第一章の初め、三番目は結論の最終部分に見出されるものであるが、この語が用いられている三箇所の内容は驚くほど同一である。すなわち、どの箇所においても、《生物》(matière vivanteをひとまずはこのように訳そう)は、そのもっとも単純な形においてすでに、刺激に対して多少なりとも自発的な反応運動を示すものであり、それこそが生命の根本的特徴をなすものであって、《生物》の発達も、神経系の形成によってその機能の分化をもたらすものにすぎない、ということが述べられており、また、それが、この書で述べられる《運動の中心》としての身体の役割の把握の基盤をなすものとなっている。すなわち、これらの箇所においては共通して、生命の《進化》(それは三箇所共通にprogrèsの語で表現されているが)という縦軸において《反応運動》という生命に根本的特徴が考察されているわけであるが、それは、この書全体の、対象を人間に限り、その人間における心と身体の関係についてなされるいわば水平軸の考察を包含する枠組に当るものであって、それゆえにおのずから、冒頭と最終部分に見出されることになったと思われる。ところで、今まで述べたように、この書の本来の視点は身体を《イマージュ》として、ただの《物質》(matière)にとりこむ視点であるが、それが、どんなに原基的な形においても生命のあるところとないところは画然と区別されるという《生命》(vie)の視点(それは「無生物と生物とのあいだに一つの境界線を画することから始めよう」(*E.C.* 663)とする次作『創造的進化』の視点に他ならない)と交差したとき用いられたのが《matière vivante》の語であったと思われる。この語は『物質と記憶』において他の箇所で用いられないだけでなく、《生命》そのものが正面から考察される『創造的進化』においても、《生命》(vie)とか《有機体》(organisme, corps organisé)などの語は用いられるが、もはやこの語はほとんど用いられていない[12]。

《matière vivante》の語はもともとフランス語の一般的表現として《生物》を表わすものではあるが、『物質と記憶』において前記のような現われ方をするとき、この語はおのずから特別に鮮明な意味を帯びるように思われる。——生物は《物質》である。しかし、それはただの《物質》にけっして還元することのできない《生きた物質》である。——『物質と記憶』で用いられたこの語は、そのような、ただの《物質》との近さと絶対的相違とを同時に根源的なところで表現するものとして感じられる。そして、意識的にそのような根源的な意味においてこの語を用いるために、今後は、あえてこのように《生きた物質》と直訳したいと思う。そして、『物質と記憶』そのものにおいては生命の進化の視点は、右記の三箇所に瞥見されるのみであるが、我われはむしろ、脳を含めて身体を、生命の進化の視点と交差するところで《生きた物質》を構成するものとして把えつつ、心と身体の関係についてのベルクソンの考察を把え直したいと思う。

そこで、生命の進化の歴史を通じて、生命の原理そのものをベルクソンがどのように捉えたのかをここで改めて見てみよう。

生命の進化の原基的な段階では、《生きた物質》の機能は分化しておらず（E.C. 585 sq.）、例えば《動物性》の系列でも、感覚―運動系を構成する神経組織と存在維持のための栄養組織の分化もない。それより更に原基的な段階では、太陽エネルギーを貯蔵する《植物性》と、その貯蔵したエネルギーの爆発を利用する《動物性》の分化さえもなく、その両傾向を発生状態において併せ持っていたと推定される。しかし、どんなに原基的な生物においても、分化と発達のどんな段階にあっても、生命のあるところ、そこにはまごうかたなく、根本的な意味で《意識》に類する特性が見出される。

まず、「およそ何ものかが生きているところには時間の記入される帳簿がどこかに開かれている」（E.C. 508）と記されているように、例えば、繊毛虫類の単細胞の有機体から人間の多細胞の有機体に至るまで、成熟や老化という同じ過程がみとめられ、生きている有機体においてはつねに、過去はそっくりそのまま現在に延長しているものであって、そのような時間における《連続性》の意味で、生命は《意識》の持続に類するものである。

次に、「生命の役目は、物質の中に不確定性を挿入することである」（E.C. 602）と述べられているように、例えば、どんなに原基的な有機体においても不確定な反応運動が見出され（E.C. 589）、また、新しい種の発生においても、新しい個体の発生においても、さらに一般的に、どんな生命形態の発生においても、生命のあるところにはつねに予見不可能な新しい形態が出現するのであって（E.C. 518 sq.）、このような例に見られる《創造性》においても、生命は《意識》の持続に類するものである。

このように根本的な意味で《意識》に類するものとしての生命の原理を、ベルクソンは《意識一般》(Conscience en général) と呼ぶのである。「この根底は、適当な名がないので《意識一般》とでも呼ばれるものであり、宇宙的生命と拡がりを同じくするものでなければならない」(*E.C.* 653)。ただ、ここでベルクソンが、「適当な名がないので」と断わっているように、この《意識一般》の《意識》とは文字通り非常に一般的な広い意味においてであって、それは、神経系統を備えていないので普通の意味での《意識》は持っていない原生動物、運動性を失ったために《意識》が半睡状態におちいっている棘皮動物、太陽エネルギーを直接蓄積する栄養のとり方のため運動性をほとんどもたず、それゆえ《意識》をほとんど持っていない植物、などをも通じて、生命の特性の右記のような《意識》との根本的類似性ゆえに《意識》と名づけられているものである。従って、それは狭義の《無意識》をも含むものであるが、その場合、今度は、ベルクソンが本能の《無意識》に関連して、それは石の無意識の場合のような完全に《無い意識》(conscience nulle) に対して、《無くされた意識》(conscience annulée) と呼ぶべきである (*E.C.* 617)、と述べているような意味において、すなわちなんらかの障害によって意識が相殺されているという意味での《無意識》である[13]。

さて、ベルクソンにおいて、同じ生命の原理を表わす表現に、あのあまりにも有名な《生命の躍動》(élan vital) があるが、もちろんこの言葉は《意識一般》と別のことを表わしているのではない。ただ、両者が同じものを表わすその重心にいささかの相違がある。

「われわれの言う生命の躍動は、要するに創造の要求のうちに存する」(*E.C.* 708) と述べられているように、《生命の躍動》とはまず、必然性そのものである物質の中に、できる限り不確定性と自由を導入しようとする生命の《創造への要求》を意味する。

つぎにそれは、生命の進化に特有な動的様相と緊密に結びついた意味を持つ。すなわち、進化に関する仮説には機械論と目的論があるが、前者は、生物の諸器官が外的環境の影響の蓄積によって次第に形成されてきたとし、後者は、自然があらかじめ立てられた計画に基づいて諸器官を形成したとするものであるが、どちらも有機化を《集積》作用によって説明することに変わりはない。しかし現実には「生命は、その起源以来、同じただ一つの躍動の連続であり、この躍動が、種々異なる進化系統に分岐」(*E.C.* 540)しつつ物質を貫通して新たな種を創造する《創造的進化》であって、生命の系統樹に端的に示されるように、また、個体における胚の成長などにも見られるように、《集積》によってではなく、分化しつつ成長するという、生命の進化に特有なこの《爆発的》(explosif, *E.C.* 574)な様相を、《生命の躍動》の語は不可分に表わすものである(この《爆発》は、本論第一節で見た宇宙論の《花箭》を構成するものにほかならない)。

要するに、《生命の躍動》とは、爆発的様相で展開する創造への要求、としての生命の原理を意味し、《躍動》の語は、《要求》という心理的実体と《爆発的》という具体的様相の両方を表わすように思われる[14]。

「この《意識》はひとつの創造の要求である」(*E.C.* 716)とベルクソンも書いているように、生命の原理として、《意識一般》と、《生命の躍動》のなす《創造の要求》とはひとつのものを意味していることは言うまでもない。ただ、心身論との関わりで進化論を扱う本論においては、意識との類縁性をもって根本的規定とする《意識一般》の語のほうを用いることにする。

さて、《意識一般》の流れがなまの《物質》を貫流したとき、そこに生まれるのが《生きた物質》である。

そして、本論第一節で見た汎持続主義は、このようなものとしての《生きた物質》における《意識一般》としての生命と物質の合一の可能性をこそ十全に説明するものであると思われる。

ところで、前にも見たように、ベルクソンは『物質と記憶』において、精神と身体の合一の問題を、後者を無機物にとりこんだ上で、両者に汎持続主義を適用することによって説明した。しかし、この問題は、諸機能が極度に分化し発達した《生きた物質》として位置づけられた人間のうちにおいて、精神と身体の両者が《意識一般》を分有する様相の角度から把握すべきであると思われるのである。

ところで、面白いことに、『物質と記憶』と比べたとき、すべての持続を内的持続にとりこんで、精神と物質とのあいだの二元論を徹底した『時間と自由』において、むしろ、「過去とは生物体(corps vivant)にとってはおそらく、また意識存在にとっては確実に、一つの実在なのだ」(*D.I.* 102)と有機物に内的持続に類するものを想定する推測が述べられ、また内的持続そのものもしばしば《生きもの》(être vivant)に喩えられており(*D.I.* 68, 151 etc.)、そのように、この書では、内的持続に連なるものとしての有機物の視点が垣間見られる。

それに対して、『物質と記憶』では、意識の持続と物質の持続の間に関連が見出され、そのような汎持続主義のうちに、精神と物質の一般的二元論は超克されている一方で、人間においての意識と身体という二元論は、身体が無機物にとりこまれることによって、むしろ強調された形で提出される結果となっている[15]。

もっとも、『物質と記憶』でも、前に述べた《生きた物質》の表現の見出される三箇所の他にも一箇所、感覚神経の《苦痛》についての考察――有機体が複雑になって機能が分化すると、諸機能は独立性を失ってゆき、例えば人間において感覚神経はもっぱら刺激を中枢に伝える任務を帯びており、それは前哨として身体全体の発展に協力しているようにみえる。しかし破壊の危険に孤立してさらされることもあり、そのような場合に、感覚神経は分業によるやむをえぬ結果として不動性を保たざるをえないが、しかし同時に、事態を復旧しようとして運動への局部的で無効な努力をするが、それが《苦痛》である(*M.M.* pp.203-204)――ここには、身体の《生きた物質》としての側面、すなわち、原基的動物の段階以来一貫している、外からの刺激に反応運動をするという《意識一般》の基本的傾向が、いわば引き潮のような状態ながらも、分業のあとの身体の器官に生き残っていることが示唆されている部分となっている。

さて、いよいよ、右記のような視点から、精神と身体の合一の問題の考察に入る前に、その準備として、改めて、《意識一般》について、それを《意識》の持続に類するものとしている《継続性》と《創造性》という既に指摘した本質的特性に加えて、どのような本質的特性を持つかを見ておこう。それは互いに緊密につながっている次の三つの特性であり、それを、ベルクソンが『創造的進化』の第一章「ある特殊例に関する生物進化論の検討」の節で、軟体動物と脊椎動物の眼の形成の例をめぐって生物進化の本質についてなした有名な考察(*E.C.* 570 sq.)に沿って見てゆきたい。

加えるべき特性の第一のもの、それは、有機化の過程での、無機物に対する本質的優先性である。例えば眼という複雑な器官の形成の例について、機械論は、その諸要素が外的環境の影響のもとに次第に構成されてきたとするが、その場合、その諸要素の相関関係についてはなんら解明することはない。

一方目的論のほうはその相関関係を、自然という職人が、あらかじめ立てられた計画に基づいて諸要素を集積したとして説明するのであるが、両者とも自然が職人と同様《集積》によって仕事をしたとする点では変わりない。しかし実際には、眼という器官はそのような《集積》によってではなく、生命の持つ視覚への傾向が諸要素を貫いて《分裂》することによって形成される。それゆえ《有機化》と《制作》は根本的に区別しなければならないのであって、有機化にあっては、制作におけるように要素の各部分と作業の各部分が対応することはない。「なぜなら〔眼という〕この機械の物質性があらわしているものは、もはや使用された手段の総体ではなく、回避された障害の総体だからである。それは積極的な実在であるよりも、むしろひとつの否定である」(*E.C.* 575)。

物質的諸要素が集積するところに視覚という機能が生じたのではなく、生命の視覚への傾向が諸要素を貫流したからこそそのような機能をもつ器官が構成されたのであり、器官の諸要素の物質性は回避された障害という否定的な総体をあらわしている、というそこに、有機化の過程での《意識一般》の無機物に対する本質的優先性が見られる。

さて、ベルクソンは更に、同じ眼の形成という例における物質的諸要素と生命の作用を、やすりくずとその中を進む手の運動にたとえて次のように言う。「実際は、手がやすりくずを突き通すというひとつの不可分な行為(un acte indivisible)があったにすぎない。微粒の運動のきわめつくせない細部や、微粒の最終配列の秩序は、この不可分な運動をいわば否定的に表現しているだけである。それは抵抗の全体的形式であって、個々の積極的作用の綜合ではない」(*E.C.* 576　強調筆者)。

《意識一般》について加えるべき第二の特性、それは右記の文において筆者の強調した《不可分にして一》という特性である。この特性は、眼の形成の例では、眼における物質的複雑さと対照をなす、機能の単純さを通して現われているものである。

ベルクソンは同じ『創造的進化』の第一章で、生命の創造性についての一節の注で、生命の創造を諸要素の綜合として把えるセアイユ(Séailles)の立場に対する反論をしているが、そこにも生命の原理の《不可分にして一》という特性が主張されている。「われわれは、生命の領域では諸要素は真の独立的存在を持たないと考える。諸要素は一つの不可分な過程に対する精神の多様な眺めである。そういうわけで、進歩のうちには(中略)要するに持続がある」(*E.C.* 519)。

ここにも見られるように、この《不可分にして一》という特性は、相互浸透性や、すでに挙げた継続性という特性にも連なるものであるが、《意識一般》としての生命のこのような本質的《一性》(unité)こそは、ベルクソンが『時間と自由』の第二章第一節「意識の諸状態の多数性について」において考察している意識の「決定的な一性」(cette unité définitive *D.I.* 55)の源泉をなすものである。

そこにも述べられているように、あらゆる数は一つのかたまりを成すが、それは、それを把える精神の単純で不可分な行為のうちに存在しうる《総和》としての一性であって、精神がその行為をやめると、たちまち、その総和は客体化され空間化されて多数性に分割しうるものになる。空間内でこそ単位が並列することによって数えるという行為が成立するが、諸要素の相互浸透している純粋持続においてはそのような並列は不可能であり、かくして意識は、数の《一性》とは根本的に異なる《決定的な一性》を持つのである。

そして、《意識》同様に《意識一般》の持つこの《決定的な一性》ゆえに、それらのものの把握をめざすベルクソン的直観は、つねに対象における《単純さ》を目ざすことになる。問題の眼の形成についての節においてもベルクソンは「単純さは対象そのものに属するものであり、無限の複雑さは、われわれが対象の周囲をまわってこれをとらえる観点に属する」(*E.C.* 571) と言うのであるが、この《単純さ》を捉えることは、『形而上学入門』でも言われているように (*P.M.* pp.1392-1396)、「対象の周囲をまわって」見る分析的把握をやめた直観によってのみ可能なのである。

さて、そのような《不可分にして一》なるものとしての《意識一般》が物質を貫流して、その潜在的傾向が、種としてあるいは有機体として具体化され、表現される、その有機化の展開の様相は、眼の形成の例で既に見たように、《集積》によってではなく、《分裂》によってなされるものである。《意識一般》について加えるべき第三の特性、それは具体化への展開の様相が《爆発的》である、ということにほかならない。

この点はすでに《生命の躍動》の考察においても見たことではあるが、ここで改めて《意識一般》の《一性》の具体化への展開の様相として、《爆発的》という特徴を、把え直したいと思うのである。『創造的進化』第二章「生命進化の分岐した諸相」の冒頭でもベルクソンは言う。「榴霰弾が破裂するときの特殊な砕けかたは、それに詰まっている火薬の爆発力と、これに対する金属の抵抗とによって同時に説明される。生命が個体や種に砕け散る場合も同様である」(*E.C.* 578)。

さて、このように《意識一般》の特性を見てくるなら、たとえばベルクソンは『物質と記憶』の第三章「記憶力と精神」において、思い出としての記憶に精神の実体を見て、それが脳をはるかにはみ出ていることを論じて、「脳は空間の中の延長をもつイマージュである限りにおいて、ただまったく現在の瞬間を占めるのみである」(*E.C.* 290) と述べているのであるが、しかし、実際に脳は単なる無機物ではなくすでに《生きた物質》を構成しているものであるから、精神と脳の比較は、右に引用の文におけるように、脳を無機物に還元することによってではなく、人間という《生きた物質》の中での《意識一般》の分化形態相互の比較という形で把えられるべきであると思われる。なぜなら、脳を含めて身体も《意識一般》の流れに浸されたものであり、それに対して人間の意識は《意識一般》の極限まで発達した形態として現われたものに他ならないのであるから。

第三節　『物質と記憶』の心身合一論

「人間において、ただ人間においてのみ、意識は自己を自由ならしめる。それまでの生命の全歴史は、物質をもち上げようとする意識の努力の歴史であり、ふたたび意識のうえに落下する物質によって、意識が多かれ少なかれ完全に圧しつぶされる歴史であった」(*E.C.* 719)。

『創造的進化』の「進化の意義」(*E.C.* 708 sq.) において、ベルクソンは人間を以上のように進化の歴史の中に位置づけ、この意味において人間を進化の《存在理由》でも《目的》でもあるとしているのであるが、意識は生物が自由にできる選択能力と比例しているものであって、人間の意識の動物のそれに対するこのような文字通り比類のない優越性は、動物の脳においては、運動のための引き金として選択しうる運動機構の数が制限されているのに対して、人間の脳においてはそれが無制限であるところから来ている。運動機構が限定されている動物は多少なりとも自動機械化して、意識が行為の遂行のなかにひきこまれそこに埋没してしまっているのに対して、人間においては、無制限の運動機構のあいだでの選択の過程で意識は自己をとり戻し解放するのである。そして意識に受肉の場として非物質的な身体を提供する言語と、個人の努力を集積し保存する《社会生活》が、脳の様態と不可分の二要素として、人間の意識の優越性を支えている。

本来、心身合一の問題は、右記のような「物質をもち上げようとする努力の歴史」である生命の進化における「唯一の例外的な成功」(*E.C.* 720)である人間において《意識一般》のとった特権的形態としての《意識》と、《生きた物質》を構成するものとしての《身体》との間に考察されるべきものであると思われる。

ところでベルクソン自身は、『物質と記憶』において、心身合一の問題を、具体的な知覚の様態において考察しているから、我われとしては、それを、右記のような視点を念頭に置きつつ見てゆこう。

我われの身体は、それに作用する対象とそれが影響する対象との間に介在する伝導体にすぎないから、もし身体が過去を蓄積するとしたらそれは、運動の機構(**mécanisme**)としてのみであり、それゆえ過去は(1)運動の機構として、(2)記憶心像として、の二つの異なる記憶力の形のもとに残存するのであるが、ベルクソンは、現実の知覚において、この身体的記憶と心的記憶がどのような関係を持つかを見ることによって、心身関係の本質を捉えようとする。

まず、二つの記憶がどのようなものかを、ベルクソンの挙げている学課の暗記の例にそって見ると、学課の暗記そのものは《習慣》の特徴をことごとく備えており、それは「同じ努力の反復」(*M.M.* 225)により獲得されるものである。より細かく見るならば、まずは、音節を区切りながら各文章を読むというような、《分解》された要素の習得、そして次に、全体の《再構成》の努力からなっており、「言語と言葉はだんだんよく結びついてきて、ついにはひとつにまとまってくる(s'organiser ensemble)」(*M.M.* 225)。そして、最初の衝撃が与えられれば、自動的に運動全体が発動するようになり、まさにこのとき運動機構としての記憶が成立するわけである。これに対して、第二回目、第三回目の特定の朗読の記憶は《習慣》の特徴をなんら持っておらず、そのイマージュはたった一回で、本質上日付をもったものとして記憶力の内に記録される。だから習得された学課の記憶が《行動》に属するのに対して、特定の朗読の記憶は《表象》であって、このように日常生活のすべての出来事を、日付をもった《記憶心像》として自発的に記録するところに、本来的意味での《記憶》である心的記憶の特徴がある。

具体的な知覚のなかで、この二つの記憶はどのような関わり方をするだろうか？

まず、すでに《純粋知覚》に関連してみたように、脳は、すべての知覚器官が終点をそこまで伸ばし、脊髄と延髄のすべての運動機構が正規の代表をそこに置く、一種の《中央電信局》であるが、脳が、末端からの刺激に対して、特定の運動機構を選んで接続することによって特定の反応運動が遂行される場合と、運動機構を全部一緒にひらくことによって、生まれかけの無数の可能的運動がそこに素描される場合とがあった。知覚に続くこの生まれかけの運動は反復することによって身体の内に、あらゆる外界の刺激に対する反応運動の準備機構を備えつける。それは「過去の蓄積された努力」(*M.M.* 226)を収斂して、反応運動の構図を描くものであって、あの学課の暗記の例でみた、「同じ努力の反復」によって獲得され、最初の衝撃が与えられると自動的に全体が発動する運動機構としての記憶と別のものではなく、運動機構としての記憶は、このように感覚―運動系の全体のうちに置き直されるならば、脳の中枢の、脊髄と延髄に連絡する部分に備えつけられる運動機構として位置づけられる。

　このような運動機構としての記憶は、受けた知覚的刺激に対しては、それに自動的に後続する身体的《態度》(*M.M.* 229)を意味するが、遂行されるべき反応に対しては、その《構図》を予め形成するものとして把えられる。それは、「部分が潜在的に全体を含むようにするあらかじめの形成なのであり、たとえば、おぼえこまれたメロディーの各音符が、演奏を待ち受けながら次の音符によりかかっているようなものである」(*M.M.* 240)。身体的記憶が、遂行されるべき運動に対して持つ、このような、予め形成された《構図》という側面に注目したとき、ベルクソンはそれを《運動的図式》(schème moteur)(*M.M.* 255 etc.)と呼ぶ。

　さて、現実の知覚においては、以上の要素に、本来的な意味での記憶である《記憶心像》の要素が加わるわけであるが、知覚された対象に対する有益な反応運動の構図を描くものとして身体的記憶は、心的記憶をつねに制御し方向づけをして、「現在の状況を有利に照らし補充するものだけを、そこから受けいれる務め」(*M.M.* 230)を負っている。そこで、意識の緊張度によって集める《記憶心像》の数と層は異なるにせよ、意識はつねに身体的記憶のこのような方向づけのもとに、現在の知覚に類似した心像をさし向け、最終的には、《運動的図式》というこの「鋳型」(moule *M.M.* 244)、この「空の器」(récipient vide *M.M.* 266)

に対して、収縮によってその鋭い「刃先」(tranchant de sa lame, *M.M.* 251) のみをさし出してはまりこみ、癒着する。記憶心像はこのように《運動的図式》にはまりこむことによって現実化されるが、知覚におけるその役割は、対象の概観的知覚を「裏打ち」(double *M.M.* 247) し、細部をおおいつくすところにある[16]。

このようにベルクソンは『物質と記憶』において、心身合一の問題を知覚における《記憶心像》と《運動的図式》の関係において考察しているが、その考察は、どんなに詳細であろうとも、結局のところ、《記憶心像》と《運動的図式》という両者の関わり方の《様相》の考察と、後者が前者に対して持つ「現実へと向け現在に結びつける」(*M.M.* 315) という《機能》の考察にとどまっている。だから、この書の結論で、「こうして知覚を具体的な形で、純粋記憶と純粋知覚、すなわち精神と物質の総合としてとらえることによって、私たちは心身合一の問題をぎりぎりのところまで押し詰めたのであった」(*M.M.* 373「心身合一」の語のみ筆者訳) と書いているように、たしかに、この書においてベルクソンは、心身合一の《様態》と《機能》の面は、具体的知覚の分析によって、ぎりぎりのところまで究明しているにもかかわらず、結局のところ、本論第二節でも見たように、心身合一はいかにして可能かという本質的問題には、脳を含め身体を物質的《イマージュ》にくくられるものとしてただの物質に還元することによって、精神と物質とのあいだの汎持続主義をもって答えるという結果になっている。ベルクソン自身は、この書の第四章において (*M.M.* 318)、二元論を極端まで徹底したことによって、かえって、非延長と延長、質と量の間に接近の道を準備することになるはずである旨を述べているが、本論第二節末尾においても述べたように、それは《生きた物質》の形成を充分説明するものであるにしても、人間における心身合一という特別な現象を充分説明するものにはなりえていない。我われとしては、心的記憶と身体的記憶との関係を、《意識一般》の特権的形態としての《意識》と、《生きた物質》を構成する《身体》との関係という、これまでもくりかえし述べてきた視点から把え直すことによって、心身合一の可能性という問題にひとつの解決を見出したいと思う。

そのためには、ここで補足資料として、『物質と記憶』と『創造的進化』の中間に当る一九〇二年に書かれた「知的努力」(*L'Effort intellectuel E. S.* pp.930-959)を検討する必要がある(ベルクソン哲学において直観説の確立した一九〇三年の『形而上学入門』以前の時期において「知性」と「直観」の語義は曖昧であって、この「知的努力」においては、同じ一九〇二年の講演『知性について』(De l'Intelligence)に関してベルクソンが断っているように[17]、知性の語は一般的な意味での《思考》(pensée)を指すものと受取るべきと思われる)。

すでに見たように、知覚において、《運動的図式》(schème moteur)の「引力圏」(sphère d'attraction *M.M.* 303)にはまりこむとき、意識は収縮し、その鋭い《刃先》のみをさし出すのであるが、このような《刃先》をさし出している意識の状態こそ、『知的努力』においてベルクソンが《動的図式》(schéma dynamique *E.S.* 936 etc.)と呼ぶものにほかならない[18]。

このような意識の状態は遅かれ早かれ《運動的図式》にはまることによって具体化されるのであるが、このような、意識の《刃先》の具体化への展開のプロセスは、単に知覚のみならず、想起、解釈、発想など、多少なりとも努力を伴う精神の全ての作用、すなわち《知的努力》に共通のものであって、この小品においてはそのようなものとしての《知的努力》が、意識の側からそれ自身において考察されている。

ここでも再び学課の暗記の例が考察されるが、同じ暗記でも、機械的に一ぺんに思い出されるようにする場合（これはすでに見たように運動的機構としての記憶に他ならない）と、反対にだんだんに反省されて再生されるようにする場合では、覚えるためにすることが全く違ってくる。前者の機械的暗記の場合は、前にみたように、同じ努力を反復するのみである。それに対して後者の《知的努力》としての暗記の場合にすることとは、文章を注意ぶかく読み、その内的組織にそって全体の図式を把え、その図式のポイントとなるキー・ワードをつないで「観念の論理的な鎖をつくる」（*E.S.* 936）ことであり、そのような、多数のイメージが凝結している唯一の単純な分割できない表象を自分の記憶にゆだねるのである。そして、「思い出すときが来ると、ピラミッドの頂上から底面に向っておりて来る（…）そこでは単純な表象がいくつかのイメージに分散し、イメージが文句や語に展開する」（*E.S.* 936）。暗記のためにすることは、この場合、すべての観念、すべてのイメージ、すべての語をただ一点に集中させることである。この《一点》、他のすべての要素がそれに対しては通貨にすぎないものになるような「唯一の基本金貨」（*E.S.* 936）、それがベルクソンの《動的図式》と呼ぶものに他ならない。この《図式》は、「イメージがすっかり出来上ったものとして静的な状態でわたしたちに与えるものを（中略）生成において動的に示す」（*E.S.* 957　強調ベルクソン）ものであって、抽象的な表象ではなく、「イメージを再生するためになすべきことの指示を含んでいる」（*E.S.* 937）ものである。そして、すべての知的努力の本質は、「単純ではなくても少なくとも集中された図式を、多少なりともたがいに独立したはっきりした要素に展開すること」（*E.S.* 940）、すなわち図式からイメージへの展開にある。

将棋盤を見ないで同時にいくつかの勝負をする、いわゆる「めくらで」将棋をさす人にとって、図式とは、敵と味方の駒の力関係が凝集したところにあらわれる、おのおのの勝負の「固有の顔つき」(*E.S.* 938)であり、解釈においての図式とは、知覚したものを標識として一挙に身を置く「知的な調子」(*E.S.* 945)であり、発想においての図式は、音楽家や詩人がその精神の中に持っている何か単純で抽象的なもの、音やイメージに繰りひろげるべき新しい印象である。

ところで、このようなものとしての《動的図式》の《一性》についてベルクソンは「抽象的な、かわいた、空虚な一性ではない。(中略)生命の一性そのものである」(*E.S.* 956「一性」(unité)の語のみ筆者訳。強調筆者)と言い、更に、結語においては、《動的図式》から具体的イマージュへ展開する《知的努力》の本質を次のように総括している。「図式からイメージへの作用は生命の作用そのものであって、現実化の進んでいないものから、いっそう現実化したものへだんだん移行するところに成り立っている。わたしたちはそれを分析することによって、きわめて抽象的な例、したがってまたきわめて単純な例について、非物質的なものをしだいに物質化する動き、すなわち生命的なはたらきの特徴をなす動きに、できるかぎり近く迫ってみたのである」(*E.S.* 959)。

一九〇二年、「哲学雑誌」(Revue philosophique)に発表された時の結語の部分では、ベルクソンは、この研究の目的が心理的因果関係の解明にあった、と述べているのみであって、一九一九年小品集『精神のエネルギー』に収められた時にこのように書き改められたものである[19]。この書き改めの意味は明らかであって、一九〇七年に『創造的進化』を著したベルクソンは、一九一九年の段階で改めてこの小品を読み直したとき、そこに考察されているのが、「生命の作用そのもの」であることを明確に自覚したのであろう。

《動的図式》の「生命の一性」が「現実化したもの」へと「ピラミッドの頂上から底面」へとおりて来るように展開すること、そこに見られるのはまさに、本論第二節末尾で見た、《意識一般》としての生命の第二と第三の特性、すなわち生命の一性が具体化への過程でとる爆発的様相に他ならない[20]。

さて、このように、意識の具体化への作用に《意識一般》の特性の発現を見たところで、改めて、そのような具体化への作用において意識がはまりこむ《運動的図式》(schème moteur)のほうを考察し直してみよう。

あの学課の機械的暗記の例にみたように、それは第一に、各文章を音読するというような、要素の習得が、《再構成》されて、全体がまとまってきた(s'organiser ensemble)ときにはじめて形成される機構であった。そして、最初の衝撃が与えられると自動的に《全体》が発動するのも、この《まとまり》ゆえであった。

第二に、具体的な運動への展開との関わりで見ると、それは、《構図》の予めの形成、「部分が潜在的に全体を含むようにするあらかじめの形成なのであり、たとえば、おぼえ込まれたメロディーの各音符が演奏を待ち受けながら次の音符によりかかっているようなもの」であった。

このような特性を改めて考えてみる時、心的記憶が過去を《表象》するのに対して、それは過去を《演じる》のみであり、心的記憶が個人的なものであるのに対して、それは習慣的なものの常として非個人的なものである、というような決定的な限定にもかかわらず、そこには《意識一般》の《一性》という第二の特性と、具体化が同時に分化を意味するという第三の《爆発的》という特性が基本的な形態のもとに見出されると言えるのではないだろうか？

ベルクソン自身、『知的努力』の中で、以前の『物質と記憶』で《運動的図式》の形成の例として挙げた体操の練習の例のヴァリエーションとも言えるワルツの習得の例を、「身体の努力と知的な努力がここでたがいに解明しあうかどうか」(*E.S.* 950)を見るために考察している。そして「ワルツの習得はこれらのすでに古いさまざまな運動感覚的《キネステジック》なイメージを、それらがいっしょに図式の中にはいりこめるように、新しく組織づけるところに成り立つだろう。ここでも図式からイメージに展開することが問題である」(*E.S.* 951)として、「けっきょくすべての知的な努力には、同じようなことが行われているのは容易にわかることだ」(*E.S.* 952)と結論づけている。

ベルクソンは、ここで《運動的図式》の展開と《動的図式》の展開の平行性をはっきりと指摘しつつも、同時に、前者をあくまで後者を「解明」するための材料に留め、両者を根本的には身体的努力と知的努力として区別するという微妙な立場に立っている。一九一九年に『精神のエネルギー』にこの小品を収める段階でも、ベルクソンは身体を物質的《イマージュ》にとりこむ立場から完全に自由にはなれなかったのであろうか。

ところで、ベルクソンは『創造的進化』第三章末尾、すなわち本来的な意味で進化を論じた部分の最後の結論に当る箇所で次のように書いている。

「生命を世界に投げ入れた最初の衝動このかたの生命全体は、物質の下降運動によって逆らわれながら、高まっていく上げ潮のようにみえてくるであろう。この潮の流れは、ほとんどその全表面にわたってさまざまな高さのところで、物質によってその場で渦巻に変えられる。この流れは、そういう障害を身にひきずりながらも、ただ一つの点において自由に通過する。流れの進行は、この障害のために鈍らされはするが、止められることはないであろう。この一点に人類がいる。そこにわれわれの特権的な状況がある」(*E.C.* 723)。

人間という、進化の究極の一点に位置する特権的な存在において《意識一般》の上げ潮がとった特権的形態が人間の《意識》であるとするならば、脳を含めての身体は、それ自身《生きている物質》を構成するものとして、それも、あの知覚神経系の《痛み》の例に見たように、いわば相対的には引き潮の状態ながらに《意識一般》の流れに浸されていると言えるだろう。

そのように把えるならば、心的努力と身体的努力は隔絶されるべきではなく、意識との結合点をなす脳に備わる《運動的図式》こそは、身体における《意識一般》の核心的発現をなすものとして把えられるべきであろう。また、このような核心的発現の様態は、発生論的には、人間の意識の発生と不可分のものであり、前に、意識の強度と反応運動の選択の可能性の相関について見たように、《意識一般》の上げ潮が大きく高まって人間における意識を形成したときに、それが物質を大きくひきずって、特権的な脳・神経組織を形成することによってはじめて可能になったものであろう。

このように見てくるならば、心身合一の最も根源的根拠は汎持続主義のうちに見出されるにしても、人間という《特権的生物》に特有の問題としては、心と身体が、その《動的図式》と《運動的図式》において《意識一般》を共有しているところに成立するものとして把えるべきではないだろうか？　そして、ここにこそ、『物質と記憶』の心身論を『創造的進化』の視点で読み直すという我われの試みの結論がある。

第四節　乗馬と聖性――キリスト教への展望

さて、心身の合一を、以上のように、《動的図式》と《運動的図式》が《意識一般》を共有するところに成立するものとして捉えたところで、改めて、本論冒頭に提出した《乗馬のエピソード》における乗馬と聖性の話を読み直してみよう。

乗馬においても聖性においても、個別の行為が問題になっているのではなく、乗馬という身体的行為の全体、信仰という心的行為の全体が問題になっている。また、そこでは、我ならぬ存在への委託、自力での跳躍が上から誰かに抱きとめられて完成するにも似た過程が問題になっている。しかし、そのような、全体性と委託という二つの要素が加わることによって発展的様相をとりつつも、そこに述べられた、人が一挙に達するものとしての高度な馬術という身体的構えと、高度な聖性という精神的構えの根底には、《運動的図式》と《動的図式》が看取されると思われるのである。

前にも学課の暗記の例で見たように、《運動的図式》とは、「同じ努力の反復」により獲得されるものであり、ばらばらの要素が再構成されて「ひとつにまとまってくる」(s'organiser ensemble)ときに成立するものであった。それに対して、馬術における一挙の上達について、ベルクソンは、それが「それまでの一連の努力の全てにほぼ瞬間的に取って代る」ものであり、長い間の非常な「努力に代って、それをひとつの単純な形のうちに収めるような何ものか」であると述べており、この馬術の上達の話は、ほとんどそのまま『知的努力』におけるワルツの習得の例と重なるものである。

また、《動的図式》は、やはり前に、二番目の種類の学課の暗記、すなわち、反省のうちに徐々に再生する暗記の例で見たように、全ての構成要素が「集中された図式」(強調筆者)であり、他の全ての要素がそれに対しては通貨であるような「唯一の基本金貨」を成すものであった。それに対して一挙に達せられた聖性についてベルクソンは、「それは単純な決心のようなもので、その決心のうちには、我われが、一定の持続と広がりをもつ薄められたものとしてしか知らない何かが集中した状態で収まっているのです」(強調筆者)と述べている。

右にも述べたように、《乗馬のエピソード》において問題になっているのは個別的な行為ではなく、乗馬という身体的行為の全体と信仰という精神的行為の全体の様相であるから、それはより収斂的な形をとっているであろうが、しかし、右記の比較によって示唆されるように、両者の基本にあるのは《運動的図式》と《動的図式》であると思われる。それらはより収斂的であるという意味で、いわば《運動的図式》の《運動的図式》と《動的図式》の《動的図式》と言っても良いかもしれない。

さて、このように二つの《構え》(disposition)の根底に《動的図式》と《運動的図式》を見たあとに、ベルクソンが両者の関係をどのように捉えているかを改めて見直そう。「次元は違いますが、どちらにおいてもあるのは、何か不可思議な構えというべきもので、それは、恩寵の状態では完璧に適用されるのに対して、もうひとつの場合は比喩的に適用されるのですが、しかし、比喩的といっても、その比喩のもとには、体験によって明確にされるべき何か現実的なもの（quelque chose de réel）があります」（強調筆者）。

ここではベルクソンは《動的図式》と《運動的図式》の収斂的形態相互のあいだに、単なる比喩に終らない「何か現実的な」連なりをはっきり肯定している。『知的努力』においては《動的図式》の展開と《運動的図式》の展開に平行性を認めつつも、心的努力と身体的努力を区別していたベルクソンが、ここに至って《動的図式》と《運動的図式》のあいだに、直接的に「何か現実的な」連なりを認めている。「どちらにおいてもある（中略）なにか不可思議な構え」とは、収斂した《動的図式》と収斂した《運動的図式》が深く与かる《意識一般》としての生命そのものの《一性》の構えに他ならないであろう。

ここに至ってベルクソンは、精神と物質という二元論を超克した上に更に、精神と身体の二元論を超克しているのが感得される。そして本論の前章末尾で我われの提示した結論である、心身の合一は《動的図式》と《運動的図式》が《意識一般》を分有するところに成立する、とする立場は、ここに示唆されるベルクソンの立場と重なってくるのである。

《乗馬のエピソード》の、乗馬における身体的構えが聖性における精神的構えに深く通じているという指摘は、このように、『創造的進化』の《意識一般》の視点から『物質と記憶』の心身合一論を把え直した我われの立場を確認すると同時に、また、それ自身として、一種の宗教的心身合一論を示唆する。禅でいう《心身一如》が、宗教的存在論と認識論における心身の不可分性を意味するとすれば、そこには、キリスト教的《心身一如》とも呼ぶべきものが示唆されているのである。

特に、身体的構えが精神的構えに深く通じているということは、両者が互いを促す可能性、すなわち広い意味での宗教的《行》の意義を示唆するものであり、我われ日本人に、この《乗馬と聖性》のエピソードは、あのあまりにも有名なヘリゲルの『弓と禅』を想起させずにはおかない。

じっさい、『弓と禅』に展開される話と、この《乗馬と聖性》のエピソードを比較するならば、ある程度までの類似が見出される。すなわち、『弓と禅』においても、弓の師範は「稽古に来る時には途中ですでに心を集中して来なければなりません」[21]、「骨を折ったりせずに一切を忘れてもっぱら呼吸に集中しなさい」[22]と言い、その《集中》が「術のない術」[23]となってゆくプロセスは、ベルクソンの乗馬についての話の、集中することによって《努力でない努力》とも呼ぶべきものが成り立つプロセスに類似しているし、それが最終的に無心な委託の「力を抜いた状態」[24]のうちに完成されるのも、乗馬においてすべての努力が「絶対的な信頼のようなもの」のうちに昇華するのと類似している。ただ、ベルクソンはこのような乗馬の上達のプロセスと聖性に達するプロセスのあいだに「なにか現実的な」共通性を見るにとどまっているのに対して、弓道においては禅の理解に達するための「一種の方便物」[25]としてのその役割がより積極的に認識されている[26]。

しかし両者は、宗教的歩みの最終段階の《委託》のその対象において根本的に異なる。

弓道を通じて達する禅の終極の状態についてヘリゲルは言う。「すなわち彼は不壊の真理、あらゆる真理を超える真理に、あらゆる根源中の無形の根源に、一切である無に、面々相対し、それによって呑み込まれ、その中から再び生まれ出るのである」[27]。ベルクソンも、『道徳と宗教の二源泉』において、東洋の神秘主義について考察した際に、仏教の究極目的とするところについて、右記のヘリゲルの言葉に近い次のような要約をしている。「インド人はバラモン教の初期以来、解脱は放棄によって達せられると確信していた。この放棄というのは、自己自身への没入であると同時に《全体者》(le Tout) への没入であった。仏教があらわれてバラモン教を屈折させたが、本質的な変容は加えなかった」(*D.S.* 1165　強調筆者)。

他方、ベルクソンは、同じ『道徳と宗教の二源泉』において、意識の深層において《生命の躍動》に直接触れるという特権的な経験をした人々とみなされるキリスト教神秘家たちの一致した証言を受け入れることによって、世界の創造の起源と目的の認識において、次のように『創造的進化』の結論を越える。すなわち、愛とは神の何ものかなのではなく、神は愛そのものであり、《生命の躍動》とは、愛そのものである神から発出する《愛の躍動》(élan d'amour) に他ならない。世界は、その愛の、目に見え手に触れうる様相であって、我われの世界全体の存在理由をなすのは、神の愛の究極的対象である人間であり、物質の存在も、諸々の生物の存在も、人間に至るまで愛の要求がひきずってきた諸々の結果を表わしているのである。そして、ベルクソンにとって真の神秘家とは、神の被造物に対する愛そのものである《生命の躍動》と一致することによって、種としては停止してしまって「どうどうめぐり」(mouvement circulaire *D.S.* 1193) をしている人類を再び《生命の躍動》の創造的努力に回帰させようとする特権的な人々である。それゆえベルクソンにとって、「完全な神秘主義とは、行動であり、創造であり、愛」(*D.S.* 1166) であって、仏教は、人間の生命から離脱しながらも神の生命には至らないところで宙づりになって「虚無の眩惑」(vertige du néant *D.S.* 1166)のうちにあるものとして、神秘主義としては不完全なものとみなされている。

それゆえ、『道徳と宗教の二源泉』の刊行から七年後の一九三九年という時点で、プージェ師の卓越した霊性に触れてベルクソンの語る《委託》の対象として考えられているのは、『弓と禅』で語られる、万象の根源の「一切である無」とは全く対照的な、世界の涌出の中心をなす愛と創造性そのものとしての人格的な神である[28]。

以上見てきたように、《乗馬のエピソード》の示唆する宗教的心身合一論は、宗教的《行》へと連なる可能性を通して、禅的《心身一如》に近づく可能性を示したのであるが、それは更に、ベルクソンの把えるキリスト教神秘家の人間性について、特に彼らの備える高度の知的健康としての《良識》について、新たな光を投げかける。

この問題を考えるためには、まず『道徳と宗教の二源泉』に提示された、キリスト教神秘家の辿るプロセスの原型というべきものを見ることから始めなければならない。

神秘家の魂は、自己を押し流す生命の流れに自己の深層で揺り動かされた結果、種の形成によって歩みを止めた生命の《どうどうめぐり》をはずれ、自分を動かす力の現存を感じて無限の喜びに浸される。「すなわち神がそこに在り、魂は神のうちにある」(*D.S.* 1170)。この天啓《イリュミナシヨン》の時は、神のうちに没入している休止の時であり、それはやがて自己の意志の回帰とともに消える。再び孤独になったとき、暗がりにあって、自分が多くのものを失ったと感じる。それが偉大な神秘家たちの言う《暗黒の夜》であるが、この暗がりで進められているのは、神秘家を神の道具たらしめる準備であって、いわば「巨大な応力をめざして造られた、おそろしく頑丈な鋼鉄の機械」(*D.S.* 1171) の組立てともいうべきものが行われている。やがて行動が魂を魂自身につれもどすとき、いまや魂を介して魂のうちに働くのは神である。彼を焼きつくす愛は、すべてをつくり出した神の愛であり、彼は神を通して神によって、神的愛で全人類を愛する。

このようなキリスト教神秘家たちの辿るプロセスをその終極点において見るとき、彼らがなぜ病人と同一視されることが起ったか不思議だとしてベルクソンは「行動の領域において聖パウロ、聖テレサ、シエナの聖カテリナ、聖フランシスコ、ジャンヌ・ダルクのような人々」(*D.S.* 1168) が成し遂げたことを考えるよう促し、神秘家のうちに見出される知的健康について次のように語る。

> 「もっとも揺ぎない、例外的な知的健康というものもあり、これは容易に見分けがつく。こうした知的健康は、行動への好み、環境に適応および再適応する能力、柔軟さに加えた堅固さ、可能なことと不可能なことについての予言的な識別、錯綜を克服する単純の精神、つまりは良識を介してあらわれる。それこそ、われわれの語っている神秘家たちに見いだされるものではないか」(*D.S.* 1169　強調筆者)。

ところでベルクソンは、すでに『物質と記憶』において《良識》というものを、心的記憶と身体的記憶の的確な接合によって成立するものとして、次のように把えており、右記のキリスト教神秘家にみられる高度の《良識》は、その延長上に位置づけられていると思われる。

「これら相補的な二つの記憶力の相接合する的確性にこそ、私たちは《よく平衡のとれた》精神、つまるところ生活に完全に適応した人びとをみとめるのではなかろうか。（中略）この両極端（《衝動の人》と《夢想家》）の間には、現状の輪郭を正しく追うには十分すなおで、しかも他のすべての呼びかけに抵抗するには十分強力な、記憶力のめぐまれた素質が位している。良識あるいは実際的な勘は、多分これにほかならないだろう」（*M.M.* 292）。

ところで、《動的図式》と《運動的図式》とが深いところで連なっていることを信仰の脈絡において指摘する《乗馬のエピソード》は、この神秘家の高次の《良識》とその形成の問題に光を投げかけるように思われる。前記の《暗黒の夜》のうちに組立てられる《おそろしく頑丈な機械》とは、神の《愛の躍動》を直接担うことになる魂の強度な《動的図式》（それはもはや個人の枠を越えて《意識一般》の図式そのものと合致している）に見合う強度な《運動的図式》を意味するのではないだろうか。《動的図式》と《運動的図式》が《意識一般》を共有するところに成立する深い類縁性を考えるとき、今や神の愛の潮として意識された《意識一般》の流れに魂が直接動かされたことの当然の波及効果としてそのような組立てが行われることは納得される。それはまさに神秘家の行動の《器》の組立てであろう。そしてそのような行動の《器》が整ったとき、神秘家の活動は《愛の躍動》そのものの壮大さと単純さを帯びることになるのであろう。

「魂はその全能力の静かなる高揚によって、大きく予想し、自分がどんなに弱くとも、力強く実現する。とりわけ、こうした魂はものごとを単純に見る。そして言葉においても行為においても顕著にみられるこの単純さが多くの錯綜を横ぎり、魂を導いてゆく」(*D.S.* 1172)。

ここまで見てきたように、《乗馬のエピソード》は、まず、ベルクソンの心身合一論について、次に禅の《心身一如》に類する宗教的《行》の意義について、更には、キリスト教神秘家たちの高度な知的健康としての《良識》について、光を投げかけるものであったが、最後に、そもそもこのエピソードが語られた由縁にほかならない《恩寵》についての話として改めて考えてみよう。

ここには、多くの努力に相等するものが集中している「単純な決心のようなもの」、「絶対的な信頼のようなもの」のうちに自己を委託する自由意志と、そこに介入する「天からの助け」の両者が、どこで一方が終り、どこで他方が始まると言えない形で結合することによって魂を一挙に高みへと揚げるところに成立する《恩寵》というものが、ベルクソンもシュヴァリエと共に認めているように、「その根源において」把えられている。

そして、いま、このようなものとしての《恩寵》に、《乗馬のエピソード》の全体が示唆する宗教的心身合一論、すなわち、信仰において精神的構えと身体的構えが深いところで通じているという認識を更に考え合わせるならば、《恩寵》との関わりに、人間の身体もろともに与かり、心身ともに、高みに揚げられるという可能性が示唆される。新約聖書にしばしば見出されるような奇跡的癒しの際の「汝の信仰が汝を癒した」(マルコ福音書五章三四節)というキリストの言葉は、そのような心身共に与った《恩寵》の状態を表わすものではないだろうか。

このように、《乗馬のエピソード》は、遙かに《医学的聖書》の癒しのヴィジョンにつながるものをも示唆するのであるが、しかし、このエピソードは『道徳と宗教の二源泉』までの著作の立場からすでに一歩を踏み出したベルクソンが語ったものである。そして《医学的聖書》の生命の絶対的癒しのヴィジョンは、究極的には、キリストの十字架上の贖罪と復活なしに成就するものではないが、グイエが『ベルクソンと福音書のキリスト』で指摘したように、『二源泉』のベルクソンにとっては、キリスト教は、本質的に愛と創造の宗教として捉えられているのみである[29]。

そもそもベルクソンの『二源泉』における方法論上の立場は、哲学をあくまで経験と推論に依拠するべきとする立場であり、従って、哲学が神秘主義から採り入れるのは「宗教の源泉そのものから直接に汲みとられた独自の内容」(*D.S.* 1188)であり、「日付をもった啓示やそれを伝えた制度や、それを受け入れる信仰を相手にしない」(*D.S.* 1188)とするものである。それでキリストに対しても、ベルクソンは根本的に、一人の偉大な神秘家として位置づけ、次の文に見られるように、キリストの神性は人間のうちの《神性》のうちに解消されてしまっている。「われわれの立っている見地からすれば、そして、すべての人々から神性は現れるとの見地からすれば、キリストが人間と呼ばれるか否かは、ほとんど問題ではない。かれがキリストと呼ばれることさえ、どうでもよいのだ。イエスの存在を否定するにまで至った人々でも、山上の垂訓が、他の神的な言葉とともに、福音書の中に載っていることを妨げはしまい」。結局、『二源泉』においてベルクソンがキリスト教から採り入れるのは、神秘家の原型としてのキリストが、《山上の垂訓》で語るような、《生命の躍動》そのものを反映した、愛と創造の言葉という、哲学者ベルクソンにとっての《一次資料》とみなされるもののみであって、そこでは、十字架や復活というような、福音書に述べられた救済史上の事実や啓示が問題にされることはないのである。

　このように、心身合一論に関して、『二源泉』までに至る《著作》のベルクソン哲学がキリスト教思想の解明に寄与する可能性とその限界を見てくると、その両方を端的に表わすひとつの形容詞が念頭に浮かぶ。それは《temporel》という形容詞である。

　周知のように、この形容詞の第一の意味は《時間的》ということであるが、ベルクソンの哲学はまず、時間の実質を持続のうちに見出し、その《持続》をもって存在すべての実体とする汎持続主義によって《時間的哲学》とも呼べるであろう。そして、持続という心理的特性をもって存在すべての実体とするという意味ではこの《時間的哲学》は一種の唯心論ともいえるであろう。しかし、そのような意味で一応唯心論として認めたとしても、『時間と自由』にとどまらないその全体像において捉えるならば、一般に、唯物論的実証主義に対する反動として形成された唯心論として位置づけられるベルクソン哲学の粗雑な把握とは非常に異質なものとしての姿を現わす。ベルクソン自身が通常の唯心論について、『創造的進化』の中で次のような批判をしている。「唯心論的学説の大きな誤謬は、精神的生活を他のあらゆるものから孤立させ、これを地上からできるかぎり高く空中に吊し、そうすることによって精神的生活を打撃から保護したと信じるところにある」(*E.C.* 722)。そしてそれに続いて、ベルクソンは、生命の歴史というものがあるのだから、人間を真に理解するには、人間を動物性の中に置き直さなければいけないし、哲学は「身体の生活をその真の場所で、精神の生活にいたる途上で見ようと決心」(*E.C.* 722) しないならば、科学の否定となり、科学によって一掃されることになるだろう、と言う。根本的には持続を存在全体の実質とみるところに可能になるこのような包括的な視点こそベルクソンの心身合一論を完全に発展させるものであり、キリスト教的心身合一論への堅固な土台となる可能性を与えるものである。《時間的哲学》という規定は、ベルクソン哲学のこのような、「実証的形而上学」(métaphysique positive)[30]としての特徴を要約するものである。

ところで、《temporel》の語は、《éternel》(永遠的)の対立語として「一時的な」、「束の間の」の意味と、《spirituel》(霊的)の対立語として「地上的」、「此岸的」の意味を持つが、この二つの意味は、一つの実体を二つの側面から把えたものとして不可分のものである。

さて、ベルクソンは『創造的進化』において、唯物論者にもその反対者にも共通な偏見として、「真に活動的な持続などは存在しないという考え、絶対的なもの——物質にせよ精神にせよ——は、具体的な時間すなわちわれわれの生命の素材そのものであるようにわれわれに感じられる時間のなかには、場所を占めることができないという考え」(*E.C.* 699)を挙げ、同書の最終章の分析は、哲学史をまさにこのような偏見の歴史として捉え直し、そのことによって自身の哲学の独自性を主張することに当てられているのであるが、ベルクソンにとっては、具体的な時間の中に絶対的なものが場所を占める、というより、絶対的なものはほとんど具体的な時間の中にしか存在しない。ほとんどというのは、すでに『創造的進化』においても、世界の始源に在る神は時空を越えた存在として把えられているからだが、しかし『二源泉』に至っても、ベルクソンは、世界の始源に在る神の本質については神秘家の証言を受け入れはするが、その後は、時間に先立ったり遅れたりすることなく常に実在を《持続の相のもとに》見ることを要請した哲学者らしく、神が世界のうちに投げ入れた《愛の躍動》をその流れにそって把えようとするに留まり、自ら神秘家に倣って神の存在そのものに向うことは、ちょうど太陽を直視することを避けるように避けているように見える。

時間を超えた次元であると同時に、時間的現実に対して潜在的次元として存在するものとしての宗教的永遠は、このように、『二源泉』でもほとんど存在しないと言って良い。そして、救済史とは、神と人間とのあいだの交渉をめぐって、永遠と時間とのあいだの交渉のうちに成立するものと言えるであろうが、そのようなものとしての救済史に、『二源泉』までのベルクソンはほとんど無縁なものに留まっている。

このように、永遠とほとんど関わりを持たないという意味で、『二源泉』までのベルクソン哲学は、言葉の最も広い意味においてであるが、「此岸的《タンポレル》」な哲学に留まっている。

そこで我われとしては、《乗馬のエピソード》までをも含み、『創造的進化』の生命の視点から把え直したものとしての、最も綜合的な形のもとでのベルクソン的心身合一論の基礎の上に立ってキリスト教における心身合一論を見る前に、キリスト教に対するベルクソンの立場の進展を辿りたいと思う。それは、間接的には、我われ自身がキリスト教における心身合一論に取り組む立場というものを哲学研究に対して位置づけることにもなるであろう。それは、哲学者のモラルという一般的問題に関わる事柄でもあり、ベルクソン自身においては、《哲学者ベルクソン》が《人間ベルクソン》のうちにあってどのような位置を占めたか、という問題を辿ることに他ならない。

[註]

ベルクソンの著作については次の略号を用いる。

D.I.　*Essai sur les Données immédiates de la Conscience*

M.M.　*Matière et Mémoire*

E.C.　*L'Evolution créatrice*

D.S.　*Les Deux Sources de la Morale et de la Religion*

E.S.　*L'Energie spirituelle*

P.M.　*La Pensée et le Mouvant*

ベルクソンのテクストは全てHenri Bergson: *Œuvres*, édition du centenaire, Paris, p.U.F., 1959の頁付けを用い、(略号　頁数)と表記する。

なお、和訳については原則として『ベルクソン全集』(白水社)の各巻の訳文を用いる。

1 Pouget(Guillaume)、ラザリスト宣教修道会司祭(カンタル県モーリヌ一八四七—パリ一九三三)。最初、郷里のサン・フルール高等学校校長、のちパリの宣教会神学校教授(一八八八—一九〇五)。特に晩年の盲目の隠棲の時期に、パリの高等師範学校の青年たちなどに、神学の透徹した理解と深い信仰によって大きな影響を与えた。ジャック・シュヴァリエも高等師範学校の学生時代にプージェ師を知り、同師は生涯の霊的指導者となった。シュヴァリエの弟子でありまたベルクソンの若い弟子ともなったジャン・ギットンについても事情は全く同様で、ギットンは同師の死後『プージェ師の肖像』(Gallimard, 1941)、『プージェ師との対話』(Grasset, 1954)によって世に師の存在を知らしめた。いっぽうベルクソンとプージェ師の仲介役を果したシュヴァリエ自身も両者の交流について小冊子『ベルクソンとプージェ師』(Plon, 1954)を著わし、さらにプージェ師の言葉を収録した『ロジア』(Grasset, 1955)を出版している。晩年のベルクソンはシュヴァリエを通じてしばしばプージェ師にキリスト教の根幹に関わる質問を呈しているが、実際に両者が会ったのは、一九三三年一月二一日、ベルクソンのアパルトマンにおけるシュヴァリエのレジオン・ドヌール受勲の祝賀の集いの際のたった一度だけである。この「二つの巨星の遭遇」(後出『ベルクソンとの対話』p.182)にはギットンも居合わせた。すでに病いの重かったプージェ師はこの出会いからひと月ほどして亡くなり、以下に引用のベルクソンの言葉は、それから六年後の一九三九年にこの記念すべき出会いを想起しつつ語られたものである。

2 Jacques Chevalier, *Entretiens avec Bergson*, Paris, Plon, 1959, pp.294-295

3 この概念については、本論第一篇第二節で詳論する。

4 Henri Gouhier, *Bergson et le Christ des Evangiles*, Paris, Librairie Arthème Fayard, 1961

5 Cf. Henri Gouhier: *Introduction* pour Henri Bergson: *Œuvres*, *op. cit.*

6 *Ibid.*, p.XI

7 Cf. Jacques Chevalier, *op. cit.*, p.293. ベルクソンはプージェ師に会った日も、原罪や復活などのキリスト教の教義についての質問事項を用意していて尋ねている。『ベルクソンとの対話』の記録に限らず、セルティヤンジュ師などとの出会いにおいても、最晩年のベルクソンがキリスト教信仰について真剣に問いかける姿が見られる。Cf. Antoine Dalmace

Sertillanges: *Avec Henri Bergson*, Gallimard, 1941

8 Révérend Père Pierre Frison S. J. de la revue française des Jésuites《Etudes》, Paris

9 「星雲物質が逆運動の結果として現れる瞬間に生命が飛び立つ」(*E.C.* 713)のであり、物質の凝固が完成される以前のわれわれの星雲においても生命の原基的現象があったとするベルクソンのこのような考え方に、現代科学の最新の理論はむしろ近づく傾向にあるように思われる。「ひと昔前には『太陽がまず生まれ、その周辺に惑星が次々と生まれ、地球の表面に地殻がはったのち生命がはじめて現れた』という創世論を疑う者は殆んどなかった。しかし隕石の複雑な性格が明らかにされるにつれ、太陽系の創造説は混乱してきた。地球は隕石の集団から生まれたとして、地球より古い隕石のあるものに、高級な炭水化物がまじっている。特に炭素成分の多い球粒隕石にそうした有機物をたくさん含んでいるのである。このことから、直ちに『太陽の輝きはじめる以前の原始太陽星雲の中で生命が芽生えた』とはいえないけれども、『生命のはじまりは地球全体ができ上ってからのちである』とか、『地球だけに生命が育った』というような定説を大きくゆすりだした事は事実であろう」(佐藤磐根編著『生命の歴史――三十億年の進化のあと――』、ＮＨＫブックス、日本放送出版協会刊、一九八三年、第三四刷、五八―五九頁)。

10 ベルクソンは『形而上学入門』(Introduction à la Métaphysique 1903)などで、哲学の表現方法としては、抽象的概念よりもイマージュのほうが適切であることを主張している。「イマージュは少なくとも、われわれを具体的なものの中に止めておくという利点を持っている。どのようなイマージュも持続の直観にとって代ることはないだろうが、しかし多くの多種多様なイマージュを、たいへん異なった秩序に属する事物から借りてくれば、それらの行動が集中することによって、これらのイマージュは意識を、ある直観が把握されるべき点に、正確に向けることができるだろう」(*P.M.* 1399)と言うのであるが、このような哲学の表現方法としてのイマージュの適性の基盤をなすのも汎持続主義であると思われる。しばしばベルクソンは自分の哲学について、万象を《持続の相の下に》(sub specie durationis)捉える哲学であると言ったが、ひとつの対象の《持続の相》は一定の音色を発しているようなものであって、それに似た《持続の相》を持った対象を並べることによって共鳴を起して、もとの対象の音色は一層鮮明になるのである。そして、並べるのがどんなに「異なった秩序に属する事物」でも共鳴を起すのは、すべての事物が《持続の相》という音色を発しているからに他ならない。イマージュに用いられるのは多少なりとも物質性を持った事物であるが、イマージュが表現するものの核心はつねに《持続の相》という音楽的様相である。

11　マドレーヌ・バルテルミー＝マドール (Madeleine-Barthélemy-Madaule) はその著『ラマルク――先駆者の神話』(*Lamarck ou le mythe du précurseur*, Seuil, 1979, pp.166-167　邦訳は『ラマルクと進化論』朝日出版社、一九九三年、一九四頁) で現代の生命論のとりうる二つの方向について次のように書く。「分子の機械的宇宙観と生物の可視的な形態の歴史のあいだに立って、人間は次のどちらの態度を取ろうかと迷っている。一方は客観的現実と価値とを峻別する二元論に至る態度である。価値は、何があっても自分の責任でわれわれ人間が作り上げるとされる。他方は、生物の歴史を考察して、歴史の成し遂げたものを外挿し、歴史に意味と超越性を与える態度である。生化学者モノーは前者の態度をよく示しており、古生物学者テイヤールは、幻視者の霊能もあるとはいえ、素朴とも思える仕方でメタ進化論的終末論を表明している」。この二つの方向の始源には「偶然」をテーマとするダーウィンと「適応」をテーマとするラマルクがおり、ベルクソンは『創造的進化』における脊椎動物の眼の形成過程の説明をめぐっての両者に対する姿勢にも明らかなように、後者の方向を取るものである。

　過去の一〇〇年は圧倒的にダーウィン主義の時代であったが、ダーウィン没後百年余りをへた現在、遺伝子工学の領域では、ダーウィンが、進化は自然選択によって有利な形質が徐々に蓄積した結果であり、中立的変異などあり得ないと考えたのに対して、分子のレベルでは、遺伝子の変異の九九％は自然選択とは無縁の中立的変異であることを確認する中立説が確立しつつあり、古生物学の領域でも化石の研究によって、魚から両棲類、爬虫類、哺乳類へのような大きな規模の進化は「自然は飛躍しない」とするダーウィンの考え方では説明できないとする反論が提出され、ダーウィン理論はその根本から揺ぎつつあるようである。

　このような生命論の二つの方向性のうちにあって我われ自身、根本的にベルクソンと共に後者の方向性を取るものである。

12　この語はたとえば〔*E.C.* 574〕で用いられてはいるが、それも、生命の流れが物質を貫流する有機化の過程についての考察の中にあり、この文脈の中でも、生命の構成要素としての物質が意識されているがゆえに用いられているのであろうと思われる。

13　この《意識一般》に関連して、ベルクソンは「意識あるいは超意識」(*E.C.* 716)とも言っているが、《超意識》の語は、人間の《意識》との相関でそれを超えたもの、というニュアンスに誤解される危険があり、《意識一般》のほうが適切な表現と思われる。

14　ドゥルーズはその『ベルクソン哲学』(Gilles Deleuze: *Le Bergsonisme*, p.U.F., 1966)で「差異化運動としての《生命の躍動》」(L'élan vital comme mouvement de la différentiation, *Ibid.*, p.92 sq.)について分析しているが、そこで問題になっているのは、とりわけその《爆発的》という後者の様相である。

15　進化論的視点とは無縁であるが、メルロー＝ポンティの『マルブランシュ、ビランとベルクソンにおける心身の合一』(Maurice Merleau-Ponty: *L'Union de l'Ame et du Corps chez Malebranche, Biran et Bergson*, Vrin, 1968)でのベルクソン批判もこの点に連なるものである。メルロー＝ポンティは、「ベルクソンは身体を世界との葛藤のうちに置き直そうとする」(*Ibid.*, p.79)と述べて、ベルクソンが身体を知覚の場で把えようとした点を評価しながらも、ベルクソンがその方向を貫徹することなく、身体の認識が、結局、外からの《客観的》身体のそれに留まっていることを批判している。「身体は意識なしには考えられないものであることを彼は示すべきであったのだ」(*Ibid.*, pp.81-82)。

16　ベルクソンのこのような二つの記憶についての見解は、近年のカナダの脳外科学者ペンフィールドらの神経生理学の知見によっても再確認されているようである。それによると、第一の記憶過程は、学習した記憶を組織化して保持し、外界からの刺激に対していかに反応すべきかということを指示するメカニズムであり、実験は、脳の側頭葉と海馬の運動機構が運動的過程と記憶を結びつける機能を果たしていることを示している。永続的に記憶を貯えておく第二の過程は、側頭葉にも海馬にも関係なく、両者は古い記憶をよび戻すスイッチにすぎない。この古い記憶の保存過程は十分明らかになっていないが、注目されるのは、それが「なつかしさ」とか「おそろしさ」といった情動作用と結びついて喚起されることである(Cf. 湯浅泰雄『身体論』、講談社学術文庫、一九九〇年、二六九—二七三頁)。

17 Henri Bergson: *Ecrits et Paroles*, p.U.F., 1957, p.175

18 湯浅泰雄氏はその『身体論』(前掲書)の第三章の「現代の哲学的心身論とその問題点」において「ベルクソンの運動的図式」に一節を割かれ、《運動的図式》が身体論において持つ意義を評価されているが、《動的図式》のほうは氏の視野に入っていないように見受けられる。《動的図式》が考慮されたとき、氏の心身論にベルクソン哲学がどのような寄与をするかは興味深い問題である。

19 Cf. Henri Bergson: *Œvres, op. cit.*, Apparat critique, pp.1529-1530

20 「モナ・リザの肖像か、もしくはさらにルクレチア・グリヴェリの肖像の前で足を止めよう。そのとき目に見えるすべての顔の線がカンヴァスの背後にある一つの潜在的な中心に向って後退し、そしてこの中心では、なぞを含んだ容貌を一句一句読み取って行くのでは何時まで経っても終ることがない秘密が、ただの一言にまとめられて一挙に発見されるようにわれわれには思えないだろうか。このような所にこそ画家は身を据えていたのである。この点に集中された単純な心の視覚を展開することによって初めて彼は自然の生産的努力を自分流に再現しながら、目の前にいるモデルを一筆一筆と再発見したのである」(*P.M.* 1460 強調筆者)。『ラヴェソンの生涯と業績』(一九〇四年)においてベルクソンはこのように述べ、「事物の物質的外被を突き破り、肉眼では見えないが事実の物質性が展開し示現する定式を読みに行く」(*P.M.* 1454)このような心眼の努力を《直観》と呼ぶのであるが、このようなものとしての《直観》の様態も、本論において考察した《動的図式》の展開の様態に他ならず、それは、対象そのものの《動的図式》の展開におのずからぴったり沿って展開する《動的図式》と言えよう。それはまた、『形而上学入門』(一九〇三年)における直観の有名な定義「われわれをある対象の内部に移し入れて、この対象がもつユニークなところ、したがって表現できないところにわれわれを一致させる共感」(*P.M.* 1395)という定義において《共感》というパトスの言葉で表現されたものを、「ユニークなところ」すなわち生命の《一性》からの展開の様相に沿って把えたものに他ならない。Cf. 拙論《De la conception *du bon* sens chez Bergson》in《Etudes de Langue et Littérature Françaises》No 25-26, Tokyo, Société de Langue et Littérature Françaises, 1975

21　オイゲン・ヘリゲル『弓と禅』、稲富栄次郎・上田武訳、福村出版、一九八四年改版第四刷、六三頁、強調筆者。

22　同書　四六頁

23　同書　二〇頁

24　同書　七八頁

25　同書　二三頁

26　『弓と禅』において示される弓道の達する最終段階の、師範「今やあなたは《それ》が射る、《それ》があてるということが、何を意味するかおわかりでしょうか」（中略）私「これらのすべて、すなわち弓と的と私とが互いに内面的に絡みあっているので、もはや私はこれを分離することができません」（同書、一〇九頁）という状態は、『創造的進化』の中の、アナバチがアオムシの急所を刺す場合において考察された本能の働きを想起させるところがある。本能が人間のうちに残存してとる形が直観であるとみなされているだけに、この類似は意味深く思われる。「あらゆる難点は、われわれが膜翅類の知力を知性の用語で言い表わそうとするところから由来する。（中略）けれども、アナバチとその獲物のあいだに一種の共感（語源的な意味での）を想定し、それがいわば内側から、アオムシの急所をアナバチに教えてくれるのだと考えるならば、事情はもはや同じではないであろう。急所のこの直観は、何ら外的知覚に負うのではなく、アナバチとアオムシがただ向いあうだけで生まれてくるものかもしれない。そのときアナバチとアオムシはもはや二つの有機体とみなされるのでなく、むしろ二つの活動とみなされる」（*E.C.* 640）。

27　ヘリゲル、前掲書、一三三頁、強調筆者。

28　山口實氏の《The Intuition of Zen and Bergson》, Tokyo, Herder Agency–Enderle Book store, 1969, はベルクソン哲学と禅の綜合的比較研究として多くの教示を含む労作であるが、同氏は両者の共通性を、禅において世界の実体として把えられる《Continuum》（継続体）とベルクソンにおける、我われが《汎持続主義》と呼んだ世界観、特に持続の「不可分な継続性」（continuité indivisible cf. *Ibid.*, p.102 etc.）のうちに見ており、その際に、持続のもうひとつの本質的特性である独自性の側面が閑却されているのが問題と思われる。内的歴史の集約である「性格」（*E.C.* 498）の独自性、非個性化された「社会的自我」

に対する「個人的自我」(*D.S.* 986)の独自性も、そのような持続の独自性の例であるが、それが、ベルクソンの《持続》に見出されて禅の《継続体》に見出されないということは、結局、禅においては絶対が、《一切である無》のうちに把えられることになるのに対して、ベルクソンにおいては、創造の《中心》として把えられるということにつながると思われる(なお、同書においてもヘリゲルの『弓と禅』は触れられているが、ベルクソンとの直接的つき合せは行われていない)。

29 ただ、『道徳と宗教の二源泉』の中でも一箇所、「正義」についての節で(*D.S.* 1039 sq.)罪と救済の問題に触れられたところがある。そこでは、「民衆の救済のため、人類の生存そのもののために、永遠の苦しみを受けることを余儀なくされている人間が、一人の潔白な人間がどこかにいる、ということを知ったなら、われわれはどうしたらいいのか?」という問い、いわば『悪霊』においてドストエフスキーの投げかけた問い「神が存在しないなら全ては赦されるか?」と対をなすともいうべき問いが投げかけられている。そして、この問いは、旧約の予言者たちにおいて問題となっていたイスラエルという選民においての正義からキリスト教における普遍的正義への進歩という脈絡において語られているのも明らかなのであるが、しかし救世主としてのキリストが名ざされることもなく、結局、論の運びとしては正義についての一般論のうちにいつのまにか解消されてしまっている。この問いに直接続くいわば《解答》に当る部分に、ベルクソンには珍しいほどの悲壮なとも言うべき調子が見られるだけに、この箇所は他の部分から浮き上がった蜃気楼のような不可思議な箇所となっている。この箇所の曖昧さは、恐らく後に本論に述べるように、ベルクソンがこの著作においてとった方法論的立場が、キリストをあくまで偉大な一神秘家として捉え、救済史上の啓示的事実は受け入れないとするものであったところから来ているのであろう。

30 Henri Bergson: *Ecrits et Paroles, op. cit.*, p.139

第二篇　哲学者のモラル

はじめに[1]

本論は、ベルクソン哲学からキリスト教への展望において《心身の合一》の問題を考察し、この問題を通して両者における二元論の超克の様相を考察しようとする三篇構成の論文の第二篇に当るものである。

第一篇「ベルクソン哲学における心身合一論」においては、本来的に心身論を扱った著書である『物質と記憶』の学説を、のちの著書である『創造的進化』に展開する生命の観点、すなわち、心と身体を包括するものとしての《生命》の観点、より正確に言うならば《意識一般》(Conscience en général)としての生命の観点から逆照射し、そのことによって、ベルクソン哲学に潜在する、この問題についてのより徹底的な理解が可能になると思われた。

また、ベルクソンの心身合一論の核心をなす、この《意識一般》としての生命の観点はキリスト教的心身合一論に対して補強的基礎を構成する可能性を持つと思われる。その点は本論文第三篇において検討することになるだろう。

しかし、ベルクソン自身とキリスト教の関係は単純ではない。心身論を含めてベルクソンの生命論の全体は、結局『道徳と宗教の二源泉』の、全ての存在を創造する愛なる神というキリスト教的ヴィジョンに包括されることになったのではあるが、そこに見られるのは《生命の躍動》(élan vital) のヴィジョンを展開する限りでの愛と創造の宗教としてのヴィジョンであり、十字架と贖罪の側面は考察の対象となってはいない。そのように考察の対象を限定するところには、《哲学の方法》に対するベルクソンの考え方と不可分である《哲学者のモラル》に対するベルクソン独自の考え方が働いており、ベルクソンはその最晩年になって初めて彼独自のこの考え方から脱却の一歩を踏み出すことになったのである。

そこで、論文第一篇のベルクソンにおける心身合一論の考察を踏まえ、その基礎の上に立って、福音書とキリスト教における心身合一論へと考察を進める前に、ベルクソン個人のキリスト教に対する立場の進展を辿り、それをもって、本来的な意味での哲学的次元に展開する第一篇と、宗教的次元に展開する第三篇の両者をつなぐ《蝶番》的な役割を果す第二篇としたい。

第一節　《科学としての哲学》と《仮の道徳》

(一)《科学としての哲学》

一九一二年、ド・トンケデク師は、発表しようとしている自分のベルクソン論のあとに、一九〇八年にベルクソンが同師あてに『創造的進化』最終章の神の概念を説明して書いた手紙を引用して良いかをたずね、同時に、神の本性について何か付け加えることはないかとたずねる手紙をベルクソンに出す。それに対して答えた有名な手紙の中でベルクソンは次のように述べている。

「あなたは何か付け加えることはないかと尋ねて下さいますが、哲学者としてはさしあたり何も見当りません。というのも、私の理解では、哲学の方法とは、厳密に（内的および外的）経験を写し取るべきものであり、何についてにせよ、その基盤となる経験的考察を超える結論を述べることは許されないからです。もし私の仕事が今まで哲学に無関心であった人々に若干の信頼感を与えることができたとしたなら、それは、私が単に個人的意見にすぎないものに対しては決して余地を与えなかったからなのです。（中略）（神についての）こうした結論をより明確にし、より一層のことを述べるためには、全く別種類の問題、すなわち道徳の問題に着手しなければならないでしょう。この問題についていつか何かを公表できるかはわかりません。私がそうするとしたら、それは、私の他の仕事と同じくらい《証明可能な》あるいは《提示可能な》結果に至った時だけでしょう」[2]。

ベルクソンが抱く神の概念について問いかけるド・トンケデク師に答えるこの手紙は、ベルクソンが『創造的進化』の神の概念を出発点に『道徳と宗教の二源泉』のヴィジョンに至った哲学的歩みの契機となったという意味で非常に重要であると同時に、ベルクソンが今後、道徳という新しい領域の研究に携わることになった場合にも変らず用いるはずの自分の《方法》というものを改めて意識化する契機となったという意味でも重要である。あとで見るように、この手紙が直接的契機となってベルクソンは一〇年後の一九二二年に、《哲学の方法》についての二部からなる論文を書くことになったのであり、それを一九三四年出版の『思想と動くもの』の序論としたのであるが、「哲学に最も欠けていたもの、それは的確さである」という言葉に始まるこの序論全体の主張は、この手紙の最後の次の言葉を敷延したものに他ならない。「私の眼に哲学とはしっかり確定した方法に従って構成されるものであり、この方法のおかげで、実証科学と性質は異なるものの、それと同様の大きな客観性を主張しうるものなのです」。

グイエは、生誕百周年記念版『ベルクソン全集』の長い序文の第一部において、ベルクソン哲学を哲学史のなかに位置づけるに当り、ド・トンケデク師への手紙にも述べられ、『思想と動くもの』の序論で敷延され、小論「心身平行論と実証的形而上学」においても言及される《科学としての客観性を持つ哲学》というベルクソンの哲学観に注目し、デカルト哲学との関連と差異をほぼ次のように指摘する[3]。

『思想と動くもの』の序論のページは、ベルクソンの著作において、『方法序説』の最初の二部がデカルトにとって持った意味を持っている。ベルクソンの考えでは、哲学は、実証的科学と性質は異にするが同様の客観性を持つ一種の科学であり、デカルトにとって哲学全体が一本の樹木を成すものであるのと同様に、ベルクソンにとっても、探究の方法と確実性において自然学から形而上学は連結している。このように二人の哲学者は科学としての哲学という哲学の考え方を共にしている。しかし両者は科学そのものについての考え方において異なる。哲学が一種の科学であるにしても、デカルトにとってその範となるのは数学でしかありえず、ベルクソンにとってそれは生物学である。そして、範となる科学が異なれば、哲学の認識は根底から異なるものとなる。ベルクソンにとって実在は絶えず変化する生成として捉えられるのであり、ベルクソン哲学は、この意味ではデカルト的時代の終焉を告げるものである。

以上のように《直観の哲学者》ベルクソンに対する早急な理解が陥り勝ちな主観的・感情的哲学のイメージを退け、ベルクソンの哲学研究の歩みがそもそも自然哲学から出発して心理学に向ったのであり、逆ではないことも喚起しながら、グイエが指摘する、《科学としての哲学》とそれを支える厳密な《方法》の意識におけるベルクソンとデカルトの類縁性は本質的なものである。そして、そこに、《哲学者のモラル》という視点からベルクソンの生涯の歩みを辿ろうとする本論の出発点がある。

問題の核心へ考察を進める前に、ここでカッコを開き、ベルクソン自身が、右記のような哲学の客観性を可能にするものと考えていた《哲学の方法》とはどのようなものであったかを、いま一度回顧しておこう。

ベルクソンの《哲学の方法》の核心をなすのは、言うまでもなく《直観》である。まず、『思想と動くもの』の序論のベルクソンによる基本的定義を見よう。

「(直観については)基本的な意味が一つある。すなわち直観的に考えるとは持続において考えることなのである。知性は通常、不動なるものから出発し並置された諸々の不動性をもってどうにか運動を再建する。直観は運動から出発して運動を実在そのものとして定立する、というよりはむしろ実在そのものとして認知するのであり、不動性なるものは精神が動きに対して撮ったスナップ写真、抽象的瞬間と見なすにすぎない。知性は通常、事物を与えられたものとすることによって、安定したものと考え、変化は事物に付加される偶有性とする。直観にとっては、本質的なるものは変化である」(*P.M.* 1275)[4]。

また同じ『思想と動くもの』に収められた「形而上学入門」においては、知性による分析が、何らか一定の観点から対象を対象以外のものと共通する既知の要素へ還元することによって認識する方法であるのに対して、直観は「われわれの対象が持つユニークなところ、したがって表現できないところにわれわれを一致させる共感である」(*P.M.* 1395)[5]とも定義され、これら二つの定義は、実在の直接的認識としての直観の主たる二つの定義となっている。そして『思想と動くもの』の序論においてベルクソンは、そのようなものとしての直観こそが、まず、われわれの内的持続の、次に、やはり一種の持続に違いないものとしての生命一般の、そして最後に、かすかではあるが持続しているものとしての宇宙の全体に対しての認識の方法であり、これらの領域において直観は、惰性的物質の世界においての実証科学と同様の的確さに達することができることを主張する。

ところで、ベルクソンの《哲学の方法》としての《直観》には、それと不可分な補助的方法が存在し、実際の著作においては、その補助的方法が至るところで援用されている。それは《事実の系列》(lignes de faits)と呼ばれる方法である。ベルクソン自身がこの補助的方法を最初に定義したのは一九一一年の講演「意識と生命」(*E.S.* 815-835)である。この講演の主題は意識と生命の関係であるが、講演の冒頭でベルクソンは次のように言う。

「私たちは既にいくつかの《事実の系列》を所有しています。それらの系列のおのおのは必要なところまで達しませんが、仮説的に延長することはできます。私は皆さんと共に、そうした系列のいくつかを辿ろうと思います。それらの系列はひとつだけを取り出すと、単に蓋然的であるだけです。しかしその全てが収斂することによって、私たちは蓋然性の累積を前にすることになり、確実性の途上にあることを感じることになるでしょう。私たちは良き意志を合わせて努力することによってこそ確実性に無限に近づいていくことでしょう」(*E.S.* 817)。

ドゥルーズはその『ベルクソン哲学』において、この《事実の系列》の収斂の方法を、直観の行き届かないところを補う方法として第一章「方法としての直観」の中に組みこんでいる[6]。また『ベルクソン哲学』の二年後、一九六八年に『ベルクソン研究』誌に掲載された有名な論文「差異について」の冒頭において、「差異の享受」としての直観と、それを補助する《事実の系列》の方法を比較して、直観が差異による現実の裁断(découpage)であるのに対して、それを補助する《事実の系列》の方法は《交差》(recoupement)を意味しており、後者はベルクソン哲学の《実証主義》的側面を示すものだと述べている[7]。ドゥルーズは『ベルクソン哲学』の論のほうでも、例えば、『物質と記憶』でベルクソンが、ひとたび純粋記憶と純粋知覚という根本的に性質を異にするものから出発して、両者が収斂するところを考察することによって心身論の解決を見出す、そのような論の導き方にも《事実の系列》の方法の具体例を見ているのであるが、実際のベルクソンの著作では、この《事実の系列》の方法は、『物質と記憶』におけるドゥルーズの挙げている例をはじめ、至る所で援用されているものである。

そのようなわけで、われわれはここで、ベルクソンの《科学としての哲学》を支える《方法》として、本来的直観と共に、それを補助するものとして《事実の系列》の方法の存在を確認しておきたいと思う。この点は、あとで『道徳と宗教の二源泉』という著作が哲学者としてのベルクソンにとって持った意味を考察する際に重要な判断要素となって来るであろう。

さて、ここで長いカッコを閉じて、《科学としての哲学》と、それを支える厳密な《哲学の方法》の意識、という、グイエの指摘する、ベルクソンとデカルトの本質的類縁性の問題のほうに戻ろう。われわれは、それが《哲学者のモラル》という視点からベルクソンの生涯の歩みを辿ろうとする本論の出発点である、と述べた。なぜ出発点なのであるか。

『方法序説』に述べられているように、デカルトにおいて、厳密な《哲学の方法》をもって《科学としての哲学》を構築することは、他方では、実生活において《仮の道徳》(morale par provision)をもって生きることを要請するものであったが、われわれには、ベルクソンの哲学者としての生き方のなかに、一種の《仮の道徳》が浮び上がるように思われるのである。すなわち、ベルクソンは、グイエの指摘するように、《科学としての哲学》という概念と、それを支える厳密な《哲学の方法》の意識をデカルトと共有しているばかりでなく、そのような哲学の概念と不可分なものとしての一種の《仮の道徳》をもって生きたのではないか、デカルト的《仮の道徳》が、ベルクソンがその生涯の大半を、かなり意識的にそれをもって生きた《哲学者のモラル》だったのではないか、そしてそれが根底から変貌を蒙ったのが、『道徳と宗教の二源泉』以後の死に至るまでの最晩年の時期だったのではないか、それが本論でわれわれの提示する仮説である。

(二)《仮の道徳》

デカルトは『方法序説』第二部で、自分がそれまで受け入れていたあらゆる誤った意見をとり除いて、「良識または理性」を正しく導いて学問を構築するための四つの規則からなる方法を規定したのち、第三部の冒頭で、ちょうど自分の住む家の建て直しを始めるに先だっては、建築にかかっている間も不自由なく住めるほかの家を用意しなければならないのと同様に、「理性が私に対して判断において非決定であれと命ずる間も、私の行動においては非決定の状態にとどまるようなことをなくするため、そしてすでにそのときからやはりできるかぎり幸福に生きるために、私は仮の道徳(morale par provision)の規則を自分のために定めた」[8]と《仮の道徳》を規定している。

《仮の道徳》が《仮》であるのは、《科学としての哲学》における理性の判断が《決定的》であるのに対して、実生活の行動における判断が《仮》であるということであり、《仮》か《決定的》かの基準が《科学としての哲学》に置かれているという意味で、《仮の道徳》の設定そのものが、潜在的には、人間が生きる営みの《決定的》価値を《科学としての哲学》の構築に置く道徳を含蓄していると思われる。

さて、続けてデカルトは、《仮の道徳》の規則を構成する三つの格率を次のように定める。まず「第一の格率は、私の国の法律と習慣とに服従し、神の思慮により幼時から教えこまれた宗教をしっかりともちつづけ、ほかのすべてのことでは、私が共に生きてゆかねばならぬ人々のうちの最も分別ある人々が、普通に実生活においてとっているところの、最も穏健な、極端からは遠い意見に従って、自分を導く、ということであった」[9]。そして「第二の格率は、私の行動において、できるかぎりしっかりした、またきっぱりした態度をとることであり」[10]、「第三の格率は、つねに運命によりもむしろ自己にうちかつことにつとめ、世界の秩序よりはむしろ自分の欲望を変えようとつとめること」[11]である。

第二の格率と第三の格率が、ある程度道徳の内容を規定するものであるのに対して、道徳の原理そのものを規定しているように思われる第一の格率が、実質的に最も重要なものであろう。

ところで、ベルクソン自身が《仮の道徳》をどのように理解していたかは、一八九三―一八九四年の学年にアンリ四世校の授業で行った次の説明にうかがわれる。「デカルトの《仮の道徳》は、人生の目的を思弁と科学研究と定め、よく哲学するために必要な内的また外的平和を得ることを何よりも気づかう思想家の道徳である」[12]。

また、ベルクソンはこの授業で、デカルトにとっての《決定的道徳》とはどのようなものかを想定して、王女エリザベトへの手紙でデカルトは《仮の道徳》の第三の格率の発展のようなストア主義的な道徳を素描しているが、しかし、何よりも数学者であり物理学者であったデカルトが、いつの日か動物精気の運動を正確に認識することによって、それに働きかけ、情念を癒すことができると考えていたと想定することは許されるのではないか、と述べている[13]。そしてジルソンも『方法序説』の注解で「《決定的道徳》は《叡知》Sagesseの果実である。ところで《叡知》は科学の上に基礎を置いている」[14]と、ベルクソンの想定と同じ方向で想定している。われわれも基本的に、《決定的道徳》とは《科学としての哲学》の厳密な方法によって確立する道徳、という意味で考えてゆくつもりである。また、以上のベルクソン自身による《仮の道徳》と《決定的道徳》の理解は、本論で後にも参照することになるだろう。

さて、以上のようなものとしての《仮の道徳》の存在をいよいよ、ベルクソン自身のうちに判別するために、さしあたり二つのテクストを考察することから始めたいと思う。

その第一はジルベール・メールの『わが師ベルクソン』[15]に記録されたベルクソンの談話である。この本の成立事情を見ると、ジルベール・メールの父親のアルベール・メールはかってクレルモン・フェランでベルクソンがリセの若い教授であったころ、大学の図書館司書であった人で、ベルクソンにとって気のおけない友人であったらしい。両者がパリに移り住んでからも親交は続き、アンリ四世校に通う息子のジルベールが停学寸前というほど学業に低迷しているのを父親のアルベールがベルクソンにたまたま嘆いたところ、ベルクソンが「息子さんをよこしなさい」と申し出たのが、結局一九〇四年から一九一〇年まで続くことになったベルクソン家での《個人授業》のきっかけであった。当時コレージュ・ド・フランスの教授として高い名声を得て、多忙を極めていたベルクソンが一介の高校生にこのような《個人授業》をしていたということには驚かざるをえないが、きっかけがきっかけだっただけに、ジルベールは《授業》のあいだに《師ベルクソン》に遠慮なく哲学と限らずあらゆる話題について質問をしたり、相談をしたりしている。そして、そのような親密で人間的な雰囲気の場であったからであろう、この『わが師ベルクソン』という本には、次節でも見るように、他のどこでも触れられることのないような個人的な事柄についてベルクソンが語っているのが見出される。そしてわれわれがベルクソンにおける《仮の道徳》を看取できると思われる第一のテクストはまさにこの本の中に見出される。

それは、一九〇七年、ソルボンヌで政治青年となったジルベールがアクション・フランセーズの右翼思想家モーラスの政治思想に惹かれ、モーラスの強硬な反ユダヤ主義にはベルクソンの手前こだわりを感じつつも、やはり彼の陣営に加わる決意をして、それをベルクソンに告げた際のベルクソンの応答である。

「私は彼ら(モーラスとバレス)の政治的主張を大雑把には知っています。しかし、友よ、この問題については、私が自分に課している知的生活ゆえに、控え目な態度を崩すことはできないのです。控え目な態度というのは、しばしば実際には無知を意味しますし、中立的態度というのは時には卑怯なことになって後悔することもあるのですが。

現在の政治論争に私はどんな権威のある意見をもたらすことができるでしょうか？『物質と記憶』のために少なくとも三年のあいだ、私は心理学と神経学以外のものは何も読めない状態にならざるをえませんでした。『創造的進化』の完成であなたにも推察できるでしょうが[16]、あの著書のためには、更に長いあいだ、生物学以外の読書はできませんでした。おそらく私のうちで何らかの意見は形成されているかもしれません。けれども、それは漠然として流動的なものです。というのも、私には、様々な政治思想のなかから迅速に選択することはとてもできないからです。政治思想に対して私は試して実験する必要を感じざるをえないのです」[17]。

政治問題について「私が自分に課している知的生活ゆえに、控え目な態度を崩すことはできないのです」という状態は、人生の決定的価値を《科学としての哲学》の構築に置いて、それゆえに実生活においては最も穏健な意見に従って行動するところの《仮の道徳》に根本的に通じていると言えるのではないだろうか。それに、右の述懐は、ベルクソンにとって政治思想に対する判断も、実生活の中で迅速に下されるべきものというよりは、究極的には、科学における実験に当るものを経て確立されるべきものとの考えが示されており、実生活の道徳の規準が科学研究のそれに拠って考えられているという意味で、漠然とではあるが、ベルクソンの中に《決定的道徳》に類するヴィジョンが潜在していたこともうかがわれる。

さて、判別の試みの対象となる第二のテクストは、前に挙げた一九一二年のド・トンケデク師あてのベルクソンの手紙の最終部分である。

「(神についての)こうした結論をより明確にし、より一層のことを述べるためには、全く別種類の問題、すなわち道徳の問題に着手しなければならないでしょう。この問題についていつか何かを公表できるかはわかりません。私がそうするとしたら、それは、私の他の仕事と同じくらい《証明可能な》

あるいは《提示可能な》結果に至った時だけでしょう。その間に私が言うであろうことは全て脇の（à côté）ことであって、私の考えるものとしての哲学の外にあるとさえ言えます。なぜなら、私の考えでは、哲学は、しっかり定まった方法に従って成立するものであり、その方法の御蔭で、実証科学の客観性と性質を異にするものの同様に大きな客観性を主張することができるものだからです」（強調筆者）[18]。

厳密な《哲学の方法》によって、道徳というテーマをめぐる《科学としての哲学》を著書の形で公表するまで、実生活において自分が道徳について言うことは、全て哲学の《脇のこと》、《外のこと》だとベルクソンは言う。ここに表明されているのは、実生活を、根本的には哲学という学問の《脇のこと》、《外のこと》として、究極的には学問に包括されるべきものとする位置づけである。その意味で、ここにあるのは本質的に《仮の道徳》のパースペクチブであると言いうるのではないだろうか。

グイエは、前掲の『ベルクソン全集』序論（p.X.）において、次のように言う。

「アンリ・ベルクソン個人の思想はベルクソン哲学をはみ出る。（中略）彼の著作が脇に残した多くの問題について、人間ベルクソンが意見を持つことは大いにありうるが、哲学者ベルクソンは沈黙するのである」。

このグイエの言葉に倣って言うならば、《仮の道徳》とは、《人間》が《哲学者》に吸収され還元される生き方と言えるだろう。そしてこの生き方においては《著書》(livre)が、《科学としての哲学》の実体を要約するものとして決定的な重要性を帯びてくる。じっさい、ド・トンケデク師への手紙を書いた頃から以降、あとでも見るように、ベルクソンの筆のもとに、《著書》の語はこの上ない重みを帯びて現われることになるのである。

われわれが、今後ベルクソンのテクストのうちに、そして実生活の行動のうちに考察することになるこの《仮の道徳》を、ベルクソン自身はどの程度意識していたであろうか。右記の二つのテクストは、短いものながら、ベルクソンが《哲学者のモラル》として《仮の道徳》的なものを持っていたことを充分浮き上らせると思われる。ただ、ベルクソン自身は、それをどの程度デカルトと相関させて意識していたであろうか？　それは誰にも確定的にはわからないが、その意識の強さは、グイエの指摘した、あのベルクソンにおける《哲学の方法》と《科学としての哲学》についての考え方のデカルトとの相関をベルクソン自身が意識した可能性に比例するはずのものであるとは言えるだろう。そして、最晩年の一九三七年の「デカルト記念会議へのメッセージ」においてもデカルトにおける、「哲学と科学との一種の普遍的認識のうちでの同一視」[19]を指摘するベルクソンにおいて、その可能性は小さくないと思われる。

第二節　ドレフュス事件における沈黙

（一）　同化ユダヤ人としての《仮の道徳》

「私が政治的にどういう人間かというのですか？（中略）穏健であることを習性とし、天性リベラルな人間です」[19 bis]とベルクソンはジルベール・メールに語っているが、そのようにベルクソンが実人生において「最も穏健な意見に従って自分を導く」《仮の道徳》を生きていたとしても、それは単純にフランス人としてではありえなかった。ベルクソンの《仮の道徳》は、《ユダヤ系》フランス人のそれとしてしか存在しえなかった。そして、われわれは、《ユダヤ系》フランス人、ベルクソンの実生活における《仮の道徳》の鮮明な例として、ドレフュス事件の際のベルクソンの完全な沈黙を取り上げ、その意味を考察したいと思う。

ベルクソンのドレフュス事件における沈黙について考察した研究はほとんど存在しない。ベルクソンと政治の関わりを研究テーマとするスーレーズでも、一九八九年の『政治家的ベルクソン』の結論部分で一言、また、スーレーズの事故死で未完に終り、ヴォルムスが引き継いで一九九七年に出版された大部の『ベルクソン伝』においても、一カ所で触れているのみで、結局、その二カ所とも、通りがかりに《沈黙》の事実に触れているだけで、それ自身を問題として考察したものではない（「ドレフュス事件において沈黙を守ったベルクソンは（中略）《知識人》たちに対して、その役割の低下を警告する意志は持たなかったかもしれない」[20]、「特にドレフュス事件で示された、過度ともいえる慎重さ」）[21]。

のちに問題にするアンドレ・ロビネの『ジョレス、ベルクソンと教会の狭間のペギー』[22]では、ペギーとジョレスのドレフュス事件との関わりはもちろん主要テーマのひとつであるが、ベルクソン自身とドレフュス事件との関わりについては《沈黙》そのものにも触れられていない。

これに対して、モッセ＝バスチッドは、一九五五年の『教育者ベルクソン』の「ベルクソンと政治」の章において半ページ足らずではあるが触れており、その《沈黙》の意味についても、ベルクソンのユダヤ人同胞に対する姿勢との相関で捉えるべきことを示唆している。

「彼（ベルクソン）はユダヤ人としての連帯感ゆえに国際主義者的、普遍主義者的なところがあったのだと人は言うかもしれない。しかし、この点についてはいささかの保留と説明を必要とする。ドレフュス事件に際しても、彼は有罪判決には反対であったが、事が司法の場に留まることを望んで再審派のキャンペーンからは距離を置いた。また、ポーランドでのユダヤ人虐殺にも彼は抗議をすることはしたが、しかし、彼が、ユダヤ人問題を、帰化国の国家利益を外れたところでまで考慮していたとは思われない」[23]。

われわれは、モッセ＝バスチッドの視点の延長上に立ち、ベルクソンのドレフュス事件における《沈黙》を《同化ユダヤ人》としてのベルクソンの対応として捉え、そこに、哲学者の《仮の道徳》が取った具体相を見たいと思う。モッセ＝バスチッドの視点を《同化ユダヤ人》という視点に包括、発展させるためには、一九七二年にフランス語版が出たカナダ人歴史家ミカエル・マラスの『ドレフュス事件当時のフランスのユダヤ人』[24]、雑誌「みすず」に三回にわたって連載された有田英也氏の「ドレフュス事件『以後』上・中・下」[25]、そして一九九六年に行われた日本フランス語フランス文学会のシンポジウム「ドレフュス事件が意味するもの——一〇〇年の区切りを経て」の記録[26]を参照して考察してゆく。

右記の資料によって、フランスにおけるユダヤ人の、一七九一年の解放令以後、ドレフュス事件当時までの状況を、ごく簡単に要約しよう。

まず、ユダヤ系フランス人のためには、一八〇八年に成立した「ユダヤ教長老会」(Consistoire israélite)というフランス全国のユダヤ人を統括する「官僚的」[27]組織があり、成立以後ほぼ一世紀のあいだ、ユダヤ系フランス人に向けていわゆる《同化》(assimilation)を勧める政策を取り、信徒は国民の義務、とくに兵役を果すように訴えた。「長老会」のこのような《同化》政策によって、一八七〇年の第三共和制成立以後は、共和国を擁護し民族の要求を抑えることがフランスのユダヤ人の政治的態度の基調となり、その結果、「他のフランス人と同じであろうとする防衛機制に導かれた一部のユダヤ系フランス人をフランス人以上にナショナリストに」[28]することにもなった。また、同化政策はユダヤ人をナショナリストにすると共に、当然シオニズムに対しては否定的にするものであった。宗教面では、《同化》を推進することは、必然的にユダヤ教の信仰心を薄めるという二律背反を生み、時に「長老会」のラビが、その傾向に対して警告を発するということにもなった。また、一八八〇年代に西欧諸国になだれこんだロシアと東欧諸国の約一〇〇万人の東方ユダヤ人難民は、一般のフランス人を警戒させ反ユダヤ主義にしかねないものであり、すでに同化の進んだフランスのユダヤ人においては、やはり一種の防衛機制が働き、東方の同朋に対しては強い拒否反応を示した。

以上、フランスの一八〇〇年代の同化ユダヤ人の輪郭を辿ったが、ユダヤ系ポーランド人の音楽家の父とユダヤ系イギリス人の母との間に一八五九年にパリで生まれ、ロンドンに移住した一家と一〇歳で別れて奨学生として寄宿舎に住み、高等師範学校の生徒であった二〇歳の時にフランス国籍を終生のものとして取得したベルクソン[29]のうちには、右記の平均的同化ユダヤ人像が、驚くほどそのままベルクソン自身のアイデンティティーとして見出される。

まず、ベルクソンは《同化》ということに対して非常に積極的であり、それゆえシオニズムに対しては否定的である。一九一三年、パリ大学委員会に派遣されて初めてアメリカを訪問した時に、アメリカ人ジャーナリスト、ハーマン・バーンスタインのインタビューに答えて、「この問題(シオニズム)は逆説的だと思います。私たちは同化しているのですから」[30]と言い切っている。同じアメリカ訪問の際、ニュー・ヨークのユダヤ人コロニーで予定されていて取りやめになった講演の題も、「帰化国に対するユダヤ人の義務」となっており[31]、ここにも右記のインタビューと同様の、ベルクソンの《同化》に対する積極的姿勢がうかがわれる。また、ユードがその『ベルクソン・II』の「ベルクソンの愛国心」の節に引用しているクレルモンのリセの授業では、国家の観念に関連して、外国に生まれ人種が異ってもフランスを愛しフランスが攻撃される時に武器をとる人々、「かれらは他の人と同じ資格でフランス人ではありませんか?」[32]と問いかけており、暗にユダヤ人が兵役という国民の義務を果しつつナショナリズムを堅持することを称揚している。

また、ユダヤ教の信仰については、最晩年の一九三八年に自分の内的歴史を回顧した際に、次のように言っている。

「子供のころ、《変えるべきところを変えれば》、カトリックの初聖体拝領に当るものになるユダヤ教の入門儀式を受けるために、私は、聖書（すなわち旧約聖書）についての特別な準備教育と非常に簡単なユダヤ教についての教育を受けました。けれどもそれも、私には何の影響力も持たず、長い間この問題については無関心に生きてきました」[33]。

ここに述べられているのは、幼時の型通りの信仰教育と、その後の無関心という一般的同化ユダヤ人の宗教的態度である。最後に、前に引用した一九一〇年のジルベール・メールに対する《授業》であるが、この時期は東方ユダヤ人難民の数が急増して約二〇〇万にまで達した時期に当っており、ベルクソンは新たに帰化するユダヤ人に対する非常に慎重な姿勢を次のように述べている。

「現在のユダヤ人問題は結局のところ帰化の問題です。ユダヤ人であろうがなかろうが、すべての外国人が帰化にふさわしいわけではありません。ユダヤ人の連帯を訴える人々についてゆけないのはこの点です。連帯は私も喜んで認め実践するものではありますが、しかし、それが、帰化ユダヤ人が誰よりも尊重し仕えなければならない国家利益に反するものになった時には止めなければなりません」[34]。

以上見てきたようにベルクソンのうちには、同化ユダヤ人像のほとんど典型と言って良いものが見出されるのであるが、それでは、フランス軍中枢の参謀本部に入った初めてのユダヤ人であるドレフュス大尉が軍法会議でドイツのスパイであるという冤罪を着せられ、ゾラの「われ弾劾す！」を契機に、フランス全体が、再審を求め人権を訴えるドレフュス派と、軍と国家の威信を守ろうとする反ユダヤ主義の反ドレフュス派に二分されることになった、あのドレフュス事件が起ったとき、一般の同化ユダヤ人の反応はどのようなものだったのだろうか。

「ユダヤ人の大多数は、自分たちの存在が脅かされているにもかかわらず、同化の伝統を信じ、ユダヤ性に対する攻撃に応えて、自分たちのフランス人性と共和国への献身を改めて強調したのであった」[35]とマラスは言う。大半のユダヤ人には防衛機制が働き、反ユダヤ主義に対して、火に油を注ぐようなことになるのを恐れて沈黙したのである。率先できる立場にある「長老会」もまったく機能せず、実名でドレフュス派として行動する「長老会」関係者は皆無だったといわれる。そして、ドレフュス派の運動の最初の推進者であったユダヤ人ベルナール・ラザール自身が、ドレフュス擁護の先頭に立つ人間がユダヤ人であっては不都合だという判断によってドレフュス家から「事件については沈黙してほしい」と要請されて身を退いているのである。

ベルクソンのドレフュス事件における完全な沈黙は、同じユダヤ人でも、例えば、ドレフュスの再審のために奔走し、一八九八年一月の再審要求の署名にも名を連ね、自分の小説『失われた時を求めて』の「ソドムとゴモラ」のなかにも、軍隊を信奉しつつもドレフュスの無罪を信じるに至ったゲルマント公爵を描いた、ベルクソンにとっては近しい縁者であるプルーストや、同じく再審要求の署名に名を連ねているベルクソンの高等師範学校時代の同級生である社会学者エミール・デュルケムなどと比べると著しい対照をなしていると感じられるが、しかし、以上のように見てくるならば、それは、ある意味では、一般の同化ユダヤ人においての「最も穏健な意見に従って自分を導く」《仮の道徳》であったと言えることがわかる。

ベルクソンがドレフュス事件に言及している唯一のテクストと思われるものが、他ならないあのジルベール・メールに対する一九〇七年の《授業》の中に見出される[36]。貴重なテクストであるので、ここにその全文を訳出する。

「ドレフュス事件がわが国の政治状況にまだ重くのしかかっているということについては、あなたの言う通りで私もまったく同意見です。ドレフュス事件についての私の意見ですか？　私は最初長いこと私の同宗者の有罪を信じていました。それからアンリの偽書の件[37]によって無罪の意見に傾いて、ともかく再審に賛成になりました。しかし、再審を獲得するために騒動を起こすやり方は、私がつねに批難していたところです。私の考えでは、あの騒動のおかげで、司法の場に留まりえたものが嘆かわしい内乱に変貌してしまったのです。私はドレフュス派の熱狂を共にすることはけっしてありませんでした。ドレフュス事件では皆間違っていたと思います。そしてあなたも想像できるでしょうが、こういう態度は私を両陣営の敵意にさらすことになりました」[38]。

伝統と人権という二つの価値観をめぐって、国家のあり方をめぐってフランスを二分し、近代的知識人という観念を生み出したドレフュス事件は、ベルクソンにとってはこのようなものとして存在したのであった。第一章に引用したベルクソン自身によるデカルトの《仮の道徳》の説明は、一八九三―一八九四年度のアンリ四世校での授業におけるもので、まさに一八九四年にドレフュス事件が勃発する直前の時期のものであって、改めてそのテクストを読むならば、ドレフュス事件の嵐の中を生きるベルクソン自身の心境を表わすかのように感じられる。

「《仮の道徳》は、人生の目的を思弁と科学研究と定め、よく哲学するために必要な内的また外的平和を得ることを何よりも気づかう思想家の道徳である」。

（二）ベルクソンとペギー

さて、ドレフュス事件に対してこのような対応をしたベルクソンは、まさにドレフュス派の闘士であったペギーに出会ったとき、どのような対応をしたのであろうか？　そしてペギーのほうもベルクソンに対してどのような対応をしたのであろうか？　最後にこの問題を考察しよう。そしてこの考察のためには、特に『ベルクソン研究』八巻の特集「ベルクソンとペギー」[39]とアンドレ・ロビネ『ジョレス、ベルクソンと教会の狭間のペギー』[40]を参照してゆく。

一八九八年一月一三日の『オーロール』紙にゾラのかの有名な「われ弾劾す！」を見出した二五歳の高等

師範学生のペギーは、さっそく翌日、面識もない文壇の大御所ゾラの家を訪ねる。ゾラの堅固な意志を確認したペギーは、その足で、社会主義陣営も行動を起すべきだとジョレスを《揺さぶり》[41]に行く。そのペギーがベルクソンに出会ったのは、まさにドレフュス事件が激化した時期であるこの同じ年の二月、高等師範学校の講師として赴任したベルクソンの授業においてであった。ペギーは《ユダヤ人》ベルクソンに対して、ジョレスに対すると同じように《揺さぶりに》行ったであろうか？　ここには実に対照的なペギーの姿がある。そして、それは当時ベルクソンが、ペギーのみならず、世間一般から、いわば《孤高》の哲学者として、触れるべからざる存在として受けとめられていたこともうかがわせる。

ベルクソンの既刊の二著『時間と自由』、『物質と記憶』をすでに深い感動をもって読んでいたペギーは、高等師範学校の授業の場ではまったく声を発することなくベルクソンの言葉に耳を傾け、アレヴィーの証言によると、授業後、廊下でベルクソンをつかまえて言ったそうである。「先生、先生はただ私たちのためにご自身のお仕事を中断されたことはわかっていますが、それは間違っています。先生には書かれるべき著書がおありです。それを何のためにも犠牲になさってはいけません」[42]。ジョレスに対するとは驚くほど対照的な姿だが、のちに、ベルクソンへの手紙に「あなたがこの国に内的生命の源泉を再発見して下さったのです」[43]と書いているように、ペギーがベルクソンのうちに見出したのは、実証主義の知的風土のなかで失われていた《内的生命の源泉》であった。あるいは、高等師範学校の授業と同時に通い始めたコレージュ・ド・フランスのベルクソンの授業についてペギーの言ったように「形而上学の帰還」[44]であった。ジョレスのうちに見出したものと全く違い、ペギーにとってこの上なく貴重であったのは《形而上学》であり《著書》のベルクソンであったのだ。ベルクソンの《著書》のうちに見出される源泉から深く汲み取りつつ、社会と政治と歴史の生きた現実に対する省察を進めるペギーのうちで、《源泉》と《現実》の二つの次元は有機的にひとつになっていった。現実のペギーとベルクソンの関係に、えもいわれぬちぐはぐな雰囲気がつきまとったのは、この二つの次元がひとつになっているのは、あくまでペギー自身の中においてのみであるにもかかわらず、そして、ベルクソンの真価が形而上学のうちにあるのは充分承知しているにもかかわらず、ペギーが、ドレフュス事件関係の記事を含めて、すぐれて政治論争的雑誌である『半月手帖』の陣営に、折にふれてどうしてもベルクソンを抱え込もうとしてしまい、ベルクソンがそれを拒否するところから生まれた。

ベルクソンの姿勢は、一九〇三年二月、ペギーが『半月手帖』の一般読者にベルクソン哲学を紹介することが有益であると考えて、ベルクソンの「形而上学入門」を無断で『形而上学と道徳』誌から『半月手帖』に転載した際のベルクソンのペギーあての手紙に明らかである。

「『半月手帖』は主として政治的、社会的運動を対象とした雑誌であると思われます。ところで、抽象的で何からも離脱した哲学的思弁が特定の実践的態度の枠組の中に収まるのは危険であると思います」[45]。

さらに、一九〇六年に『半月手帖』を合資会社にすることになった時、ペギーが出資者をつのる回状をベルクソンに送ったとき、ベルクソンは答える。自分の周囲の人々にこの回状を回しましょう。しかし、「私自身については、すでにあなたにもお話したように、私には決めたいくつかのルール(règles)があって、どんな種類の結社にも入らない、というのはその一つです。出資を承知することは、何かそうした類のことになるのを恐れます」[46]。ベルクソンがここで言う《ルール》の内容は、まさに《仮の道徳》の第一の《格率》を思い出させずにはいない。ベルクソンは、『半月手帖』の経営困難の時には、知人のロスチャイルド家を動かして援助させたり協力はしているが、寄稿は控え、実質的には距離を保ち続けてゆく。

ペギーが『半月手帖』に書いたものでベルクソンが最も評価し強い反応を示したのは、あのあまりにも有名な「すべては神秘に始まり政治に終る」という命題を含み、のちに『われらが青春』に収められることになった一九一〇年七月号の「神秘と政治」についての論文である。「あなたの書いたものでこの『半月手帖』ほど良いものも感動的なもののもありません」[47]とベルクソンはペギーに書く。のちの一九一四年にペギーが書いた論文「ベルクソン氏とベルクソン哲学についての覚え書」を見ると、ペギーのこの命題そのものが、ベルクソンの『時間と自由』で考察された、惰性的諸力と出会った純粋持続の堕落という命題に深く霊感を汲んでいることが推察されるが、ベルクソンののちの『道徳と宗教の二源泉』の最終章「機械的なものと神秘的なもの」が今度は逆にペギーのこの命題に深く影響を受けていることも明らかである。

さて、ちぐはぐなところを抱えたまま続いていった両者の関係は、あるひとつの出来事でいったん冷えこんでしまう。すなわち一九一一年にグラッセ社から出た自分の『選集』をベルクソンに送ったペギーは、それを文学大賞のために、「道徳学と政治学アカデミー」に紹介・推薦の《報告》をする労を取ってくれるように依頼する。すでに対立候補としてロマン・ロランがいたが、普段から忙殺されているベルクソンは、この年、数カ月にわたるイギリス講演旅行が重なったことなどもあり、結局《報告》をするに至らないままに終り、ロマン・ロランが受賞することになった。ペギーは非常に傷つき、ベルクソンに対して沈黙してしまう。いっぽう名声の絶頂にあったベルクソンの周囲には、アクション・フランセーズの反ユダヤ主義の立場から、また、狂信的カトリックの立場の両方から攻撃が募っていた。まさにそうした状況の中で、一九一四年二月ベルクソンは、ユダヤ系フランス人として初めてアカデミー・フランセーズ会員に選ばれる。経済的にも人間関係においても苦境に陥っていたペギーは、そしてソレル言うところの「世界の中心軸がソルボンヌ通り八番地を通っていると考える傾きのはなはだしい」[48]ペギーは被害妄想に陥り、ベルクソンがアカデミー入りのためにペギーを犠牲にしたとまで思い込む。まるで自分を捨てた愛する人を遠くから凝視しているような、ペギーのあの一種凄絶な美しさをたたえた有名な手紙が書かれたのはこの時である。

「人が私を押しこめるのに成功した全き孤独の中にあって、私はあなたがなお一層恐しい孤独を経験していらっしゃるのを感じます。なぜならその孤独は喧騒に侵されたものだからです。私の書いたものを読む時間はもはやない、と私におっしゃった日に、あなたが私にもたらした苦しみがどのようなものだったか、あなたはまったく考えてみることもなさいませんでした。いや増す悲惨と孤独の二〇年のあいだ、三人か四人の人が私の書くものを読んでくれさえすれば全てを受け入れてきました。そしてあなたはそのうちの第一の方でした。私は今日、墓の中で仕事をしています。しかし、あなたは、もはや、あなたから私が受取ったものが何であるか考えを向けることさえなさいません。あなたの／ペギー」[49]。

ベルクソンはこの胸を引き裂くような《祝辞》を受取って、その日のうちに手紙を書く。

「親愛なる友よ／済みません、あなたの書いていらっしゃることが私には何もわかりません。本当に何もわかりません。（中略）私はあなたの書いたものを読み続けています。興味をもって、いつも同じ深い共感をもって読んでいます。いったい、どうした誤解でしょうか」[50]。

このベルクソンの返事に対してペギーは《読む》というのは実際の読書のことではなく、「四年前からあなたは私に加担して下さいませんし、私もあなたに加担することがなくなって」[51]しまったことを言っているのです、あなたの哲学は、いま激しい攻撃にさらされていますが、あなたこそ、この国に内的生命の源泉を再発見してくださったのに、この攻撃は《ひっくり返った》攻撃です、と述べたあと「私だけがモーラスのような人間を打ち負かすに十分な強いペンを持っています。私だけが反ユダヤ主義者たちと狂信者たちの双方を抑えるだけの固いこぶしを持っています」[52]と、ベルクソンの敵たちに立ち向う意志を表明する。ついに、自分のほうにおもむろに向いてくれたベルクソンに対して、怨恨の淵から喜びの絶頂へと立ち上ったペギーが、ベルクソン哲学が再発見した《内的生命の源泉》の本質について真の天才的直観をもって記したのが、「ベルクソン氏とベルクソン哲学についての覚え書」である。ベルクソンは、ここに現れた最良のペギーに深く感動する。そこへたたみこむように、六月にはヴァチカンによってベルクソンの三つの著書が禁書リストに入れられる。今度はそれに対してペギーは、実質上「ベルクソン氏」の続篇というべき「デカルト氏とデカルト哲学についての覚え書・続篇」を書く。しかしこれはペギーの生前には発表されることなく終った。第一次大戦が勃発し、動員されたペギーは、八月一日ベルクソンの自宅に暇乞いに訪れる。この訪問はベルクソンに深い印象を残した。そして九月一九日、ベルクソンはペギーのマルヌにおける戦死を知る。

以上見てきたように、一六年間の交流のほとんどの時期、ベルクソンのペギーに対する態度は控え目な、距離を保ったものだった。ペギーのほうからもドレフュス事件についてあえて《揺さぶる》ことはなかったようであるが、むしろベルクソンのほうが、ドレフュス事件を中心とするペギーの論争から距離を保つことを望んだからである。しかしペギーのあの凄絶な手紙を機に様相が一変する。アカデミー入りという栄光の頂点でベルクソンに向けられた激しい攻撃の波のなかで、師弟の友情は半年という短い時間に、純化し深まり、ベルクソンは最良のペギーを知った。そしてペギーはそのような姿でベルクソンのうちに焼きついた。その焼きついたペギーの姿がベルクソンに与え続けたものが、どれほど大きかったかは測り知れない。

第三節　政治家的ベルクソンの一〇年

一九一四年三月に五五歳のベルクソンは、自身の哲学研究に専念し著作の準備をするために、コレージュ・ド・フランスを辞職した。しかし、同年夏には第一次大戦が勃発し、研究に専念するという希望とは裏腹に、戦時中は政府の使節として外国を訪問し、戦後は国際連盟の国際知的協力委員会の議長としての重責を果す《政治家的ベルクソン》の一〇年が続くことになった。

この時期のベルクソンについて考察するためには、まず『小論集』に収められたベルクソン自身による「私の使節行」[53]、議長ベルクソン、報告者レーノルドによる「国際知的協力委員会の第一回期の報告」[54]、モッセ＝バスチッドの前掲書の「ベルクソンと政治」、「国際連盟におけるベルクソン」の二章とスーレーズの前掲書を参照してゆく。

また錯綜する出来事を縫って行う考察の導きの糸としては、モッセ＝バスチッドが右記の二章で用いたそれ、すなわち、ベルクソンにおけるナショナリズムとインターナショナリズムの二元性をわれわれも用いてゆきたい。そして、モッセ＝バスチッドは両者を結合して考察はしていないが、われわれは、この二元性をベルクソンの後の最後の著書『道徳と宗教の二源泉』で問題となる《閉じたもの》と《開かれたもの》の根源的二源性に連ねて考察したい。なお、本論全体の視点である《哲学者のモラル》という点からのこの時期の位置づけは、この時期に直続する、リューマチの発病による陰棲の時期をへての『道徳と宗教の二源泉』の結実、という到達点から逆照射した時にのみ初めて充分に可能になるものと思われるので、次節で行うことにする。

(一)　第一次大戦と使節行

独仏開戦後まもなくの一九一四年一一月、ベルクソンの友人の哲学者グザビエ・レオンはエリ・アレヴィへの手紙に次のように書く。

「今のベルクソンのうちには、なにか今までになかった調子があると思わないかい？　戦争が彼を自分の外に飛び出させたんだよ。もうドレフュス事件の時の無関心とは違うよ」[55]。

開戦後まもなくのベルクソンのナショナリズムの熱烈な「調子」に触れてレオンは驚きとともに右のように「ドレフュス事件の時の無関心とは違う」「今までになかった調子」と言うのだが、戦時のベルクソンのこの熱烈なナショナリズムは、見かけほど「ドレフュス事件の時の無関心」と断絶したものだろうか？

そもそもフランスにおけるユダヤ人に対する同化政策は、「他のフランス人と同じであろうとする防衛機制に導かれた一部のユダヤ系フランス人をフランス人以上にナショナリストにすることにもなった」[56]と前掲論文で有田氏が言われるのをわれわれは既に見た。ところで、ベルクソンは、ジルベール・メールへの前掲の一九一〇年の談話で、「しかし、それ(ユダヤ人の連帯)が、帰化ユダヤ人が誰よりも尊重しなければならない国家利益に反するものになった時には止めなければなりません」[57](強調筆者)と語っており、同化ユダヤ人としてのベルクソンの中に、平時においても「フランス人以上にナショナリスト」になる契機が存在していたのがうかがわれる。だから、ベルクソンのドレフュス事件における沈黙と戦時の熱烈なナショナリズムは、表面的な調子としては正反対のようであるが、その根底においては、同化ユダヤ人としての防衛機制が働いた対応としての共通性を持っていると言えるであろう。そして、当時ベルクソンの蒙っていたアクション・フランセーズの《ユダヤ人》ベルクソンに対する激しい攻撃は、そのナショナリズムをいやが上にも熱烈にするものとして働いたであろう。

モッセ＝バスチッドも「彼がナショナリストであるとしても、それは自発的誇りによってではなく、感謝によってそうなることを欲したのである。彼のうちには、フランスに対して称揚し仕えることを命じ、卑しめ批判することを禁じる、不変の忠誠のようなものが見て取れる」[58]と言う。旧友たちをも途惑わせるほどの戦時のベルクソンの熱烈なナショナリズムは、根底においては同化ユダヤ人のそれであり、《感謝のナショナリズム》であったのだ。

こうしたものとしての戦時のベルクソンの熱烈なナショナリズムはどのような形で現れたであろうか。ベルクソンは、独仏開戦直後の一九一四年八月八日の時点で、道徳学、政治学アカデミーの議長として会議を招集している。数日前に暇乞いに来て出征していったペギーの面影も念頭にあったであろうし、中立のベルギーに進攻したドイツ軍に対する憤慨に駆られていたでもあろうベルクソンは、「ドイツに対して行われる闘いは、文明の野蛮に対する闘いそのものであります」と激烈な調子の開会演説をしている。

そして、戦時のベルクソンのナショナリズムの思想的要約であり、発表当時からフランス国内においてもて、また交戦国ドイツにおいて、そしてアメリカにおいても反響を呼んだ重要な一文が、一九一四年一一月四日号の兵隊向けの刊行物『共和国軍隊ニュース』に掲載された「消耗する力と消耗しない力」と題されたテクストである。

「国民の精神的エネルギーは、個人のそれと同じく、自身に勝り自身より強い理想に結合する時にのみ、勇気がくじけそうになった時にも、支えられるのであります。(中略)プロシャによって軍事化されたドイツは、その高貴な理念を遠くへ打ち棄ててしまいました。(中略)ドイツは暴力を崇拝し(中略)その精神力は、その物質的力が与える自信にすぎません。(中略)ドイツはその力と勇気が消耗するのを見るでありましょう。しかし、わが国の兵士たちのエネルギーは、消耗しないものに、すなわち正義と自由の理想に結合されているのであります。(中略)彼処の力は少しずつ消耗し、此処の力はたえず新たになるのであります。彼処の力は、すでに揺らぎ、此処の力は揺ぎないものであります。恐れてはなりません。此処は彼処を滅ぼすでありましょう」[59]

正義と自由の理想に活かされたフランスの《消耗しない力》に対する暴力のみに支えられたドイツの《消耗する力》というこの図式は、やがて、連合国の《生命力》に対するドイツの《機械的力》という図式に展開してゆくのだが、現実には錯綜した因果関係の歴史であるものをこのように捉えるベルクソンのナショナリズム的思想が、やや一面的であることは、当時のフランスの対独復讐に燃える一般的雰囲気を考慮しても、やはり否定しがたく、それを問題視する知識人も内外に少なくなかった。しかし、ともかくベルクソンは、この戦争の本質をこのようなかなり抽象的な図式のうちに捉えたのだった。

やがてベルクソンは、フランスの代表的知性として、外国への働きかけのため、戦時の政府によって使節として派遣されることになるのだが、この時問題となる国際連盟の構想に関連して、また、やがてそれが戦後実現した時に、その所属機関である国際知的協力委員会(国連におけるユネスコに当る機関)の議長として活動することになるベルクソンに関連しての考察のために、ここで、ベルクソンにおいてナショナリズムのかたわらに存在していたインターナショナリズムについて見ておこう。

ベルクソンの意志的な《感謝》のナショナリズムに比べると、そのかたわらにあったインターナショナリズムは少なくとも戦争以前は、よりナイーブなものであったと思われる。それは、モッセ＝バスチッドも言うように[60]、世界中に散在するユダヤ人との連帯を中核に持つものではない。それは、ポーランド出身の父親とイギリス出身の母親の間に生まれて完璧な英仏バイリンガルであり(ベルクソンがイギリスにおいて行った講演の大半は英語で行われた)、自分以外の家族がすべてイギリスで生活し、幼時にはフランス語圏スイスでも暮らした人間としての体験からくるインターナショナリズムであり、アメリカ人哲学者ウィリアム・ジェームズとの親交のうちに息づいていたインターナショナリズムである。このような、外国の土地、文化、言語と実際に親しんだ経験から来るインターナショナリズムは、例えば、ベルクソンの生徒の一人で、のちに世界でも有数の銀行家になり、フランスのみならず日本をも含めて五カ国の青年を対象に世界旅行のための「世界一周奨学金」制度を作って国際交流に貢献し、ブーローニュの森に素晴らしい日本庭園を作り、コレージュ・ド・フランスの人文地理学講座の創設に匿名で資金を提供したアルベール・カーンに対するベルクソンの影響、激励、支持のうちに典型的に見出されるものである。

一九三一年、世界一周協会の二五周年を祝福して送った手紙でベルクソンは次のように言う。――デカルトの言う「世界という大きな書物」をフランスをはじめ様々な国の選ばれた青年たちのために大きく開いてやり、世界という共通の体験のうちに共通の思想を育くむことができるならば、「それはアメリカの偉大な教授の言うところの《インターナショナル・マインド》への歩みとなるであろう」[61]そして、もしジュネーブで続けられている事業の御蔭で、いつの日か人類全体の社会が成立したとき、この協会はその精神の準備に貢献したと言われるであろう――と、祝辞ゆえベルクソンはこのように述べるが、しかし、実際には、大戦前のベルクソンが抱いていたであろうナイーブな、いわば《親善》のインターナショナリズムとも呼ぶべきものは、ウィルソンの国際連盟の構想の成行きのなかで、そして、国際知的協力委員会の運営のなかで厳しく試されることになった。

（二）使節行

さて、戦時のベルクソンの使節行は三回行われた。

その第一回は、重要性の最も小さいもので、一九一六年にベルクソンを含めて学士院の四人のメンバーが公式に政府から派遣されてのスペインへの使節行であった。大学訪問、影響力のある人物たちとの交歓、そして講演(マドリッドの学生たちに向けての講演でベルクソンは「騎士道精神の何ものかを保持し続け、力より権利を優先し、正義を信じ、高遭の精神を知る《高貴な》国民」[62]に対する共感を表明している)などが行われたが《戦争》の言葉が口にされることは一切なく、その成果はフランスとスペイン両国の友好を深め、スペインの中立を保証することにすぎなかった。

これに対して、最も重要性の高かったのが、一九一七年二月から五月の第二回の、政府から《身分を秘して》(incognito)派遣されてのアメリカへの使節行である。

戦争の当初から、ウィルソン大統領は、世界の永久平和を樹立するための国際連盟の構想を打ち出しており、当時アメリカは、大統領のもとに、ヨーロッパの戦争に対する中立を守っていた。実際には、戦争が長びけば、アメリカの最良の顧客である両陣営がともに疲弊し、将来の戦勝陣営に対してのアメリカの影響力も弱まること、中立国の海上の自由に対する連合国の取締りが厳しくなってきたこと、そして特に、この年ドイツの無制限潜水艦戦の再開が危ぶまれたこと(実際二月には再開された)、などの諸状況が全て、アメリカが中立を保ち続けることを困難にしつつあった。しかし。ウィルソンは躊躇していた。アメリカ国民は、ウィルソンが国民を戦争から守ってくれるからこそ再選したのであり、アメリカ国民は専制的帝政のドイツよりは民主主義の連合国のほうに共感を持っていたにしても、息子たちの命を危うくすることは欲していなかったからである。だから、ウィルソンが参戦の決意をするためには、国際平和を守るためにこそあえて中立を破らねばならないということをアメリカ国民に納得させるための《大義》causeが必要であった。当時のフランスの首相兼外相のブリアンによって選ばれて参戦を促すためにウィルソン大統領のもとに派遣されたのが、政治家ではなく《哲学者》ベルクソンであったのは、まさにそれゆえだった。

政治の世界においては、現実の力関係、利害関係と《大義》のどちらがどちらを導き制するか、それはたえざる葛藤であろうが、ベルクソンのこの第二回の使節行においては、まさに絶妙のタイミングで、現実に一歩先んじて《大義》が差し出されたという事であると思われる。

スーレーズがフランス外務省に残された文書を丹念に調べたおかげで、今では、ベルクソン自身の「私の使節行」以上にくわしく状況が明らかに知られることになった。

「出発前日一月三一日」とベルクソンの手で記された、当時の外務省政治局長でこの使節行の《指南役》のフィリップ・ベルトロの指示をベルクソンが書き記したメモは、まさにこの使節行の《シナリオ》というべきものである。

「(3)彼に(ウィルソン大統領)に言うこと――私、ベルクソンは、哲学理論を知られているが、国際連盟を望んでいることも知られており、その私は、最後まで行かなければそれが不可能であるという意見であること。

(4)あなた(大統領)は審判者であることを欲したが、私は証人として傾聴されることを要請する。私は真理のみを語る」[63]。

スーレーズも言うように、このメモは、原文では、ベルトロがベルクソンに指示する二人称の命令形と、書き写すベルクソンの一人称単数が入り混った奇妙な文体になっており、メモゆえ表現も簡略ではあるが、内容は明らかである。

(3)は、永久平和のための国際連盟は望ましい、しかしそれは、暴力的専制国家ドイツを徹底的に負かしてからでなければ不可能である、それが世界的に著名な哲学者ベルクソンの意見である——ということを意味する。そして、これがまさに《哲学者》ベルクソンがウィルソンに差し出した《大義》である。(4)は、(3)の内容が、国際連盟を提唱し世界平和の審判者であるウィルソン大統領に対して、真理の証人の哲学者としてベルクソンが提出する意見である——ということを意味する。この(4)には、ベルクソンが大統領との会見の前に記した準備メモの次の項目が呼応しつつ補うものとなっている。

「(a)ベルクソンはウィルソンに、彼のおかげで《初めて》哲学が政治の魂あるいは精神となる可能性が見えたということを明言すること」[64]。

スーレーズが指摘するように、ここでベルクソンはプラトンの《哲人王》のイメージを大統領に投影しており、ウィルソンの理想主義に対して、哲学者としてそれを称揚することを意図しているのである。

ベルクソンは、このような《シナリオ》に従って、大統領との会談で(「私の巡礼行」の記録でもうかがわれるように、ベルクソンは大統領と直接英語で話をした。その意味でもベルクソンは最良の使節であった）、また大統領の腹心のハウス大佐と、そして大統領の信頼の篤い内務長官フランクリン・レインとの会談で働きかけに努めた。

そして、「私の使節行」に記されているように、大統領がついに長い逡巡のすえに、議会から対独宣戦布告の承認を得たとき、レインはベルクソンに言った。「あなたは大統領のあの決定に対して、自分で考えておられるよりずっと強い影響を与えたのです」[65]。ベルクソン自身も率直に認めているように、「この使節行は成功であった」[66]。そして、「宣戦布告のメッセージの中に印されたあの有名なウィルソンの言葉『世界は民主主義にとって危険のないものにされなければならない』には、彼の思想が簡潔に表わされている」[67]とベルクソンは言うが、この「彼の思想」は、ベルクソンが差し出した《大義》とぴったり重なっている。

ベルクソンは、一八年後の一九三六年になって使節行について書く決心をしたのは、「アメリカが参戦したのは利益のためだったという声をたえず耳にするため」[68]であった、と述べているが、ベルクソンは使節としての自分が、現実に対して一歩先に《大義》を差し出したことに誇りを持ち、そしてウィルソンが参戦を決意したのは、他ならぬその《大義》に促されてであることを主張したかったのだ。かくして「最愛の国フランスが救われたのである。（中略）これは私の生涯でも最大の喜びであった」[69]と述べるベルクソンにおいて、使節行は、フランスに仕えたいと願う熱烈なナショナリズムを十二分に満たす機会となった。

一九一八年、第三回の再びアメリカへの使節行は、やはり《身分を秘して》のもので、今度はクレマンソーに依頼されてのことだった。戦局が最も困難な時で、使節としての目的は、戦局打開のための東部戦線の再建計画をウィルソンと側近に提案することであった。じっさいには、フォシュ将軍が勝利をおさめたためにその必要性もなくなったのではあるが、今度は、大統領とも腹心とも意見の一致は得られず、「前の場合には知らなかったような困難を味わった」[70]と述べている。そのような困難は、ベルクソン自身が「新たな使節行にはもはや私は全然適格ではないと思われたのだが」[71]と述べているように、今回対象となっている問題はひたすら《現実》であったから、求められていたのは《政治家》であって《哲学者》ではなかったからだと思われる。この使節行でベルクソンは、《現実》の政治の複雑さと同時に、そこに見出される利害関係の衝突に、ある苦みを感じずにはおられなかったであろう。

しかし、最も苦い幻滅は、一連の使節行の末の終戦後に待っていた。「ウィルソンにとってこの戦争の真の目的であった国際連盟は、その決定を実行するに当って必要なすべてのものを十分にもちえたはずであった。(中略)不幸にして合衆国の背信とそれに続く英国の背信により、すべては損われほとんど台無しになってしまった。(中略)人類は思いもよらぬ高みにまで登りうるかとみえた。が未曽有の低きに落ちてしまったのである」[72]とベルクソンは書く。アメリカの参戦の目的であったはずの国際連盟への参加を、他ならないアメリカ自身の上院が否決してしまったのである。ベルクソンがフランスに仕えたいという熱烈なナショナリズムのうちにアメリカの参戦を促し、そのための《大義》として国際連盟を称揚した時は、フランスにとってもアメリカにとっても、ナショナリズムの延長上に、国際連盟のインターナショナリズムがあり、両者は相容れるように思われたであろう。しかし、終戦後のアメリカの対応は、その両者の間に亀裂が存在することをベルクソンに垣間見せたであろう。少しペギーにならった言い方をするなら、すでに一九二〇年の国際連盟成立の段階で、国際連盟のインターナショナリズムの《ミスチック》が、個々の国家のナショナリズムの《政治》に堕する危険性をベルクソンは感じずにいなかったであろう。

(三)　国際知的協力委員会

しかし、ベルクソンはそのような幻滅と危険性を感じつつも、一九二二年一月に国際連盟の機関として国際知的協力委員会Commission internationale de Coopération intellectuelle (C.I.C.I.) がジュネーブに設立され、アインシュタイン、キュリー夫人、新渡戸稲造らと共に一二人のメンバーの一人に選ばれ、さらに一九二二年四月、第一回の会議で全員一致で議長に選ばれると、この責務を引き受けた。三年の議長職のあいだ、ベルクソンには、ウィルソンと共にした国際連盟の当初の理想をこの委員会の枠で少しでも実践してゆこうとする意志があったに違いない。国際的知的協力委員会の活動は、第一会期の報告書にも記されているように、次の四方面にわたるものであった。(1)領域別の学問研究の国際的統合　(2)学問研究の刊行物の国家間交換の促進　(3)理系・文系の諸業績の国際的書誌の作製　(4)科学的発見の知的所有権の問題の調整(ユネスコが教育に焦点を置くのに対して、国際知的協力委員会のそれは研究に置かれている)。

議長としてのベルクソンは、委員会の活動の規模の大きさに見合わない予算の不足に悩まされ、その対策に奔走しながらも、《知的協力》に関連する既存の機関とそのエキスパートたちの知見を利用しつつ、現実的に手のつけられるところから実現する、という現実主義的やり方をとって、大きな成果を収めた。

しかし、《国際知的協力》を目的とするこの委員会でも国家間のナショナリズムの衝突は避け難かった。委員会の第二会期で親ドイツ派のイギリス代表ディッキンソンが、国際連盟加盟国か否かを問わず（ドイツは当時加盟していなかった）戦災のはなはだしかった国々の大学に対する援助のための基金を、すべての国、とくにアメリカに対して呼びかける許可を国際連盟総会に求めるよう提案したとき、委員会は多数をもって否決した。さらに、第一会期からすでに何度も提案されては否決されていた、加盟国か否かを問わない世界大学会議の開催が第二会期でも否決され、ひとりの委員が、委員会として少なくとも、状況が整い次第、こうした種類の会議が開催されるよう要望する旨の発表をしたらどうかと提案したとき、ベルクソンは、言葉のオブラートに包んででではあるが拒否する。「もし、すべての学者が邂逅するための時期はまだ来ていないと判断する人たちがいるとすれば、それは、その人たちの良心だけが判断する理由によるのです。委員会にはその理由を判断したり、間接的な形でにせよ否定する権利はありません。委員会が出す要望というのも現実的効果はないでしょう。それが誰の信念をも変えられるものではないことは明らかですから」[73]。この会期の一九二四年という時点で、ベルクソンのナショナリズムが、国際連盟の国際知的協力という枠の中でも、いまだドイツを受入れることを許さなかったことは明らかである。そして、ベルクソンが右記の発言をした会議に欠席していた委員会副議長のイギリス人マレーは、一九二四年三月六日の「タイムズ」紙に、委員会の反ドイツ精神に対する厳しい批判の書簡を公表することになる。しかしまた当時、ドイツの学者たちのほうも委員会に対して協力を拒否する姿勢であったことも事実だった。当初、ドイツの国際連盟不加盟にもかかわらずドイツを代表とする科学者として委員会の委員に任命されたアインシュタインが、実際上、国内の圧力でいったんは辞任せざるをえなくなったのもその現れであった。《人類のための事業》と謳いながらも、国際連盟そのものの中にインターナショナリズムを阻むものがあり、ベルクソン自身の中にもそれは現われずにはいなかった。また、それは、《民族自決》を原則としながらも現実には至る所で力の衝突をかかえていたいわゆる《ヴェルサイユ体制》そのものの問題でもあったと言えるだろう。

また、一九二一年九月の国際連盟理事会で、南アフリカ代表のロバート・セシル卿が、軍縮に関連して、毒ガス使用に対する最良の対策は、すべての国の学者に発見を公表するよう呼びかけることであると思われるので、この問題について国際知的協力委員会に諮問してほしいという要望が出され、決議されて問題は委員会にもちこまれた。しかし委員会は議論のすえ、結局、意見表明を回避することになった。回避の理由は、この問題が科学だけでなく司法の領域に属するもので、発見の公表は、ある国々から化学産業の独占を奪うことになる、発見の公表は破壊的分子に情報をもたらすことになって人々の安全を脅かす一方、政府の命令で研究を進めている学者たちは、どんなに危険な発見でも秘密にするだろう（まさに第二次大戦で起ったことであるが）、というものであった。結局、委員会としては、問題が専門的すぎるとしてエキスパートの委員会を作ることを提唱したに留まった。この経過はベルクソンに、問題の真の解決は個々の学者の良心にかかっており、国際平和のための機関に他ならないものが、現実的戦争防止においていかに無力であるかを教えずにはいなかったであろう。

着実な成果を納めつつも大きな問題を孕んだベルクソンの三年間の議長職は、一九二四年末のリューマチの発病によって突然打ち切られることになる。一九二五年九月にベルクソンは正式に健康上の理由で委員会を辞任する。時にベルクソンは六六歳、一九一四年の大戦勃発からほぼ一〇年の《政治家的ベルクソン》の生活は、このようにして終った。そしてこれからはリューマチのため椅子にしばりつけられた生活が始まる。かくしてベルクソンは一九一四年にコレージュ・ド・フランスを辞職した時に望んでいた哲学研究への没頭を、リューマチによる陰棲という思いがけない形で獲得することになる。そして、それから七年後の一九三二年、ついに久しく前から準備されていた《道徳》に関する著作『道徳と宗教の二源泉』を発表することになる。

（四）《政治家的》一〇年と『道徳と宗教の二源泉』

《政治家的ベルクソン》の一〇年は陰棲の七年の思索をへて『道徳と宗教の二源泉』の中にどのように結実したのであろうか。最後にこの問題を検討したい。

この問題についてのモッセ＝バスチッドの見解は、『二源泉』という著作の濃い宗教性そのものが、ジュネーブにおいて味わわれた幻滅によって説明されるとするもので、ハルマール・スンデンの『ベルクソンの宗教理論』を援用している[74]。紹介されたスンデンの見解も参考にすると、要するに、ジュネーブでの知的・政治的領域の活動では果せなかったものを著書の宗教的理論において果そうとしたということで、いわば『二源泉』の宗教的次元そのものを、ジュネーブの挫折の《代償物》と見る見解である。

他方、専らベルクソンの政治との関わりを研究したスーレーズは、「われわれは戦時の演説の主たるテーマがいかに『二源泉』に再び取り上げられると同時に批判されているかを示すことができる」[75]と述べ、例えば『二源泉』においては、国際連盟についてのウィルソン的構想への反論に当るものが見出されるばかりでなく、「経済協力と人口の抑制」[76]という新たな要素を考慮に入れるべきことを提示していると指摘する。要するにスーレーズは《政治家的ベルクソン》の一〇年の体験が『二源泉』の政治理論の中にいかに《止揚》されたかという視点で見ている。

しかし、《政治家的ベルクソン》の一〇年の『二源泉』における真の結実を理解するためには、モッセ＝バスチッドの、『二源泉』の宗教的次元を政治的挫折の《代償物》と見る視点も、スーレーズの、『二源泉』の政治理論の中に《政治家的ベルクソン》の《止揚》を見る視点も不充分であり、《政治家的ベルクソン》の経験が、《道徳と宗教の二源泉》との関わりで捉えられた時にいかなる深まりと変化を蒙ったか、という視点、すなわち政治的次元と宗教的次元を断絶することなく両者の《源泉》において捉えた時に可能になると思われる。そして、われわれはその《結実》が、『二源泉』におけるナショナリズムとインターナショナリズムの関係についての思想のうちに見出されると考える。

ベルクソンは『創造的進化』において考察した《生命の躍動》としての生命の様相と、《種の保存》としての生命の様相を、『二源泉』において《道徳と宗教の二源泉》として捉え、前者を創造主たる神の愛に基づく《開かれたもの》、後者を本能に基づく《閉じたもの》として捉えた。そして基本的にインターナショナリズムは前者に、そしてナショナリズムは後者に属するものとして位置づけた。そして、《真の結実》は、そのような位置づけによって初めて捉えることが可能になる両者の関係であると思われる。

「社会的責務の根底に認められた社会的本能は(中略)人類をめざすものではない。というのは、どんなに大きなものであれ国家と人類との間には、有限と無際限の、閉じられたものと開かれたものとのすべての距離が存在するからである」(*D.S.* 1001)。

「われわれは家族と国家とを通り段階的に人類に達するのではない。われわれは一足とびに人類よりはるかに遠いところに赴き、人類を目的とすることなく、人類を越えつつ、人類に到達したのでなければならない」(*D.S.* 1002)。

《政治家的》一〇年の経験の中で、自他のナショナリズムの限界と危険性に気づきつつも、自己のあのナイーブな《親善》のインターナショナリズムを国際連盟の理念に結合して、ナショナリズムの延長上にインターナショナリズムを見ていたベルクソンは、《二源泉》をめぐる根源的思索の中で、両者の間には本質的断絶があること、そして、ひとたび遠くへ超出して再び戻って来ることによってのみ、すなわちひとつの根本的《方向転換》があってのみ真のインターナショナリズムに達しうるということを認識するに至ったのである。ここにこそ『二源泉』に見出される《政治的》一〇年の結実があると思われる。この結実こそが、『二源泉』の最終章に展開される国際平和のための国際機構に対するベルクソンのいわゆる専門的考察を根底において支えているものであると思われる。そしてこの《方向転換》の困難さを意識してこそ、ベルクソンは最終章の最後の最後で「人類は自分の未来が自分次第だということを十分に知っていない。人類はまず自分が生き続けようと欲しているか否かを見てみることだ」(*D.S.* 1245)と警告を発しているのである。

一九一八年のアメリカへの使節行の合間に行われたインタビューで、「戦争が精神的に何の寄与もしないなどということはありえません」[77]と言っていたベルクソンから「万人にとっての神を思いうかべるだけで戦争の即時停止になるはずである」(*D.S.* 1158)と書く『二源泉』のベルクソンまでの距離は非常に大きい。

日本のある首相は数年前の国連における演説で、ナショナル・マインドがインターナショナル・マインドの基礎となると述べたが、しかし、両者がそのように直線的につながるものではないこと、まさにそのことをベルクソンは指摘したのだ。そして国際紛争の絶えない現在の世界においても、「人類を産み出した原理そのものとの接触」(*D.S.* 1021)によって可能になる人類愛のうちに、「人類を越えゆくことによってはじめて人類に達する」(*D.S.* 1007)ということ、すなわち真のインターナショナリズムに達するためには、根本的《方向転換》が必要であるということへの《気づき》は非常にアクチュアルな問題であり続けていると思われる。

第四節　『道徳と宗教の二源泉』——哲学者の神

われわれは前の章において《政治家的ベルクソン》の一〇年を《哲学者のモラル》という本論全体の視点から位置づけるためには、その後の七年の陰棲を経て発表した『道徳と宗教の二源泉』という著作を到達点として、そこから逆照射する必要があると書いた。そこで、この章ではまず、到達点の『二源泉』という著書の性質を考察し、そこから、《政治家的》一〇年を含めて、大戦勃発の一九一四年から『二源泉』発表の一九三二年までの時期全体について改めて《哲学者のモラル》の視点から検討することにする。

（一）『道徳と宗教の二源泉』

長い準備期間ののちに発表された『道徳と宗教の二源泉』とはどのような性質の著作であっただろうか。

『創造的進化』の神、「無尽蔵の花火から火箭がとび出すように、一つの中心からもろもろの世界が湧出する」(*E.C.* 706)、その《生命の躍動》の湧出する中心である「不断の生命」(*E.C.* 706)としての宇宙論的神の特性に何か付け加えることはないかと尋ねるド・トンケデク師に書いた一九一二年の手紙で、ベルクソンは、神について一層のことを述べるためには、道徳の問題に着手しなければならないが、もしこの問題についていつか何かを公表できるとしたら、それは自分の他の仕事と同じくらい証明可能な結果に至った時だけで、「私の考えでは哲学はしっかり定まった方法に従って成立するものであり、その方法のおかげで、（中略）実証科学と同様に大きな客観性を主張することができるものだからです」[78]と述べていた。

ところで、われわれはすでに第一節で、ベルクソンにとって《科学としての哲学》を可能ならしめる《方法》として、本来的意味での《直観》と、それが直接には不可能な時にそれを補うものとしての《事実の系列》の《交差》による認識を挙げたが、ついに書かれた『二源泉』を見るならば、この著書は、『創造的進化』全体の与えた生物学的認識と、キリスト教神秘家たちの与える宗教的認識と、それぞれを大規模な《事実の系列》とみなして、それら二つの《事実の系列》を《交差》させることによって成立したことがわかる。ベルクソンは「神秘主義の哲学的価値」と題された節で次のように述べる。決定的なテクストなので少し長くなるが引用する。

「われわれはかって《事実の系列》について述べた。系列のいずれもが真理の方向だけしか示さないのは、その系列が十分先まで行かないからだ。それでも、それらのうちの二つを交差する点まで延長するならば、真理そのものに至るだろう。（中略）ところで、まさしくたまたま、われわれは、宗教的問題と全く異なったある次元の問題の究明によって、神秘体験のような特異な、特権的体験の存在を蓋然的なものとする結論に到達した。他面、神秘的体験をそれ自身として研究した結果、全く別の方法で全く別の領域で獲得された知識につけ加わるようなさまざまな指示を得た。それゆえここには相互的な強化と補足とがある。まず第一の点から始めよう。われわれが生命の飛躍とか創造的進化とかの考え方に到達したのは生物学のデータをできるだけ詳しく追求したことによってであった。(中略)ところで生命の飛躍はなにに由来し、その原理はいかなるものであったか。(中略)これらの問いに対して考察された諸事実はなんら解答をもたらさなかった。だがその解答が出てきそうな方向ははっきり認められた。(中略)高次に強化されることによって直観はおそらくわれわれの存在の根源にまで至り、またそれによって、生命一般の原理そのものにまで至るであろう。神秘的な魂はまさにそうした特権を扱っていなかったか。このようにしてわれわれはさきに第二の点として予告したものに達した」(*D.S.* 1186-1187)。

また、このような《方法》によってベルクソンはド・トンケデク師が呈した質問である神の特性について次のように付け加えるに至ったのである。

「神は愛であり、愛の対象である」(*D.S.* 1189)。

「宇宙は愛および愛の要求の、目に見え、手に触れうる姿に外ならず、それは、この創造的情動がもたらすあらゆる帰結——つまり、この情動の補足となる生物、そうした生物が出現するために不可欠な他の無数の生物、最後に、生命が可能であるためには不可欠な莫大な物質などの出現——をともなうものであった、と。こうしてわれわれは明らかに『創造的進化』の結論を越える」(*D.S.* 1192-1193)。

また、この著書でベルクソンは、神秘家たちのもたらす《事実の系列》を《交差》させる方法を採用すると同時に「哲学は日付をもった啓示や、それを伝えた制度や、それを受け入れる信仰を相手にしない」(*D.S.* 1188)として、神秘家の直接体験の証言は受け入れるが、宗教としてのキリスト教を構成している要素は考察の対象から外すことを明らかにしている。

こうして『二源泉』という著書の根本的性格を見たときに、二つの側面が浮び上ってくる。その第一は、四番目の主著であるこの《道徳》の書においても、ベルクソンはこれまでの三つの主著と同じ《方法》(事実の系列)を用いており、その意味ではこの著書は前の著書と同じく《科学としての哲学》の本であると一応言えるということである。

そして、第二に浮び上がる側面は、《方法》は同じではあるが、その《方法》が用いる二つの《事実の系列》のうちの一つ、神秘家たちの証言という《事実の系列》は、それまでの三著における《事実の系列》とは次元を異にしたものであるということである。

ベルクソンは、この本の「英雄の呼び声」という節で「人が我がものとする言葉は自分の中に反響を聞いた言葉である」(*D.S.* 1004)と言い、また、「神秘主義の哲学的価値」の節でも「ウィリアム・ジェームズは神秘的状態を経験したことが一度もなかった、と言明した。が、それにつけ加え、神秘的状態を体験した人がその状態について語るのを聞くときには『なにかが自分のなかで反響する』とのべていた。われわれの大部分もおそらく同じ事情にある。こうした人々に対して、神秘主義をごまかしあるいは狂気としかみない者たちが、憤慨して抗議したところでなんの役にも立たない」(*D.S.* 1184)と述べる。ベルクソンが神秘家の証言を《事実の系列》として取り入れたのは、ベルクソンが「自分のうちに反響を聞いた」からに他ならない。しかし反響を聞かない人、あるいは聞かないと思う人もいる。その人々にとっては、神秘家の証言は《事実の系列》とはなりえない。例えば、ベルクソンの《哲学の方法》として《事実の系列》を評価したドゥルーズ自身が、方法そのものとしては評価しながら、その著『ベルクソン哲学』では『二源泉』を考察の対象から完全に排除している。ドゥルーズの立場は明らかであって、神秘家の証言は《事実の系列》として認めないということである。だから、ベルクソンが神秘家の証言を《事実の系列》として取り上げるところには、ベルクソンの価値観が働いているわけであり、そのような次元の《事実の系列》を構成要素の半分とすることによって《交差》の方法そのものの性質が根本的に変ってしまっている。それは、前の三著におけるように万人に説得的な方法なのではなく、その結果がどんなに豊かなものであろうと、「反響を聞く」人にのみ有効な方法に変っているのである。

以上の考察から、《方法》そのものによっては前の三著と連続し、神秘家の証言という新たな《事実の系列》の導入によっては断続しているという、この著書の根本的に《二面的》あるいは、次元の異なるものの間に位置するという意味で《過渡的》な性格が浮び上ってくる。

ただ、ここで注意しなければならないのは、この著書が実質的には以上のような《二面的》あるいは《過渡的》性格を持ちつつも、ベルクソン自身の意識では、神秘家の証言の《事実の系列》の客観性をこれまでの著書の《事実の系列》の客観性と並べることによって、この書の《交差》の方法が今までと同質の客観性をもって成立していると考え、この《道徳》の書をあくまで《科学としての哲学》の著書とみなしていたことである。ベルクソンはこの書がそのような意味での哲学書であるという意識を強く持っており、印刷中のこの本についてシュヴァリエに話をした時も真先に次のように言っている。

「この本は哲学書です。この本を書いている間、わたしが真理の源泉として経験と推論以外のものを認めなかったのはもちろんのことです。(中略)哲学者は哲学者としてこの経験(神秘的経験)に訴えなければならないし、すくなくともこの経験を考慮に入れなければならないということを示したつもりです」[79]。

(二)《哲学者の神》

第一節で見たように、ベルクソンはかってアンリ四世校の授業でデカルトにとっての《決定的道徳》について、それは数学者としてまた物理学者としての方法を適用するものだろう、と想定していた。《科学としての哲学》の方法論を適用した道徳論であってはじめて《決定的》道徳になりうると考えていたわけだが、『二源泉』は、この意味でベルクソンにとっての《決定的道徳》の書であったと言えよう。

さて、哲学者としてのベルクソンの意識において『二源泉』は右のような意味を持つ著書であったとすれば、『二源泉』の神は、哲学者としてのベルクソンにとって結局どのような意味を持つ存在であったのだろうか？　哲学者にとっての神という問題を考えるために非常に示唆的なテクストが『思想と動くもの』の序論の中に見出されるので、この問題の考察の最初に参照したいと思う。

「しかし何ゆえに近代哲学は神に関してかかる観念を抱いたのであろうか。(中略)よく理解できないのは、神という言葉で人類が常に指示してきたものとなんら共通なものを持たない原理を神と呼んだことである。たしかに古代神話の神とキリスト教の神とは全く似ていない。しかしどちらの神に向っても祈りが捧げられており、どちらの神も人間に関心を抱いている。静的宗教にしても動的宗教にしても宗教はこの点を基本的なものとして保持している。ところが哲学ではこれとは別に本質上人間の祈願を全く顧慮することのない存在を神と称する、ということが起っているのである。あたかも、この神は理論的には万物を包摂するとはいうものの、事実上は人間の苦難が目に入らず人間の祈りが耳に入らない、とでもいうかのように。この点を究明してゆくならば、そこには説明的観念と活動原理との間の人間精神には自然的な混同が見出されるであろう」(*P.M.* 1289-1290)。

ここでベルクソンは近代哲学において、本質的には世界を説明する包括的観念であるものを活動原理と混同して神と呼ぶことが起っていると指摘しているのであるが、ここで指し示されている近代哲学の神の筆頭にベルクソンが、「デカルトにおける運動法則の《作り手》としての神」[80]とグイエの言う神、そしてパスカルが「彼(デカルト)はその全哲学のなかで、できることなら神なしですませたいものだと思ったろう。しかし彼は、世界を動き出させるためには、神に一つ爪弾きをさせないわけにはいかなかった。それから先はもう神に用がないのだ」[81]と述べたその神、結局のところパスカルがあの「覚え書」で、人が出会うものとしての神、すなわち《アブラハムの神、イサクの神、ヤコブの神》の対極に置いた《哲学者の神》を念頭に置いていたことはほぼ確かであろう。

そしてベルクソンはここで《哲学者の神》について述べていることをほぼそのまま継承して『二源泉』の「神の存在」の節ではアリストテレスの神に適用している。

「宗教は、静的宗教であれ動的宗教であれ、なによりもまず神をわれわれと近づきになりうる《存在》だと考えている。ところでまさにそれこそ、アリストテレスの神の不可能な点なのである。(中略)解き難い問題が提出されるのも、神をアリストテレス的見地から見るからであり、人間が祈ろうと考えたこともない存在を神という名で呼ぶことに同意するからなのである」(*D.S.* 1180-1183)。

ひるがえって考えてみると『創造的進化』の神はどのような神であっただろうか。世界がそこから湧出する中心としてのあの宇宙論的神についてベルクソンは、一九二六年四月九日のシュヴァリエとの対話で言っている。「あの神は世界の原因Xとしてのみ知られる神です」。「『創造的進化』によって私は、神としか名づけようのない《原因》に達したと思います。しかし、まだそれは、人が顔を向け祈る時に考える完全な存在としての神ではありません」[82]。このような「人が顔を向け祈る」神ではなく「神としか名づけようのない《原因》」としての神とは、哲学体系の中で世界を説明する観念として登場する神として《哲学者の神》であると言えるだろう。

それでは、神秘家の証言という《事実の系列》を導入することによって、愛そのものである源泉として捉えられた『二源泉』の神は、哲学者ベルクソンにとってどのような意味を持つであろうか。

前に引用した「神秘主義の哲学的価値」のウィリアム・ジェームズに触れている一節は、ベルクソン自身が自分のうちに神秘家の証言の反響を聞いたことをはっきり示している。そしてベルクソンがそれをごまかしや狂気ではないものとして認めていることもはっきり示している。しかし、この著書を書いた時点では、ベルクソンは《自分のうちに反響を聞いた》この証言をそれ自身として探究することに向うのではなく、ただちに《事実の系列》として扱うことに向う。この時点のベルクソンにとって神秘家の証言はやはりあくまで《事実の系列》という自己の《哲学の方法》に組みこまれるものとして意味を持っていたのである。だから、ベルクソン自身は神秘家の証言の反響を自身のうちに聞いたにもかかわらず、そして『二源泉』の神が、『創造的進化』の「世界の原因X」とは様相の大きく異なる《愛そのものである源泉》として現れているにもかかわらず、ベルクソンがこの神を、自分自身の聞く《反響》そのもののうちに探究しない限り、そして、神秘家の証言を《事実の系列》の方法に組み入れるものとして位置づける限り、《事実の系列》の《交差》のうちに出現する神は、定まった《方法》によって見出され哲学体系の中で世界を《説明》するものとして登場する神であり、その限りでは結局一種の《哲学者の神》に留まっていると言わざるをえない。

ベルクソン自身が『思想と動くもの』の序論と、『二源泉』の「神の存在」の節で、各々デカルトとアリストテレスの神観念に対して行った批判にもかかわらず、『二源泉』の神は、右記の意味で根本的に《哲学者の神》に留まっている。こうして、ベルクソンのうちに《科学としての哲学》、《仮の道徳》に続いてもうひとつのデカルト的観念《哲学者の神》が見出されることになる。ベルクソンにとって『二源泉』はその三つの観念を包含する《決定的道徳》の書であったと言えるであろう。

(三)　第一次大戦以後の《哲学者のモラル》

今度は、到達点に位置するこの『二源泉』という著書から逆に、ここに至るまでの時期を、《哲学者のモラル》という本論全体の視点からもう一度見直そう。

本節の冒頭に引用した「神秘主義の哲学的価値」の一文においてベルクソンは「生命の飛躍はなにに由来し、その原理はいかなるものであったか、それは自己充足的であったにしても、それ自身としてはどのようなものだったか、(中略)これらの問いに対して、考察された事実はなんの解答ももたらさなかった」(*D.S.* 1186)と述べていたが、社会的活動に忙殺されたということを考慮に入れたとしても、ベルクソンがこの著書を書くのに四半世紀という長い時間がかかったのは、まさに『創造的進化』が残した右記の問題が解決しなかったからである。それが解決した時に《決定的道徳》の書を書くことが可能になったのであり、一九〇七年の『創造的進化』から一九三二年の『二源泉』までの間には、一九一九年に心身問題の小論をまとめた『精神エネルギー』、一九二二年には相対性理論についての書『持続と同時性』を出してはいるが、この期間のベルクソンの哲学的探究の最も根本的関心はつねに来るべき《決定的道徳》の書にあったと言えよう。この期間のベルクソンは《決定的道徳》の書のための研究の《材料》を検討すると同時に、研究の《方法》の意識を深めてゆくことになる。その歩みを辿り直してみよう。

まず、あのド・トンケデク師への手紙の一九一二年より以前、『創造的進化』の出版から三年目の一九一〇年という年に、ロットに次の著書について聞かれてベルクソンは、来るべき《道徳》の書が、「収斂点(point de convergence)が見つかった時にできる」[83]ということ、そしていま非常に興味をもって聖フランシスコ、ギュイヨン夫人、十字架の聖ヨハネ、聖テレジアなどを読んでおり「新しい世界を発見した」[84]ことを述べている。要するに、すでにこの時点で《事実の系列》の《交差》の方法を用いること、そして新たな《事実の系列》として神秘家の証言を用いるという基本線はできている。ベルクソンの《決定的道徳》の書の探究は、間に一九一二年のあのド・トンケデクに対する回答をはさんではるばるとすでにここから始まっているのである。

次に一九二二年一月に、のちに注のみを若干加筆して『思想と動くもの』の序論として収められることになる二部からなる自己の《哲学の方法》についての論、グイエがベルクソンにおいてデカルトの『方法序説』の第一部と第二部に当ると言ったあの論が書かれる。この日付は注目に値する。なぜならそれはまさにベルクソンが第一次大戦における使節としての役割を終え、国際知的協力委員会の議長に選任される前の時期に当るからである。ベルクソンは、《政治家的》一〇年の真只中の節目のこの時点で、自己の哲学の本質的方法をなすものについての論を書いているのである。このことは、《政治家的》一〇年が同時に、方法論の意識の深まりの時期であることを示唆している。シュヴァリエの『ベルクソンとの対話』の記録も、主要部分は一九〇八年から一九三九年にわたるもので、ほぼ『創造的進化』から『二源泉』をつなぐ時期に当るが、この本の訳者、仲沢紀雄氏も「訳者あとがき」で「『創造的進化』発表後『道徳と宗教の二源泉』の準備中ないしはその発表の直後」の時期に当るこの『対話』の「各所を通じて見られるベルクソンの執拗なまでの《方法》に対する執着」[85]を指摘しておられる。『創造的進化』の一九〇七年から『二源泉』の一九三二年の期間全体が、来たるべき《決定的道徳》の書を準備しつつ方法論に対する思索を深める時期であったのである。

さて、この『思想と動くもの』の序論には、本章にすでに引用した近代哲学における神についての文が見出されるが、そこには、「しかしどちらの神(古代神話の神とキリスト教の神)に向っても祈りが捧げられており、どちらの神も人間に関心を抱いている。静的宗教にしても動的宗教にしても、宗教はこの点を基本的なものとして保持している」(*P.M.* 1290)と述べられており、この時点で『二源泉』の宗教論の骨格そのものをなす《動的宗教》と《静的宗教》の対立概念も形成されていることがわかる。

そして《決定的道徳》の書としての『二源泉』から逆照射してベルクソンの歩みを辿ってきているわれわれにとって注目すべき箇所がこの序論のむすびである。

ベルクソンはどのような意味で『創造的進化』、『物質と記憶』、『時間と自由』の三著がそれぞれ前著の単なる延長では書けなかったかを説明したあと、「かような哲学の仕方(一つの結論を論理的に拡張し、検討範囲を実際には拡大していないのにさきの結論を他の対象に適用する仕方)に対して私の哲学活動のいっさいは一つの抗議だった。それゆえにこそ私は、先行著作の結果をそこまで延長すれば見せかけの答が得られると思われる諸疑問を、放置するのやむなきに至ったのである。それらの疑問のそれぞれについては、それをそれ自体において、それ自体のために解決する時間と力とが与えられない限り、私は答えないであろう。（中略）著書を書かねばならないという義務などは決してないのである」（*P.M.* 1330）。

この部分をド・トンケデク師への一九一二年の手紙と比べると、一〇年後のこの時点でベルクソンはあの手紙と根本的に同じ問題意識を持っていることがわかる。あの手紙でも、本論第一節では引用しなかったが、「私の『時間と自由』で提示した考察は自由の事実を明かるみに出すに至りましたし、『物質と記憶』は…」[86]と過去の三著が単なる個人的意見によって書かれたものではなく、それぞれの事実の領域の検討の上に成り立ったものであることを説明した上で、今までの著作と同様の証明できる結果に至らなければ『創造的進化』の神の概念の更に先に行くことはしない、と述べている。だから、この「序論」の時点でも、ベルクソンはド・トンケデク師に書いた時と同じ問題意識をもって《決定的道徳》の書の準備に当っているのであり、「それ自体においてそれ自体のために解決する時間と力が与えられ」ていないがゆえに完成できない状態にあるのである。

また、第一節でド・トンケデク師への手紙に関連して、ベルクソンにとって《科学としての哲学》の実質を要約するものとして、この手紙の頃からベルクソンの筆のもとで《著書》（livre）という言葉の重みが増すことを述べたが、この序論の文学通り最後の有名な言葉の意味するところは大きい。「著書を書かねばならないという義務などは決してないのである」。社会的活動に忙殺されていた時期、ベルクソンは、書くために書くのではなく《科学としての哲学》の《著書》が、しかるべき《方法》に従って《成る》のを忍耐強く待っていたのだ。

さて、最後にもうひとつ、『二源泉』から逆照射してベルクソンの歩みを辿ってきたわれわれにとって、さりげないが示唆するところの大きいテクストがある。それは一九三六年になって発表された「私の使節行」の冒頭である。

「今ここで私は、私が自分の著書とは独立に個人として(personnellement, (…) indépendamment de mes livres)外国に対して行った一つの行動について語ろうと思う」[87](強調筆者)。

この一文はベルクソンの使節行が、したがってあの《政治家的》一〇年の行為全般が、ベルクソンにとっては、多少なりとも常に「自分の著書とは独立に個人として」行われるものとして意識されていたことを非常に自然な形で示していないだろうか。この一文は、どんなに社会的表舞台で行われた行為でも、どんなに熱烈なナショナリズムをもって果された行為でも、ベルクソンの意識の片隅では、常に《著書とは独立》の行為として意識されていたことを意味しないだろうか。もしその意識がなかったとしたら、ベルクソンは「自分の著書とは独立に」と、わざわざここで言うことはなかったであろう。ここには、あのド・トンケデク師への手紙の、《道徳》についての論が《証明可能な》結果に至るまで「その間に私が言うであろうことは全て脇のことであって、私の考えるものとしての哲学の外にあるとさえ言えます」[88]という言葉に遥かに呼応するものがあるのが感じられる。

また、前に引用した一九一八年の、第一と第二回の使節行の中間の時点のアデスによるインタビューで「戦争のおかげで全てが中断してしまいました。お役に立ちたいと思って外国に行っていたものですから」[89]と、使節行が著書の仕事を進めるのに対してもたらした犠牲についての嘆きをふともらしているベルクソンが、戦時中の言論と哲学的仕事を峻別していたことは、スーレーズが第二次大戦におけるハイデッガーのありようと対比して指摘している通りである[89 bis]。すなわちベルクソンはハイデッガーとは正反対に、戦時の文章を自己の哲学的著作に含めることはまったくなかったのである。

こうして『二源泉』という著書から逆照射して、改めて《政治家的ベルクソン》の一〇年をも含めて大戦勃発からこの著書に至る年月を《哲学者のモラル》という視点から見直して見るとき、まず、社会的表舞台に立ち続け、熱烈なナショナリズムをもって生きられた《政治家的》一〇年は、根本において同化ユダヤ人の防衛機制が働いている点ではドレフュス事件における沈黙と通じるものを持ってはいるものの、「最も穏健な、極端からは遠い意見に従って自分を導く」という《仮の道徳》の格率には到底納まり切れない。しかし、今までの考察によって、ベルクソンの生涯の中でも例外的に社会にコミットしたこの異質な一〇年を包含しながらも、この年月の全体がゆるやかに、『二源泉』という《決定的道徳》の書へと向っており、真に決定的な道徳をつねに《著書》すなわち厳密な《方法》による《科学としての哲学》のうちに成就するものとみなし、その成就を忍耐強く準備する日々であったという意味では、やはりこの時期も《仮の道徳》の性格を基調に持つと言って良いのではないだろうか。

第五節　ユダヤ人のもとに留まること――《アブラハムの神、イサクの神、ヤコブの神》

(一)《仮の道徳》からの脱却

ベルクソンが一九三二年、七三歳で『道徳と宗教の二源泉』を発表したとき、前節で引用したシュヴァリエに対する言葉にも見られるように、ベルクソンは《道徳と宗教》という新たな領域の自著が根本的に今までと変らず《科学としての哲学》の書であることを、少し自己防衛的に聞えるほど強調していた。そして前章で見たように、前著『創造的進化』からベルクソンにとっての《決定的道徳》の書であるこの書が成就するまでの長い期間も、《政治家的》一〇年という異質な期間を内包しつつもそれまでと同様、基本的に《仮の道徳》の時期であったと言えるだろう。

ところが、ここに一九三九年、すなわち『二源泉』発表後七年、ベルクソンの最晩年の八〇歳の時点の一通の手紙があり、この手紙はわれわれに、右に見た『二源泉』までのベルクソンと根本的に異なる姿を明らかにする。

「私は出来る限り仕事をしています。しかし私が新しい著書を準備していると言われているのは間違いです。本当のところ、私はこの世界を去る前に、いくつかの点についての考えを持ちたいのです。私のために持ちたいのです。そこから著書をひき出すということは本当にありえません。H・ベルクソン」（強調ベルクソン）。

イサク・バンリュビあてのこの手紙のファクシミュレ版を見ると、ベルクソンが《私のために》（pour moi）の二語に太く下線をひいているのがわかるのだが、この手紙のいわんとしているところは、ただ単に老令のためにもう著書は書く余裕がないということだろうか？　そうではないと思われる。八〇歳のベルクソンが太くひいた下線は、この時のベルクソンにとって、著書とは関係なく《私のために》いくつかの点について考えを持つことが何よりも大切であったことを訴えている。

《仮の道徳》が、厳密な方法をもってなす学問の真理の決定性に対して哲学者が個人として生きるための道徳が仮のものであるとする考え方、学問的真理を最重要な価値を持つものとする生き方、《人間》が《哲学者》に吸収され還元される生き方を意味するとすれば、これはもはや《仮の道徳》を生きる人間の書いた手紙ではない。ここには、ついに《仮の道徳》が脱却され、《人間ベルクソン》のほうがむしろ《哲学者ベルクソン》を包みこんでいるのが見られる。

この手紙とやはり同じ年にベルクソンがペギーの『半月手帖』の元発行所の記念板設置式典に際してアレヴィーにあてた手紙（「遅かれ早かれ彼は全人類の罪と苦しみをみづから負われた御方のもとに赴くはずであったのです」）[90]などベルクソンの「最晩年に発表された文書を前にして、《親密な》とは言わないまでも、人間と哲学者のあいだの昔からの境界線を越えて統一されたベルクソンを見ないわけにはいかない」[91]とヴォルムスも言う。

ベルクソンの内面に何が起ったのであろうか?

(二)《アブラハムの神、イサクの神、ヤコブの神》への道

この問題を検討するためには、『二源泉』の《二面性》あるいは《過渡性》と呼んだものから始めるのが適しいだろう。ベルクソンはあの著書で、神秘家の証言を《哲学者》としてあくまで《事実の系列》に組みこんだ。しかし《科学としての哲学》の書としてあの著書を書き終えたとき、ベルクソンの耳に神秘家たちの証言の反響は消えてしまっただろうか?　それは聞え続けたに違いない。それは、あの著書でベルクソンが「完璧な」(*D.S.* 1179)神秘家とみなしているキリストの言葉についても同じだったであろう。ベルクソンは『二源泉』のまさにあの「人が我がものと考える言葉は、自分のうちに反響を聞いた言葉である」(*D.S.* 1004)というあの一文の直前で言っている。

「聖人たちは何ゆえにこのような模倣者たちをもち、偉大なる善人たちはその背後に群衆をひきつれたのであろうか。かれらは何一つ要求せず、しかもかれらは手中に収めている。かれらは説きすすめる必要はない。かれらは存在していさえすればよいのだ。かれらの存在は呼び声である。(中略)自然的責務は圧力あるいは推力であるのに対して、完全にして無欠な道徳のうちには呼び声がある」(*D.S.* 2003)。

ベルクソンの耳に聞え続けた反響は、根本的に右のテクストの聖なる人々の存在そのものが成す呼び声の反響である。

そしてやがて…おもむろにベルクソンがこの呼び声のほうに向き直った時が訪れたのであろう。そのときベルクソンは、《自分のために》、その呼び声に耳を傾け、その呼び声が語ることを、より明らかに、より深く知りたいと思ったのであろう。こうして新たな探究が始まったのであろう。

この新たな探究の跡をシュヴァリエの『ベルクソンとの対話』によって辿ると、ベルクソンが自己のキリスト教信仰への接近を明言している一番早いものは、一九三四年すなわち『二源泉』の二年後、七五歳の時である。そこでは、シュヴァリエの論文『道徳生活の障害』を賞讃し、その再版を勧めるベルクソンにシュヴァリエが、「はい、でもちょっと気がかりなのは、あの論文では、私は少し哲学からはみ出てしまっているという点です。あの論文では私はキリストに行き着いているわけですから(J'y arrive au Christ)」と答えたのに対してベルクソンは「しかし、私もそうです(Mais, moi aussi)。キリストを誰であると考えているかは言わなければなりません」[92]と答えている。この時ベルクソンがマタイ福音書一六章一三節のくだりを念頭に置いていたことは、そしてそれを聞いたシュヴァリエの念頭にもこのくだりが浮んでいたことは、ほぼ確かであろう。このくだりはキリストが弟子たちにまず、「人々は人の子を何者だと言っているか」[93]と尋ね、弟子たちが様々に答えると、更にキリストが「それでは、あなたがたはわたしを何者だと言うのか」[94]と問いかけ、それに対してペトロが「あなたはメシア、生ける神の子です」[94bis]と信仰宣言をする箇所である。ベルクソンのシュヴァリエへの言葉は、聖書のこのくだりの「あなたはわたしを何者だと言うのか」というキリストの問いを自分自身への問いとして受けとめたということを、そしてキリストをキリストとして、すなわち、ペトロの答えたように「メシア」として「生ける神の子」として認めたならば、それを明言しなければならないということをシュヴァリエと自分自身に対して言っているのである。

この後も『対話』のなかにはベルクソンのキリスト教信仰への接近を示唆する箇所が点在するが、それらは一九三八年、すなわち『二源泉』の六年後、ベルクソン七九歳の三月二日の記念すべき対話の内容に収斂しており、この日の対話ではベルクソンが今に至るまでの自身の内的歩みを要約しているので、この対話に沿ってベルクソンの《新たな探究》を真に構成していたものが何であったかを見たいと思う。

この記録は、当時すでにキリスト教信仰に接近していることが世間に周知の事実となっていたベルクソンについて「ベルクソンはいかにして神を見出したか」という題でシュヴァリエに講演をしてほしいという要請があったのに応えて、シュヴァリエがベルクソンの言葉を文字通り一言一言筆記したものである。ベルクソンは聴衆が速記をしないこと、自分の死後に公表するという条件で、このテクストを確認し承認している。

まず、この講演の題について、ベルクソンはゆっくりと「いかにして私が神を見出したか」と言い、それからしばしの沈黙ののちに一言一言念を押すように言う。「いかにして私が神を見出したか、あるいはむしろいかにして神が私を見出されたか」[95]。この始めの言葉そのものが、ベルクソンが信仰を真の《出会い》として経験していることを教えている。

そしてまず、自己の内的歩みの全体について、ベルクソンは、自分にとっては突然の啓示というような形の回心は起らず、自分のうちに潜在していたかもしれないが充分意識していなかった思想へと少しずつ近づいてゆくという形を取ったことを明らかにする。そして、現在の自分の確信に至るための「一連の接近作業」[96]を導いたのが哲学であるかそれとも信仰(religion)であるかという問題について、ベルクソンは注目すべき答を出している。信仰という言葉を広い意味にとって、自分の場合、哲学より信仰である、というのである。そして古代的な意味の形而上学が関与することはほとんどなかったこと、また、信仰は証明によって得られるものではなく、古典的な神の証明は、いったん信仰を得たときにそれを強化するのに役立つだけのもので、自分の《接近作業》にはなんら関与していない、ということも述べている。

ベルクソンは次に内的歩みの内容に話を進め、まず、確信への《接近作業》の契機となったものとしてキリスト教神秘家たちの読書を挙げる。そして、『二源泉』で《反響》と呼んでいたものを、より強い言葉で言い表わしている。すなわち、自分には神秘家を理解するための「素質」[97](prédisposition)のようなもの、神秘家そのものの「端緒」[98](commencement)があったと言う。しかし、真の神秘家になるためには、カトリシズムが《恩寵》と呼ぶ外から加わる要素が必要であることに、当時は思いが至らなかったと言う。この《恩寵》の要素は『二源泉』以後の《新たな探究》で初めてベルクソンが目を向けた要素に他ならない。

次にベルクソンは、しかし自分が現在の確信に至った本当の理由は、「ある時」[99]、福音書がひとつの大きな断絶、真に新たな世界の《始まり》をもたらしたことに深く気づいたからであると言う。その《始まり》からキリスト教が生まれ、そのキリスト教の伝播から人間の魂の刷新が産まれた。その伝播は「福音書のキリスト、全人類の罪と苦しみを負われた御方」[100]が「見られたこと」「生きられたこと」を「見る」特権を備えた人々である神秘家たちによって行われた。そしてまた、キリスト教の伝播は教義の伝播ではなく、魂のある状態すなわち慈愛(charité)の伝播であり、それがやがて行動となって現われるのだということも理解した。「あまりに多くの者がはっきり見ていながら行動しないのは驚くべきことであるが、しかし本当に見た者は行動したのだ」[101]。以上のような意味で、《私の神の見出し方》のなかには「歴史が関与している」[102]とベルクソンは述べる。

この述懐で注目すべきことは、『二源泉』では、神秘家の証言を《事実の系列》として取り上げる一方で「哲学は日付を持った啓示やそれを伝えた制度やそれを受け入れる信仰を相手にしない」(*D.S.* 1188)として、聖書の中のキリストの生涯に沿った啓示、まさにキリスト教の本質をなす《受肉》《贖罪》《復活》などの「日付を持った啓示」を一切取り上げなかったベルクソンが、ここで「全人類の罪と苦しみを負われた御方」と言っていることである。この表現はそのまま翌年のペギーについてのアレヴィーへの手紙でもくり返されるが、ここに、ベルクソンにとって、キリストが『二源泉』の《完璧な神秘家》から《贖い主》へと変容したことが知られる。そしてその《贖い主》が地上にもたらした根本的変化の《歴史》が自分の《接近作業》を決定的に進めたものだった、と言うのである。

またシュヴァリエがベルクソンは神に到達する前にすでに魂の《死後存続》(survie)の認識に至っていたのではないか、と質問したのに対して、ベルクソンは、たしかにそうで、『物質と記憶』の考察によって魂の死後存続の認識に達していたけれども、当時は、宗教が魂の死後存続を援用することができるにしても、死後存続そのものは宗教から独立して考えられると考えていたと述べる。

「換言するならば、私の学問的貢献のなかに、《死後存続》あるいは《生き残り》(survivance)と呼んでもよいが、その問題について語る手段が見出されると考えていた。哲学においてその問題を語ることはできるし、語るべきであると思っていた。しかし、《不滅性》(immortalité)となると、それは死後存続を遥かに越えたものである。どんな経験もありえないものであるから。不滅性への確たる信頼は、啓示によって、信仰だけがわれわれに与えることのできるものである」[103]。

この述懐も《新たな探究》の内容として注目すべきものを持っている。なぜなら、死後存続の問題は、ここでもベルクソンが言っているように、宗教とは独立して心霊学の対象としてベルクソンがクレルモン・フェランの青年時代から一貫して関心を持った問題であり、一九一三年にはイギリスの心霊研究協会の会長にまでなった[104]ベルクソンは、『二源泉』でも「死後存続」という一節を設け、死後の生命についての下からの経験としては心霊学的な領域があり、上からの経験としては神秘的直観があるとして、その両者が合流する可能性すなわち《交差》の可能性を見ており、この著書の最後のページでも再び、心霊学が霊的世界の《未知の大陸》(terra incognita)を発見させる可能性に触れている。『二源泉』全体を構成する二つの《事実の系列》の一つとして神秘家の証言が素晴らしい展開を見せた著書の最後のページに心霊学

への この言及が挿入されているのを見出すと非常に奇異な感じがするのだが、右に見たように心霊学に対するベルクソンのクレルモン・フェラン時代以来の一貫した関心を思い起すと、この最終頁はベルクソンの若い頃からの狭い意味の《実証的形而上学》métaphysique positive への傾向の最後の残滓のような感じもするところであり、またベルクソンは宗教を神秘家的次元で捉えきれないのだろうかという疑問も湧くところである。しかし、この一九三八年の対話では、《不滅性》をはっきりと《死後存続》と区別し、前者は「啓示によって、信仰だけがわれわれに与えることのできるものである」[105]と言っているのである。魂の《死後存続》においては、『二源泉』の同名の節でもベルクソンが言っているように、死後どれくらい存続するかが問題になるのであり、時間の中、《持続》の中の問題であるのに対し、キリスト教の魂の《不滅》あるいは《永遠》(éternité)は時間の中のことではなく、時間を越えた次元、《永遠の今》の次元のことであること、その対照をここではベルクソンが明確に意識していることが感じられるのである。

以上、この記念すべき対話がベルクソンの《新しい探究》の結果について何を教えてくれるのかを見てきたが、この対話の中のベルクソンの述懐の中でも最も強い衝撃と感動を与えるのは次のくだりである。自分の場合、現在の確信への《接近作業》を導いたのは哲学より信仰だった、と述べたあと、ベルクソンは次のように言う。

「最初は漠然とした、それからより明確になった神秘主義が私をまず漠とした信仰に導き、今度はそれがより明確な信仰を産みました。

パスカルが《アブラハムの神、イサクの神、ヤコブの神にして哲学者と学者の神にあらず》と言うとき、私は彼を完全に理解します」[106]。

右のパスカルのあまりに有名な句の意味することは正確なところなんであろうか。パスカルの《火の夜》そのものの具体的様相にあまり拘泥することなく、ベルクソンが右のように言い切ったときに理解していたであろう基本的な意味を改めて検討しよう。

《アブラハムの神、イサクの神、ヤコブの神》の表現は旧約聖書と新約聖書のそれぞれに一箇所ずつ見出される。

旧約聖書の箇所は、神が燃える柴のあいだからイスラエルの指導者モーセに声をかけ、エジプトで隷属状態にあるイスラエルの民を率いて「乳と蜜の流れる土地」へ導くように命ずるくだりである。

「主は、モーセが道をそれて見に来るのを御覧になった。神は柴の間から声をかけられ、『モーセよ、モーセよ』と言われた。彼が『はい』と答えると、神が言われた。『ここに近づいてはならない。足から履物を脱ぎなさい。あなたの立っている場所は聖なる土地だから』。神は続けて言われた。『わたしはあなたの父の神である。アブラハムの神、イサクの神、ヤコブの神である』。モーセは、神を恐れて顔を覆った」(出エジプト記三章一〜六節)[107]。

新約聖書の箇所は、サドカイ派の人々がキリストに復活について尋ねたのに対してのキリストの返答の中に見出され、人の復活を証すものとして、上の箇所の神の言葉を引用しているくだりである。

「死者の復活については、神があなたたちに言われた言葉を読んだことがないのか。『わたしはアブラハムの神、イサクの神、ヤコブの神である』とあるではないか。神は死んだ者の神ではなく、生きている者の神なのだ」（マタイによる福音書二二章三一―三二）[108]。

第二のテクストは引用であるから、この表現の基本的意味はまず第一のテクストから来るものであろう。第一のテクストでの意味は、文字通りアブラハムが出会い、イサクが出会い、ヤコブが出会い、いままたモーセが出会った《活ける神》の意味である。

第二のテクストのキリストの言葉においては、むしろ、出会ったアブラハム、イサク、ヤコブが、その《活ける神》のうちに活き続けている、ということのほうに重点が置かれている、と思われる。

それゆえ、この表現の典拠となる聖書からは、《人が出会う活ける神》の意味が示される。

そして《人が出会う活ける神》とは、必然的に《歴史に棲まう神》である。なぜなら、生ける者が出会うのは歴史の中でしかありえないからである。パスカルの上の句を注解してグイエは言っている。

「哲学者と学者はたしかに宇宙の運動と秩序を説明する原理を見出す。しかし、この原理は真の神ではない。なぜなら、それは生ける者と共に生きることはないからだ。歴史のうちに生きる神は、彼の生きるところでのみ、すなわち歴史の中でのみ見出される。すなわちイスラエルの民の歴史の中で、受肉した御子の歴史の中で、十字架によって贖われた一人一人の歴史の中で」[109]。

《アブラハムの神、イサクの神、ヤコブの神》とは、それゆえ、《人が出会い、歴史に棲まう、活ける神》のことである。

そして、神がこのような存在として捉えられたときに、当然逆に、歴史そのものの持つ意味が根本的に変ってくる。それは《神が棲まうもの》としての新しい次元を獲得する。ベルクソンが《アブラハムの神、イサクの神、ヤコブの神》を完全に理解したとき、同時にベルクソンにとっての《歴史》の意味は根本的変化を蒙ったはずである。ベルクソンは、この記念すべき対話で、現在の確信に導いた要素として《歴史》を挙げ、「全人類の罪と苦しみを自ら負われた御方」によって地の表が新たになったことの認識を挙げていたが、その《歴史》は、右に見た《神の棲まう歴史》に他ならない。《活ける神》に出会うことによって、ベルクソンにとって時間は単なる持続ではなくなり、《活ける神》の御前《みまえ》に展開する《歴史》としての新たな次元を獲得し始めたにちがいない。

さて、右記のようなものとしての《アブラハムの神、イサクの神、ヤコブの神》に、本論第四節で見たような意味を含蓄する《哲学者と学者の神》が対置され否定されているパスカルの句を、いま完全に理解するとベルクソンは言うのである。ここには、『二源泉』の《哲学者の神》の世界を完全に超え出たベルクソンの姿がある。

ここでひるがえって見ると、一九二七年、ベルクソンがリューマチのため国際知的協力委員会を辞任してから二年目、《道徳》の書の準備を本格的に再開した頃のベルクソンとギットンのあいだに非常に意味深い会話が交わされている[110]。最近出版されたシュヴァリエの『ベルクソン』の「ベルクソン哲学の延長と可能性、神、人間の運命、形而上学の刷新」と題された最終章について、ベルクソンとシュヴァリエ両方の弟子であり当時二六歳の青年であったギットンは尋ねる。「先生、あのシュヴァリエ先生のベルクソンは本当のベルクソンですか?」ベルクソンは答える。「答はウィでありノンです。私の方法は個人的感情や信念であるものと、万人に通じる客観的結果を区別することでした。私はずい分前から道徳と宗教について思索してきました。そして、ド・トンケデク師が私の人間としての信念を聞いてきたときも答えはしましたが、シュヴァリエ氏があの最終章で扱った問題については、万人に価値を持つ結果に至らない限り何も言わないでしょう」。その時、若いギットンは遠慮することなくベルクソンに対して畳みこむように問いかける。「でも先生、あのような究極の問題について普遍的で万人に通じる証明に至ることができるとお考えになりますか?」これに対してベルクソンは「私も幻想は抱いていません。今までの著作の受け入れられ方からして私の思想が万人に受け入れられるものでないことは良く知っています。でも時を信頼しています」と自分の著作の受け入れられ方についての結果論で答えている。しかしギットンの問いはもっと本質的なものであると思われる。ギットンのこの問いは、《決定的道徳はありうるか?》《仮の道徳はついに仮の道徳であることをやめることができるのか?》という根源的な問いであり、道徳と宗教の究極的問題を《科学としての哲学》によって決定的に認識することができるのかという問いであって、《アブラハムの神、イサクの神、ヤコブの神にして哲学者と学者の神にあらず》[111]と記したパスカルが、その全存在をかけてデカルトに問いかけていた問いであるとも言えるだろう[112]。

『ベルクソンと福音書のキリスト』においてグイエは、『二源泉』を含めてベルクソン哲学の《科学としての哲学》の基本的性格ゆえに、ベルクソンを《パスカル化》することを戒めた[113]。そのベルクソンがこの一九三八年の記念すべき対話において「パスカルが《アブラハムの神、イサクの神、ヤコブの神にして、哲学者と学者の神にあらず》というとき、私は彼を完全に理解します」[114]と言うのである。

ここまで《哲学者のモラル》という視点で追ってきたベルクソンの長い道のりをふり返ると、その道は期せずしてゆるやかにデカルト的世界からパスカル的なそれへと伸びており、その曲り角が他ならない晩年の『道徳と宗教の二源泉』という著作であったことが見えてくるように思われる[115]。

(三)　遺　言——ユダヤ人のもとに留まること

これまで見てきたようなキリスト教信仰への接近にもかかわらず、ベルクソンは洗礼を受けることを肯んじなかった。そしてその真の理由を一九三七年二月八日の日付の遺言に記した。次はその遺言書の一節である。

「私は熟考すればするほどカトリシズムに接近した。カトリシズムに私はユダヤ教のまったき完成を見る。もし数年前から起った反ユダヤ主義の激しい波が世界中に押し寄せようとしているのを見なかったら、私は回宗していたであろう。私は明日迫害されようとしている人々のもとに留まることを望んだ。しかしもしパリ大司教の許可が得られるなら、私はカトリックの司祭が葬儀の祈りを唱えに来て下さることを希望する。もしその許可が得られない場合には、ラビに依頼しなければならないだろうが、その場合でも私のカトリシズムへの精神的帰依をラビにも誰に対しても隠してはならない。カトリックの司祭にまず祈ってほしいという希望を表明したことについても同様である」[116]。

この遺言は、ベルクソンの死後公表されると大きな論議の対象となったものだが、われわれもこの遺言が意味するものを考察する前に、もうひとつのテクストを取り上げたいと思う。右記の遺言を書いた翌年の一九三八年の、前節で検討した記念すべき対話から一カ月後の四月四日に、ベルクソンはカトリックの洗礼を受けるための障害としてユダヤ教との関係に言及しており、それが遺言書の意味をより明らかにしてくれると思われるからである。

「ユダヤ教に留まるほうが宗教的ではないでしょうか？　より本当の意味で宗教的ではないでしょうか？　特に、私の同宗者たちを攻撃する反ユダヤ主義の激しい波が起ろうとしているのが感じられる今のような時には。(中略)そのこと(回宗が公けになること)のために私の民族の迫害者たちに論拠を与えてしまうことになったら、それは私にとって非常に辛いことになります」(強調筆者)[117]。

ベルクソンのこの遺書についての議論のうちでもメルロー＝ポンティが一九五三年のコレージュ・ド・フランス就任講演「哲学をたたえて」の中で行った言及[118]は良く知られている。メルロー＝ポンティはベルクソンが「明日迫害されようとしている人々とともに留まることを望んだ」という部分のテクストを引用して「ベルクソンがわれわれと真理の関係をどのように考えていたかはここに明らかです。何かの制度や教会といったものが持ちうる真理に同意したとして、それは、彼と明日迫害に会うものたちとの間の歴史的絆を断ち切ることはできないのです」。「ベルクソンは彼のした選択によって、人間関係を断ち切り生活と歴史の絆を断ち切ってまでも何とかして真理を求めに行くべき《真理の場》などないということを証明しているのです」。このようにメルロー＝ポンティは、ベルクソンの遺言の選択を、教会をも含めての制度が持つ真理と歴史的現実が持つ真理の間のものとみなしており、この解釈は遺言そのものについて見れば可能かもしれないと思わせるが、右の引用の四月四日の対話の「ユダヤ教に残るほうが宗教的ではないでしょうか？」というベルクソンの言葉を説明することはできないと思われる。

また、スーレーズはこの遺言は、ベルクソンが《開かれた宗教》に対して共感していた時期に書かれたものであるから、それが迫害される者に対する連帯を表明しているのは当然であると考えている。シュヴァリエの『対話』の訳者の仲沢氏も、このスーレーズの解釈と通じるものであり、「ユダヤ教に残るほうが宗教的ではないでしょうか」の言葉を根拠に、メルロー＝ポンティの解釈を疑問視すると同時に、「より宗教的」というのは、迫害される者のもとに留まることが隣人愛であるからではないか、と考えておられる。

われわれは基本的にはスーレーズの解釈にも、仲沢氏の解釈にも賛同するものであるが、ただ、「ユダヤ教に残るほうがより宗教的ではないでしょうか？」とベルクソンが言ったその《宗教的》という意味を《歴史》の観念との関わりにおいてより明確にすることを試みてみたいと思う。

ベルクソンが《アブラハムの神、イサクの神、ヤコブの神》として神を理解した時に、必然的に《歴史》はベルクソンにとって新たな次元を得たであろうこと、《歴史》は《活ける神》の棲まうものに変容したであろうことは前節で考察したが、《歴史》が《神の棲まうもの》となったとき、《歴史》の中で果される人間のひとつひとつの《行為》は、《活ける神》の前に果されるものとして、そのままで同時に決定的な意味を帯びてくるはずである。それは、《活ける神》を信じる人間にとってひとつの必然である。

「ユダヤ教に残るほうが宗教的ではないでしょうか、より本当の意味で宗教的ではないでしょうか」というベルクソンの言葉には、いまカトリックの洗礼を受けたら、ユダヤ人同朋たちの迫害に加担することになる、だから、いまはユダヤ教に留まって同朋への連帯を表明するほうを選択する、という、歴史の中のいまという時点でなされた隣人愛の行為を、歴史に棲まわれる活ける神はみそなわれ肯んじられるという信頼感が表わされているのではないだろうか？　「そのほうがより本当に宗教的ではないでしょうか？」と言えるのは、ベルクソンが制度としてのキリスト教ではなく、歴史に棲まう活ける神のほうを向いていたからではないだろうか？　その意味では、メルロー＝ポンティの言う、制度の真理より歴史の現実の中の真理、という解釈に通じるところがあるかもしれないが、しかし全ては信仰の中で行われたのだ。

遺言でベルクソンが「カトリシズムにユダヤ教のまったき完成を見る」と記しているのも、両者を体系として比較したのではなく、ベルクソンにとって《アブラハムの神、イサクの神、ヤコブの神》が《活ける神》になったとき、幼年期のユダヤ教信仰が覚醒し、それが、《活ける神》のうちに有機的にカトリシズムへと収斂したということなのではないだろうか？――もし、ベルクソンにとって問題がこのように捉えられていたのだとすれば、《アブラハムの神、イサクの神、ヤコブの神》がベルクソンにとって《活ける神》になったからこそ、ユダヤ教に残ったのであり、キリスト教に接近したのにユダヤ教に残ったのではなく、むしろキリスト教に接近したがゆえにユダヤ教に残ったのであり、『二源泉』からの大きな一歩こそが、ベルクソンをそこに留めたのだと言いうるのではないだろうか。

そして、そのような、歴史に棲まう神に対するひとつの決定的行為としてのユダヤ人同胞への連帯の表明こそは、同化ユダヤ人の《仮の道徳》の行為としてのドレフュス事件における沈黙のまさに対極にある行為といえるだろう。

一九三九年第二次大戦が勃発し、ベルクソンの危惧した通り、反ユダヤ主義の波は、ナチス・ドイツのうちにその最悪の具体化を見た。フランスにおけるナチスの傀儡政権のヴィシー政府が高名な哲学者に対して対ユダヤ人規制の免除を申し出たときベルクソンはそれを断った。石炭の配給の切れたアパルトマンでベルクソンは肺炎にかかり数日の病臥ののち一九四二年一月四日八二歳で亡くなった。

最晩年のベルクソンの様子をレオン・ピエール＝カンは次のように描いている。

「机のうしろに麻痺した身体で座っている彼は、まるで、落ちないように前に板を渡されて座っている幼児のようだった。彼は小さくなったように見えた。(中略) しかし彼の目には変らぬ輝きがあった」[119]。

「変らぬ輝き」とピエール＝カンは言う。しかし、小さくなったベルクソンのその変らぬ輝きをたたえた目の内奥では、静かに、しかし深く大きな変化が起っていたのだ。それは、《仮の道徳》からのついなる脱却であり、父祖の出会った神、《アブラハムの神、イサクの神、ヤコブの神》への向き直り、すなわち《回心》(conversion) に他ならない。

[註]

ベルクソンの著作については次の略号を用いる。

D.I.　*Essai sur les Données immédiates de la Conscience*
M.M.　*Matière et Mémoire*
E.C.　*L'Evolution créatrice*
D.S.　*Les Deux Sources de la Morale et de la Religion*
E.S.　*L'Energie spirituelle*
P.M.　*La Pensée et le Mouvant*

ベルクソンのテクストは全てHenri Bergson : *Œuvres*, édition du centenaire, Paris, p.U.F. 1959の頁付けを用い（略号　頁数）と表記する。

1　本書第I部第一篇を参照されたい。
2　Henri Bergson : *Mélanges*, p.U.F. 1972, pp.963-964.　特に注記しない限り、フランス語のテクストの訳は拙訳。
3　Henri Bergson : *Œuvres, op.cit.*, pp.VII-XIV
4　ベルクソン『思想と動くもの』、矢内原伊作訳（ベルクソン全集7）、白水社、一九六三年、四〇頁
5　同上、二〇五—二〇六頁
6　Gilles Deleuze : *Le Bergsonisme*, p.U.F., 1966, pp.20-22
7　*Etudes bergsoniennes* IV, p.U.F., 1968, p.80 et sq.
8　René Descartes : *Discours de la Méthode*, Texte et commentaire par Etienne Gilson, quatrième édition, Vrin, 1967, p.22　世界の名著22　デカルト『方法序説』、野田又夫訳。ただし、morale par provisionは《暫定的道徳》を《仮の道徳》とした。
9　*Ibid.*, pp.22-23, 野田訳、一八〇—一八一頁
10　*Ibid.*, p.29, 野田訳、一八二頁
11　*Ibid.*, p.25, 野田訳、一八三頁
12　Bergson : Cours III, *Leçons d'histoire de la philosophie moderne, Théories de l'âme*, édition par Henri Hude avec la collaboration de Jean-Louis Dumas, p.U.F., 1995, p.84
13　*Ibid.*, p.83
14　René Descartes : *op. cit.*, p.231
15　Gilbert Maire : *Bergson, mon maître*, Editions Bernard Grasset, 1935　ちなみに、ジルベール少年への《個人授業》の最初にベルクソンが勧めたのは『方法序説』であった。

16 『創造的進化』はこの年に出版された。

17 Gilbert Maire : *op. cit.*, pp.156-157

18 *Mélanges*, *op. cit.*, p.964

19 *Ibid.*, p.1577

19 bis　Gilbert Maire, *op. cit.*, p.222

20 Philippe Soulez : *Bergson politique* p.U.F., 1989, p.324

21 Philippe Soulez : Frédéric Worms : *Bergson, Bibliographie*, Flammarion, 1997, p.163

22 André Robinet : *Péguy entre Jaurès, Bergson et l'Eglise*, Seghers, 1968

23 Rose-Marie Mossé-Bastide : *Bergson éducateur*, p.U.F., 1955, pp.99-100

24 Michael R. Marrus : *Les Juifs de France à l'époque de l'affaire Dreyfus*, Calmain-Lévy, 1972

25 有田英也「ドレフュス事件『以後』」上・中・下、『みすず』七・九・一二月号、一九九八年、本論は同化ユダヤ人の問題について有田氏のこの論文に負うところが大きい。ここに感謝申し上げる。

26 『日本フランス語フランス文学会関東支部論集』第五号、一九九六年

27 Micheal Marrus, *op. cit.*, p.272

28 有田英也、前掲論文(下)、四二頁

29 Soulez=Worms, *op. cit.*, p.288

30 *Ibid.*, p.146

31 Mossé-Bastide, *op. cit.*, p.100

32 Henri Hude : *Bergson* II, Editions universitaires, pp.177-178

33 Jacques Chevalier : *Entretiens avec Bergson*, Plon, 1959, p.282

34 Gilbert Maire, *op. cit.*, pp.158-159

35 Micheal Marrus, *op. cit.*, p.228
36 モッセ＝バスチッドは前掲書のドレフュス事件に触れた箇所の注でこのテクストを要約紹介している。
37 アンリ少佐が証拠偽造をしたことが発覚した事件。
38 Gilbert Maire : *op. cit.*, p.157
39 *Les études bergsoniennes* Volume VIII, *Bergson et Péguy*, p.U.F., 1968
40 André Robinet : *op. cit.*
41 *Ibid.*, p.143　ジョレスはベルクソンと高等師範学校で同級生であったが、卒業後は道を異にする二人の交友は絶えた。
42 *Ibid.*, pp.152-153
43 *Les études bergsoniennes*, Volume VIII, *op. cit.*, p.50
44 André Robinet, *op. cit.*, p.159
45 *Ibid.*, p.156
46 *Ibid.*, p.158
47 *Ibid.*, p.216
48 *Ibid.*, p.226
49 *Les études bergsoniennes*, Volume VIII, *op. cit.*, p.48
50 *Ibid.*, p.49
51 *Ibid.*, p.50
52 *Ibid.*, p.50
53 Bergson : *Mes missions*（1917-1918）in *Mélanges*, *op. cit.*, pp.1554-1570
54 *13 septembre 1922 Commissions internationale de coopération intellectuelle* in *Mélanges*, *op. cit.*, pp.1352-1363
55 Soulez=Worms, *op. cit.*, p.341

56 註26参照
57 註31参照
58 Mossé-Bastide, *op. cit.*, p.99
59 *La force qui s'use et celle qui ne s'use pas* in *Mélanges*, *op. cit.*, pp.1105-1106
60 Mossé-Bastide, *op. cit.*, p.100 *et sq.*
61 *Ibid.*, p.102
62 *Mélanges*, *op. cit.*, p.1199
63 Philippe Soulez : *op. cit.*, p.86
64 *Ibid.*, p.98
65 *Mélanges*, *op. cit.*, p.1557
66 *Ibid.*, p.1557
67 *Ibid.*, p.1561
68 *Ibid.*, p.1565
69 *Ibid.*, p.1564
70 *Ibid.*, p.1568
71 *Ibid.*, p.1567
72 *Ibid.*, pp.1565-1566
73 Mossé-Bastide, *op. cit.*, p.123
74 *Ibid.*, p.143
75 Philippe Soulez : *op. cit.*, p.266
76 *Ibid.*, p.290

77 Soulez=Worms, *op. cit.*, p.174

78 *Mélanges, op. cit.*, p.964

79 Jacques Chevalier : *op. cit.*, p.152

80 Henri Gouhier : *Blaise Pascal : commentaire*, Vrin, 1966, p.95

81 Pascal : *Œuvres complètes*, Seuil, 1963, p.640　『世界の名著24　パスカル』、前田陽一訳、中央公論社、一九六六年

82 Jacques Chevalier, *op. cit.*, pp.63-65

83 *Les études bergsoniennes*, Vol.VIII, p.U.F., 1968, p.38

84 *Ibid.*, p.39

85 仲沢紀雄「訳者あとがき」三四五頁(ジャック・シュヴァリエ『ベルクソンとの対話』、みすず書房、一六九六年、所収)

86 *Mélanges, op. cit.*, p.964

87 *Ibid.*, p.1554

88 *Cf.* 註16

89 Philippe Soulez : *op. cit.*, p.319

89 bis　Soulez=Worms, *op. cit.*, p.174

90 *Mélanges, op. cit.*, p.1585

91 Soulez=Worms, *op. cit.*, p.262

92 Jacques Chevalier : *op. cit.*, p.208

93 『聖書　新共同訳』、日本聖書協会、一九八八年、(新)三一頁

94 (94 bis)同上、三二一頁

95 Jacques Chevalier : *op. cit.*, p.272

96 *Ibid.*, p.276

97 *Ibid.*, p.273
98 *Ibid.*, p.275
99 *Ibid.*, p.273
100 *Ibid.*, p.274
101 *Ibid.*, p.274
102 *Ibid.*, p.274
103 *Ibid.*, p.278
104 *Cf.* Soulez=Worms, *op. cit.*, pp.189-191
105 *Cf.* 註103
106 Jacques Chevalier : *op. cit.*, p.276
107 『新共同訳　聖書』、前掲書(旧)九四頁
108 同上、(新)四四頁
109 Henri Gouhier : *op. cit.*, pp.53-54
110 Jacques Chevalier : *op. cit.*, p.83
111 *Cf.* 註106
112 前掲の『方法序説』の注解(p.231)でジルソンは「われわれはデカルトの決定的道徳は持たない。(中略)デカルト哲学はこの点で未完成である」と書いている。
113 Henri Gouhier : *Bergson et le Christ des évangiles*, Arthème Fayard, 1961, p.190 et sq.
114 *Cf.*　註105
115 『講義』の読書からはっきりしてくるのは、ベルクソンが常にスピリチュアリストであった、しかもキリスト教的な意味での有神論的・創造主義的スピリチュアリストであったということである」とアンリ・ユードはその『ベルクソン』I

(Henri Hude : *Bergson* I, Editions universitaires, p.13)で述べる。ベルクソンの内的歩みを辿る本論はある意味ではユードのこのようなベルクソン解釈に対する反論である。ユードの『ベルクソン』には教示されるところも多い反面、明らかな誤りと思われるところも多く見出される。ベルクソン解釈におけるこのような誤りは、『講義』の編者である氏が、ベルクソンの『講義』を、それが成された状況を充分考慮に入れずに『著書』と同じ比重で考え、両者が矛盾する時はむしろ前者を優先して考えるという姿勢から生じていると思われる。『講義』に対して取るべきスタンスについては、われわれはスーレーズが『ベルクソン伝』p.70から一〇頁近くにわたって述べている見解に賛同する。要するにグイエが『講義』そのものの序文で言うように「リセの教師としてのベルクソンは必ずしも真正のベルクソンではない」(p.10)のである。

116　*Henri Bergson*, édité par Albert Béguin et Pierre Thévenaz, Editions de la Baconnière, 1943, pp.11-12

117　Jacques Chevalier : *op. cit.*, p.282

118　Maurice Merleau-Ponty, *Eloge de la philosophie*, collection idées, Gallimard, 1960, p.39

119　Mossé-Bastide : *op. cit.*, p.351

第三篇　キリスト教における心身合一論——命の癒しの教え

「愚かな者たち、外側を造られた神は、内側もお造りになったではないか」

（ルカ一一—四〇）[1]

序論　問題と方法

三篇構成の本論の第三篇「キリスト教における心身合一論」については、第一篇の「展望」の中で述べたように、筆者が個人的な出会いの中に得た示唆が決定的な契機となった。いよいよ第三篇を始めるに当って、少し長くなるが、その「示唆」がいかなるものであったかを、その「展望」の文章によって喚起しよう。

「その示唆は、医師であり司祭であるという立場のひとりの方に向って、どちらの召命が先であったのか、医学による身体（corps）の癒しの限界を感じられて魂（âme）の癒しへと向われたのか、と筆者がお尋ねしたのに対しての、書簡による次のような返答のうちに得られたものである。

『私にとってはキリスト教神学と医学のあいだに対立があるとは思われません。聖書の全体が法学的であるより医学的な性格を帯びています。キリストは裁くことを拒まれ、魂と身体を癒され、復活させられます。彼は植物的、動物的、人間的、神的《生命》について語られます。彼は、限られ、脅かされ、死すべき現在の生命を永遠の生命に変えることを約束され、果されます。医者と同じように彼は死に対して闘うのです。が、しかし、彼のほうは死に対して究極的に打ち勝つのです』(フランス語原文より筆者訳)。

この返答は、筆者自身のうちにある根強い近代的二元論の存在に気づかしめると同時に、どのような哲学的体系によっても偏りを蒙らないものとしての福音書の真のメッセージの理解について、目からうろこの落ちる思いをさせるものであった。

「キリスト教における心身合一論は、ここに示唆された《医学的聖書》という、一種の《心身医学的》(psycho-somatique)な展望のうちに、そして究極的には、復活における《肉身のよみがえり》に至る、生命の絶対的癒しという様相のもとに把えられるであろう」[2]。

ここには、第一に、キリスト教において本質的であるのは、魂(âme)と身体(corps)の区別ではなく、《生命》(vie)であること、第二に、キリストは、その《生命》を癒すのであり、キリストの救いの約束とは、《生命》の癒しが、究極的には、《永遠の生命》への復活のうちに成就することの約束であることが明らかにされている。

フランス語で《心身二元論》と言う場合の《心身》とは《l'âme et le corps》であるから、第一点を換言するなら、キリスト教は本質的に心身二元論ではなく、生命の一元論である、ということであり、第二点は、キリスト教は、生命の癒しの教えである、ということになる。

《心身の合一》という問題を追求してきて、今やこの問題をキリスト教において考察するに当り、筆者は、ここに与えられた、端的かつ本質的な示唆に従って、キリスト教の特質を以上の二点に要約し、この二点に沿って問題を考察してゆくことにする。

さて、本論全体の冒頭の「展望」において、筆者は、本論がまず、『創造的進化』の「心と身体を包括する《生命》の視点」[2bis]から『物質と記憶』の心身論を捉え直す試みによって、ベルクソンにおける二元論の超克を明らかにすることをめざし、「次に、それがキリスト教における二元論の絶対的な超克の様相へとどのように展開するかを見ることをめざしている」[3]と述べた。しかし、「連なり展開する」とはどのようにだろうか？　哲学はキリスト教に対してどのような関係を持ちうるのだろうか？　哲学とキリスト教が問題になるとき、研究者はいかなる方法をとるべきなのだろうか？

この点については、アンリ・グイエの最後の著書『エチエンヌ・ジルソン――三つのエッセイ』[4]中の「ジルソンとベルクソン」の節に筆者自身の本来の方針を補強する論を見出したので、この論を援用することにする。

右記の論でグイエは、ジルソンが哲学と神学の関係、特に、哲学の神学への寄与の可能性について、どのように考えていたかを考察している。

新しい哲学が出現して、その斬新さが科学の進歩と合致することによって正当化された場合、その哲学と神学の関係はどのようなものになるだろうか？　その関係には二つの方向がありえる、とジルソンは考えている。

その第一はデカルトの場合で、例えば聖体の実体変化の証明の試みに見られるように、初めに新哲学があり、それが神学への適用へと向い、神学をいわばデカルト化する、すなわち、哲学から神学への方向である。

それに対して人は、それは正に聖トマスがアリストテレス哲学に対してしたことではないか、と言うかもしれない。否である。トマス神学について、人はキリスト教化されたアリストテレス哲学と呼び、普通、トマス神学研究者自身も、アリストテレス哲学はキリスト教化によって深い変化を蒙ってはいないと考えている。しかし、神学者トマス・アキナスが果したことは、正にデカルトと逆である。始めから、アリストテレスの神は聖書の神となるために、不動の第一動者であることをやめなければならなかったのであり、方向は、神学から哲学であって、哲学の斬新さが神学に吸収できるものかどうかを見るのが神学者の務めなのである。

ジルソンにとって哲学と神学の正当な関係は後者の方向のうちにしかありえないものである。なぜなら「理性あるいは直観から信仰へと向う運動は考えられない」[5]からであり、「信仰においては全てが超自然的であり恩寵である」[6]からである。

ジルソンは、一九五九年のソルボンヌにおけるベルクソン生誕百周年記念学会の《宗教》部会で、議論がベルクソンのキリスト教理解の不充分さをあちこちから突つくようにして延々と続いた時に、正に耐えられないといった雰囲気で立ち上がり、「形而上学は死んだ、と言われていた時代にそれをわれわれのもとに返してくれたのは誰でしょうか。それはベルクソンです」[7]と、何度も「それはベルクソンです（C'est Bergson）」を繰り返して、ジルソン個人のみならずひとつの時代全体が、実証主義の桎梏から解放されるために、ベルクソンに負った恩を喚起する感動的な発言をした人でもあるが、しかし、ベルクソンがキリスト教に対してあくまでも哲学者としてアプローチすることがわかっていた『道徳と宗教の二源泉』には、右記のような姿勢ゆえに、多くを期待することはできなかったのである。ジルソンにとってベルクソン哲学は一九〇七年の『創造的進化』をもって終結しており、『二源泉』は、ベルクソン哲学の《延長》ではあっても《発展》ではありえなかった[8]。

そして、グイエ自身の姿勢も、根本的にジルソンと同じで、『ベルクソンと福音書のキリスト』の最終部分で、「自己の哲学の光のもとに福音書を読む」[9]ベルクソンにとって、神秘家キリストは登場しえても贖い主は登場しえなかった、と結論を下している。

ベルクソンが『道徳と宗教の二源泉』の執筆のための長い準備期間にあった一九一九年という時期に、当時ジルソンが教職にあったストラスブール大学を訪れる機会があり、すでに中世哲学史家として名を成していたジルソンに、宗教哲学をやったらどうかという提案をする。これは、ジルソン自身が、時代の新哲学であるベルクソン哲学を神学に適応させることへの間接的な誘いでもあった。しかし、ジルソンにとってはベルクソン哲学そのもののうちに受け入れられない点もあり、苦慮の数秒間ののち、「なぜあなたご自身がそれをなさらないのですか？」というスマートな逃げ口上で話は終ったのであった。そして一九六〇年の段階で、ジルソンはこの問題についての結論を次のように下している。「新しきアリストテレスはいまだ彼の聖トマス・アキナスを見出していない」[10]。

われわれの研究は、ベルクソン哲学全体とキリスト教神学全体を対象領域とするような壮大な規模のものではなく、《心身の合一》というテーマをめぐって両者を突き合せることを試みるものにすぎないが、研究の本質的方向については、筆者は、ジルソンおよびグイエと考えを同じくするものである。だから、本論の冒頭の「展望」で、ベルクソンにおける二元論の超克が「キリスト教における二元論の絶対的な超克の様相へとどのように連なり展開するかを見ることをめざしている」[11]としたのは、第一篇から第三篇へという論理的順序にすぎず、本質的順序ではない。今、本論第一篇で見たベルクソン哲学における心身合一論と、キリスト教における心身合一論の考察を突き合わせるに際し、筆者は、ぐるりと一八〇度回転して、方向を逆転し、キリスト教を出発点にベルクソン哲学に向い、ジルソンが神学者の務めとみなしたことに倣って、ベルクソン哲学の心身合一論のどの点がキリスト教の心身合一論に土台として吸収できるか、貢献できるかを考えるという方法を取ることにする。

しかしその際、本論のキリスト教研究はどのような次元に置かれうるだろうか？　筆者はベルクソン研究者であり、キリスト者であるが、聖書学者でも神学者でもない。その場合可能なことは、本序論冒頭に記したような、キリスト教の二つの根本的な特質を念頭に置きながら、ひとりの信仰者として聖書を読み直すことしかない。それが実際に筆者のしたことである。本論のキリスト教研究は、新約聖書を日本の共同訳とフランシスコ会聖書研究所訳註版、そしてフランス語の共同訳[12]で読んでゆくという、この上なくつましく、基本的なものである。

突き合わせる二要素の一方であるベルクソン研究の次元と対比して、このキリスト教研究の次元が不揃いであることは率直に認めざるを得ない。ただ、その不揃いな研究にいささかでも価値が生じうるとすれば、それは、ベルクソン研究における心身合一論の理解をとりこみつつ、キリスト教研究における心身合一論の理解を深めたいという願望が、筆者という研究者であり信仰者でもあるひとりの人間の中に不可分のものとしてあり、そのことによって、両要素の交流が促される点があるかもしれないということである。

また、いわゆる学問研究ではない基本的研究であることは、聖書やキリスト教を《生きる》ためのもの、《生きる糧》として捉えることを促してくれる点があるかもしれない。

そのような《生きられる》ものとしての聖書やキリスト教をベルクソン哲学のもたらすものと連結したい、というのが、学問的不揃いにもかかわらず、筆者の願望でもある。

そして最後に、そのような《生きられる》ものとしての聖書やキリスト教の次元が、本論第二篇で考察した『道徳と宗教の二源泉』以後の最晩年のベルクソンの探究の次元、哲学的著作の準備のためではなく、「本当のところ、私はこの世界を去る前にいくつかの点についての考えを持ちたいのです。私のために持ちたいのです」[13]という探究の次元、「パスカルが《アブラハムの神、イサクの神、ヤコブの神にして哲学者と学者の神にあらず》と言うとき、私は彼を完全に理解します」と語ったベルクソンの探究の次元にいささかでも通うことができたらと希望する。

このような覚悟と希望をもって、筆者は本論を以後三節に分けて展開してゆきたい。第一節は「命の一元論」、第二節は「命の癒しの教え」、第三節は「命の究極的癒しとしての復活――永遠の命と肉身のよみがえり」である。この構成は、おわかりのように、フリゾン師によって与えられた、キリスト教の特質についての示唆に基づいている。

ベルクソン哲学がキリスト教の土台として吸収されうるのは第一節であり、この節までのみである。

本論では、聖書の訳・用語ともに共同訳に拠って統一する。それで、すでに前掲の節の題名でも、フランス語でla vieに当るものは、「生命」ではなく、共同訳の「命」に換っている。また、本論では、「心(âme)」「身(corps)」に当る用語は「魂」「体」に換っている。

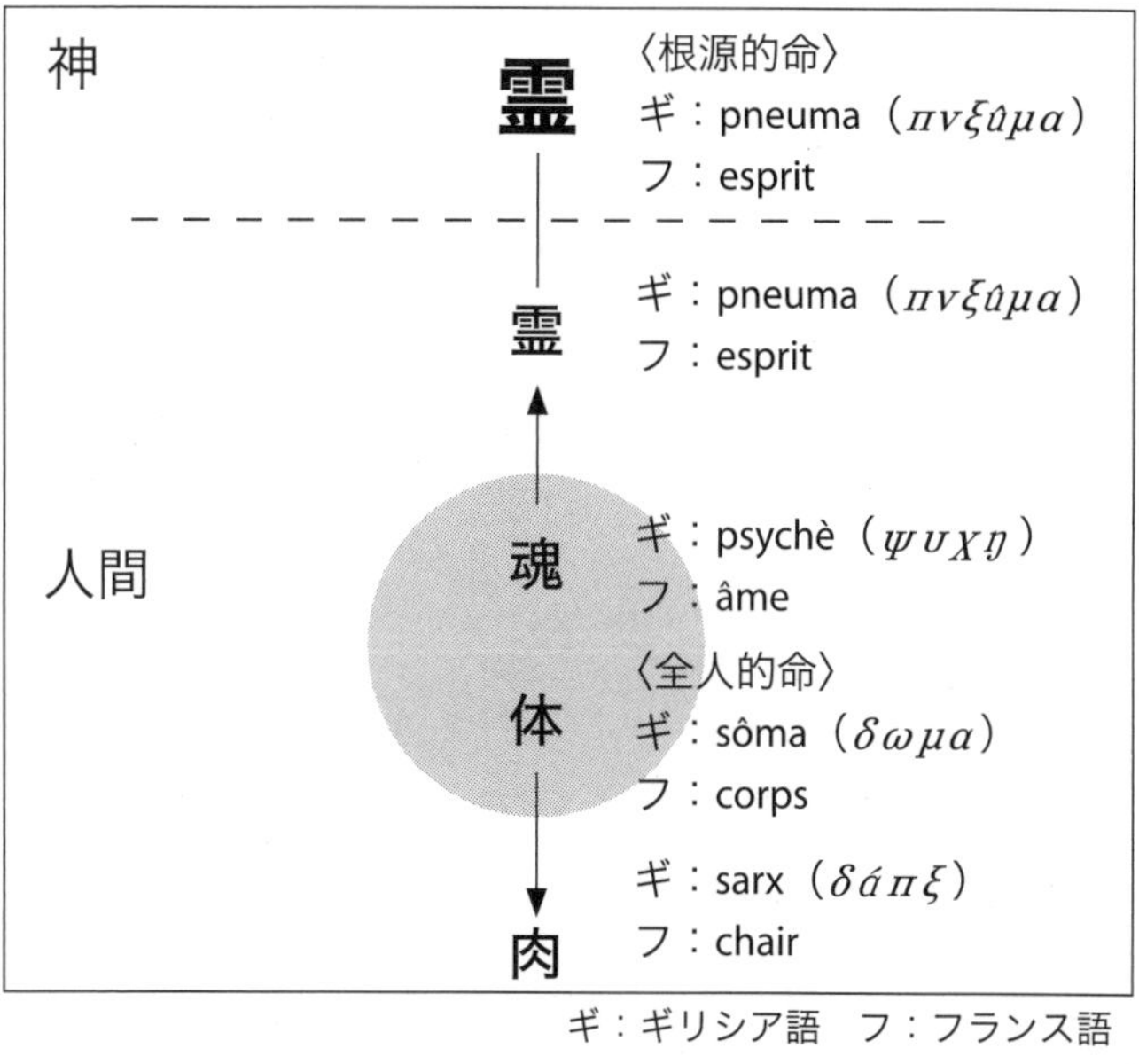

［参考図］キリスト教における心身（魂体）の合一

第一節に入る前に、本論で用いる用語（およびそれに対応する聖書原典のギリシャ語と、ベルクソンの用いた言語であるフランス語）の概念的位置づけの素描を兼ねた［参考図］を掲げて、以後の論の参考に供する。

第一節　命の一元論

（一）命：魂体の不可分性

一．キリスト教

ベルクソン哲学に深い影響を受け、実存主義とマルクス主義に分裂した二〇世紀前半の思想状況を《人格》（persome）の概念を核とする総合的人間観《人格主義》（personnalisme）をもって解決する試みを実践したフランスの思想家エマニュエル・ムーニェは、その《人格》の観念の源泉をキリスト教に見る。

彼の『人格主義』[14]の冒頭には、キリスト教の人間観の根本的輪郭が見事に要約されているので、本節の考察の対象であるキリスト教の人間観における《魂体の不可分性》について、まずそのムーニェによる要約を参照することから始めよう。

「魂と体の不可分性はキリスト教思想の中軸である。（中略）だから、体や物質について軽蔑的に語るキリスト者は、キリスト教の最も中心的伝統に反しているのである。（中略）物質蔑視はギリシャ的なものであって、それが誤ってキリスト教信仰のうちに正当化されて入り、今日まで代々伝えられてきた、というのが現実である。われわれの生活様式と思考法のなかのこの有害な二元論を今日解消しなければならない」[15]。

本論冒頭の「展望」でも、信仰者である筆者がいつのまにか陥っていた近代的二元論について述べたが、ここでムーニェが言うように、すでに近代的二元論以前にギリシャ的二元論がキリスト教思想の中に入りこんだまま今日まで来ているのである。体に囚われていた魂が死に際して体から解放されてイデアの世界に飛び立つといったプラトニズム的二元論がキリスト教思想の中に入りこんで伝えられており、そうした要素が現代人に対しては近代的二元論への誘いとなって働く可能性もあると言えるだろう。

さて、ムーニェの要約をひとつの指針としながら、聖書そのものを見てゆこう。

聖書のなかで人間は本質的にどのようなものとして捉えられているのか、キリストによる病人の癒しの奇跡の場面は、それを端的に示してくれると思われる。

福音書の中に多く見られる病人の癒しの奇跡の物語は、まず病人がキリストへの信仰のうちに癒しを請願し、それに応じて癒しが果され、癒された者に対して発せられたキリストの確認と祝福の言葉「あなたの信仰があなたを救った」をもって終っている[16]。

この「あなたの信仰があなたを救った」という言葉について、筆者は、ある日曜日のミサで配布された「聖書と典礼」のパンフレットの古川正弘師の解説に、この問題についての大きな示唆を得たのでここに記す（ここでの該当箇所はルカ一七―一一～一九である）。

『あなたの信仰があなたを救った』ということばにそのすべての鍵があると思う。まず第一『あなたの信仰があなたのらい病をいやした』といわれていないことに注目したい。もちろんその人にとって、らい病であることは半端な問題ではない。全生活をおびやかし、そのために自己の存在を否定しつくすほどの病である。だから、いやされることを切に願った。しかしルカが報告するのは、病からのいやしではない。『あなたを救った』とあるように、あなた自身すなわちあなたという全人格の救いなのだ。いやしはきっかけにすぎない。『いやし』を感じた彼は、行動を開始する」[17]。

この「あなたの信仰があなたを救った」というキリストの言葉は、癒されたのは《体》だけではなく、《あなた》という全人的命であることを示している。

また、それは、病人ではない者の罪の赦しの場合にも根本的には同じである。キリストがファリザイ派の人の家で食事をされている時に入ってきて改悛の涙でキリストの足を洗った罪深い女に対しても、キリストはまず「あなたの罪は赦された」と言われ、最後に「あなたの信仰があなたを救った」と言われる。ここでも、救われたのは《あなたの魂》だけではなく、《あなた》の全人的命である。

このように福音書の出来事、特に病人の癒しの奇跡の出来事を見ると、そこでは人間が、本質的に、魂体不可分の《全人的命》として捉えられていることがわかる。

この福音書の癒しの出来事のうち、百人隊長がその僕の癒しを願い出て、キリストが自らその家に行こうと言われた時、百人隊長の言った言葉が、カトリック教会の「ミサの祈り」の聖体拝領前の伝統的な祈りに取り入れられている。

百人隊長の言葉：「主よ、わたしはあなたを自分の屋根の下にお迎えできるような者ではありません。ただひと言をおっしゃって下さい。そうすればわたしの僕はいやされます」(マタイ八—八　強調筆者)。

聖体拝領前の祈：「われはこの御恵みを受くるに足らざるにより、百夫長にならい謹しみて言わん。主よ、われは不肖にして、主をわが家に迎え奉るに堪えず、ただ一言を宣わば、わが心いえん」(『公教会祈祷文』　強調筆者)[18]。

この祈りは、フランスの伝統的なミサ祈祷文でも「わが心いえん」(et mon âme sera guérie)[19]となっており、それらは共に、一五七〇年に教皇ピウス五世によって定められ、二〇世紀六〇年代の第二ヴァチカン公会議までほぼ四〇〇年カトリック教会で用いられた『ローマ・ミサ典礼書』の中の次の祈りのラテン語表現《et sanábitur ánima mea》[20]の訳に当る。これも、キリスト教信仰の伝統のなかに、二元論が入りこんだひとつの例である[21]。

聖書の人間観は、ここまで見てきたように魂体不可分の《全人的命》として捉えられると思われるが、それでは聖書で《魂》《体》の言葉が用いられている時、どのように受けとめるべきであろうか？

聖書で《魂》《体》の語が並んで登場するのは三箇所のみであるが[22]、そのうちの一つである次の箇所は、その受け止め方を示唆してくれると思われる。

「どうか、平和の神ご自身が、あなたがたを全く聖なる者として下さいますように。またあなたがたの霊も魂も体も何一つ欠けたところのないものとして守り、わたしたちの主イエス・キリストの来られるとき、非のうちどころのないものとしてくださいますように」(一テサロニケ五―二三　強調筆者)。

この箇所に付けられたフランシスコ会訳注の教えるところは大きい。

「本節の『霊、魂、体』の三つの用語はギリシャ哲学に見られるような人間の三つの別な部分を表わしているのではなく、むしろユダヤ的思考の流れを汲み、それぞれ三つの異った視点から見た人間の全体を表わしている」[23]。

《魂》《体》を、二元論的な、個別の実体としてではなく、本質的には《人間の全体》に包括されるものとして捉えるべきであり、それがユダヤ的思考の本来のあり方であると、この訳注は教えている。

実際、《魂》の語が新約聖書に登場する回数は五六回と比較的少なく、マタイからヨハネまでの福音書に限るなら一五回に過ぎない。それに対して《命》の語は新約聖書全体で二三七回であり、福音書中にも七四回登場している[24]。この数字は言葉の重要性のある程度の尺度を表わしていると言って良いであろう。

聖書における《魂》《体》の語に対して、右記のような姿勢を取って見てゆくとき、その各々の語が、《人間の全体》のうちに不可分に包括されている様相が一際鮮やかな箇所がいくつか見出される。まず《魂》の語についてであるが、例えばそれは、受難が刻一刻と迫って来るのを感じながら、キリストがゲッセマニの園で苦悶のうちに発せられた次の言葉である。

「わたしの魂は悲しみのあまり死ぬほどである。ここにいて、わたしといっしょに目を覚ましていなさい」(マタイ二六―三八　強調筆者)[25]。

「死ぬほどである」のは単に魂だけではない。ルカ福音書(二二―四四)が記すように、この時、苦悶のキリストからは、汗が血の滴るように落ちたのである。

また、《体》の語については、パウロが初代のキリスト者たちに向って言った次の言葉の中にその例が見出される。

「わたしは、何事にも支配はされない。食物は腹のため、腹は食物のためにあるが、神はそのいずれをも滅ぼされます。私はみだらな行いのためではなく、主のためにあり、主は体のためにおられるのです」(一コリント六─一二～一三　強調筆者)。

ここでは、体が、その体を備えた丸ごとの人間の生き方と関わるものとしてあり、その生き方が主のためにあれば、主のほうも体を備えた丸ごとの人間のために存在していることが語られている。「主は体のためにおられるのです」という言葉の「体」は、そのように、単に「体」だけを意味しているのではない。

以上見てきたように、フリゾン師の書簡に示唆され、ムーニェによって定義されたキリスト教的人間観の《魂体不可分性》という特質は、端的に病人の癒しの奇跡に見られるような《全人的命》の一元性のうちに確認された[26]。

二、ベルクソン哲学

「あなたの信仰があなたを救った」の《信仰》そのものとは、ベルクソン哲学は無縁のものである。しかし、ひとつの生命哲学として、本節の《魂体の不可分性》のテーマについてキリスト教の《全人的命》の人間観を支える土台として貢献する可能性はないであろうか?

その最大の可能性を筆者は、本論第一篇「ベルクソン哲学における心身合一論」の結論のなかに見る。すべての生物に見られる成熟や老化といった、時間における《連続性》、そして、個体や種の発生、さらに、どんな生命形態の発生においても見られる予見不可能な形態の《創造性》、この二点の意味でベルクソンは生命の原理を本質的になにか《意識》に類するものとして《意識一般》(conscience en général)と呼ぶ。

この生命の原理の働く基本的様相は、「図式からイメージへ」[27]の遠心的なものであるが、それが意識のうちで働くとき《動的図式》と呼ばれるものとして検証され、身体のうちで働くとき《運動的図式》と呼ばれるものとして検証されている。

ベルクソン哲学における心身合一論についての筆者の結論は、心身の区別の未分化の原基動物では、未分化のまま働いていた《意識一般》の「図式からイメージへ」の基本的機能が、進化の頂点にある人間においては、意識のうちの《動的図式》と身体のうちの《運動的図式》に分化しており、心身の合一の可能性は、両図式が根源において、《意識一般》を共有しているところにある、と見るところにあった[28]。

ベルクソンは、哲学が「身体の生活をその真の場所で、精神の生活にいたる途上で見ようと決心」[29]しなければ、すなわち進化論的視点を取らなければ、真の心身論はありえないと考え、そこから、筆者が本論第一篇で総括した右記の結論のような心身合一論も出て来たのであるが、筆者は既にその本論第一篇において、「このような包括的な視点こそベルクソンの心身合一論を完全に発展させるものであり、キリスト教的心身合一論への堅固な土台となる可能性を与えるものである」[30]と述べた。

今、右記の本論第一篇「ベルクソン哲学における心身合一論」の結論を、改めて、ここまで見てきたキリスト教的人間観における魂体の不可分性と突き合わせてみる時、命における魂体の不可分性の根拠を、『創造的進化』に展開する壮大な生物進化論に基いて提供するものとして、そのまま、キリスト教的人間観の《魂体不可分性》への哲学的土台として貢献しうると思われる。

ベルクソン哲学の心身合一論には、キリスト教的人間観の魂体不可分性の哲学的土台となりうると思われる様相がもう一つある。それは《表裏》としての《魂体》の捉え方である。

ベルクソンは『創造的進化』の「物質的世界」の節で、詩人による詩の創造の例をあげ、それを世界の創造のアナロジーとして用いて次のように述べるのであるが、ここで用いられている「裏返し」(l'envers)の概念は、ベルクソンにおける右記のような魂体の関係にも適用できると思われ、またそれが、キリスト教的人間観の魂体不可分性のもう一つの様相を支える哲学的土台となりうると思われるのである。

「詩人が詩を創造し、人間的思想はそれによって豊かになるということを、われわれは十分に理解する。この創造は精神の単純な行為である。この活動が新たな創造をさらに続けるかわりに、ひと休みするだけで、この活動はひとりでにもろもろの語に分散し、語はさらに分解して文字となり、それらの文字が、すでに世界に存在していたあらゆる文字に追加されるであろう。(中略)けれども、詩人の想念がアルファベットの文字とまったく異なると同様に、原子とまったく異なる実在、まったく別の秩序に属する実在が突然の付加によって増大するということは、認められないことではない。そしてかかる付加の一つ一つの裏返し(l'envers)こそ、われわれが原子の配列として象徴的に表象するところのもの、すなわち一つ一つの世界であると言えよう」(強調筆者)[31]。

生命を「物質の中に投げこまれた意識」[31bis]として捉えるベルクソン哲学において、この《表》と《裏》は、ここでのように、意識と作品、生命と物質の関係（通常の《表裏》の用語と意味が逆転しているのでご注意頂きたい）を説明する、生命哲学としてのベルクソン哲学の基本的構図であると言える（『創造的進化』の有名な《眼の形成》の説明も根本的にこの構図によっている）。

体は単なる物質ではなく《生きた体》である点で、問題は右記の場合と全く同じではないが、しかし、ベルクソンの生命哲学のこの基本的構図を更に、発動的な《魂》の《動的図式》と、その具体的表現の場である《体》の《運動的図式》のあいだに適用して、魂体不可分性を、魂体が右記のテクストのような意味で《表裏》をなしていると換言することができるだろう。

他方、本論のエピグラフに引用した聖書の箇所は、ファリサイ派の人から食事に招かれたキリストが、食事の前に身を清めなかったことを訝かられた時に発せられた次の言葉の一部である。

「実にあなたたちファリサイ派の人々は、盃や皿の外側はきれいにするが、自分の内側は強欲と悪意に満ちている。愚かな者たち、外側を造られた神は、内側もお造りになったではないか」（ルカ一一―三九　強調筆者）。

ここには、人間という被造物の全体の中で、魂に対して、体と体の果す行為が、器の内側と外側のように切り離せないものであることが告げられており、ベルクソンの生命哲学に遍在している《表裏》の構図は、キリストのこのような人間観の《内側》と《外側》という概念に通じつつそれを支えうるものであると言えよう。

以上見てきたように、魂体が《表裏》を成しつつ、命の原理である《意識一般》を共有するところに成立する、ベルクソンの魂体合一論は、生物進化論に準拠した新しき哲学として、聖書の《全人的命》の魂体合一論を支える土台になりうると言えよう。

(二)　命の二方向と根源

一．キリスト教

(一)に続き、ここでも、ムーニェによるキリスト教的人間観の要約から、これから考察する問題に関わる部分を参照することから始めよう。

「人間存在の全体が、超自然的召命と反対の方向に向うとき、キリスト教は、この動きを《肉》と呼び、この呼び方によって、感覚の重さと同時に魂の重さを指し示す。そしてこの全体が神に向うとき、魂体はともども、霊の国、すなわち、神の確固とした国のために協力するのであって、霊という何か存在感の薄い王国のために協力するのではない」[32]。

キリスト教に魂体二元論は存在せず、二元論かと誤解されやすい《霊》《肉》の区別も、人間存在全体の取る方向を意味しているのだ、とムーニェは言う。

(二)同様、このムーニェの指摘に沿って、聖書を見てみると、《霊》《肉》の対比は、まずヨハネ福音書中の、求道者ニコデモに対して、神の国に入るにはいかにすべきかを語られるキリストの次の言葉のうちに見出される。

「だれでも水と霊によって生まれなければ、神の国に入ることはできない。肉から生まれた者は肉である。霊から生まれたものは霊である」(ヨハネ三―五～八)。

この箇所に付けられたフランシスコ会訳注は、ここでの二つの語の意味を簡潔に示してくれる。

「『肉』は弱さや死など、地上の制約を受けた人間を指しており、『霊』は『肉』と対立するものとして、人間の領域において働いている神的生命と力との原理を表わしている」[33]。

ただ、ここでの「肉から生まれた者」の「肉」の意味は、この注にもあるように、そして最後にも見るように、端的に「人間」の意味であり、本節で考察する「肉」の意味ではないが、「霊」の意味については、「人間の領域において働いている神的生命と力との原理」と明確に定義されている。

右に見たような意味での《霊》と反対方向のものとして《肉》が対比されて登場するのは、主としてパウロの書簡のうちにおいてである。パウロの書簡の中から、この対比について述べられている典型的な書箇のひとつを見てみよう。

「あなたがたに一つだけ確かめたい。あなたがたが〝霊〟を受けたのは、律法を行ったからですか。それとも福音を聞いて信じたからですか。あなたがたは、それほど物分かりが悪く、〝霊〟によって始めたのに肉によって仕上げようとするのですか」（ガラテヤ三―一～三）。

パウロはここで、初代のキリスト者たちが、福音を信仰することによって《霊》すなわち右記のヨハネ福音書の注が言うように、「神的生命と力の原理」に与かり、そのことによって全てが始まったのに、肝腎の仕上げを《肉》、すなわち神に頼まない人間としての力だけで果そうとするのか、と嘆いているのである。

この箇所のフランシスコ会訳注は、ムーニェによる要約を全面的に再確認するものとなっている。

「『霊』による者は、神とともにある人間、キリストと共にある人間、信仰によってキリストに頼る人間を指す。『肉』による者は、神から離れた者、キリストに頼らず自分の力だけに頼る人間を指す」[34]。

確かに、ここでは《霊》《肉》は、ムーニェの指摘した通り、二元論ではなく、神に向って生きるのか神から離れて生きるのかという、人間存在全体の在り方を指している。

ところで、本節で《霊》《肉》について参照した最初のヨハネ福音書の箇所の注は、《霊》が「人間の領域において働いている神的生命と力の原理を表わしている」と説明していたが、確かに聖書は、「神は霊である」（ヨハネ四―二三）そして「命を与えるのは霊である」（ヨハネ六―六三）と告げている。神は、われわれに命を与え、われわれの命の根源に在《ま》す、根源的命の霊である。

そして、前に《全人的命》と呼んだものが、この《根源的命》に向い与かる時に、その人間は《霊》の様相を帯びるのである。

それゆえ、神の《霊》は絶対的存在であり、人間の《霊》のほうは、それに与かる在り方に過ぎないが、両者はつながっている。根源的命と全人的命はその意味で、隔絶しつつもつながっている[34bis]。

そこで、再び［参考図］を参照されたい。

《全人的命》は、ここに一際大きく記した神の《霊》の《根源的命》に向い与かる時に《霊》の人となり、反対に向う時に《肉》の人となる。そして点線は、《霊》としての人間と《霊》としての神の間は隔絶しつつもつながっていることを示している。

《霊》は神の本質的存在様式であって、キリストがナザレの会堂で朗読された（ルカ四―一八）旧約聖書のイザヤ書六一―一の「主の霊がわたしの上におられる。貧しい人に福音を告げ知らせるために、主がわたしに油を注がれたからである」の《霊》は、父なる神の霊であり、また、旧約の書を読む時には人の心に覆いがかかるが、「しかし、主の方に向き直れば、覆いは取り去られます。ここで言う主とは、〝霊〟のことですが、主の霊のおられるところに自由があります」（二コリント三―一六）とパウロの語る《霊》とは、子たる神キリストの霊であり、さらには、迫害の予告の中で、「わたしが父のもとからあなたがたに遣わそうとしている弁護者、すなわち、父のもとから出る真理の霊が来るとき、その方がわたしについて証しをなさるはずである」（ヨハネ一五―二六）とキリストが予告される《霊》とは聖霊の《霊》であり、《霊》の存在様式は、御父と御子と聖霊という三位一体の神を貫く本質である[35]。

そして、人間のうちにあって、人間に命を与える神の《霊》に与っているのは《霊》であるから、人が死ぬときに神のみもとに返すのは《霊》であって《魂》ではない。

ルカによる福音書には、ヤイロという会堂長の娘の蘇りの奇跡について次のように記されている。

「人々は娘が死んだことを知っていたので、イエスをあざ笑った。イエスは娘の手を取り、『娘よ起きなさい』と呼びかけられた。すると娘は、その霊が戻って、すぐに起き上った」（ルカ八―五三～五五　強調筆者。フランス語共同訳では《Son esprit revint.》）。

また、人となられたキリストのいまわの時の言葉は次のようなものである。

「神殿の垂れ幕が真ん中から裂けた。イエスは大声で叫ばれた。『父よ、わたしの霊を御手にゆだねます』」（ルカ二三―四六　強調筆者）。

日本語では「霊魂」という言葉も使われるので、この点が曖昧になってしまうが、このように、神のみもとに返されるのは《魂》(プシケー)ではなく《霊》(プネウマ)であって、「今、死んでいる者たちも(中略)神の目には霊において生きるためであります」(一ペトロ四—六)とペトロの言うごとく、不滅なのは霊である。

さて、人が神の《霊》に向い与かるとき、あるいはその逆であるとき、人はどのようなものになるだろうか？

神の《霊》の《根源的命》は、そのまま神のすべての本質を備えるものであって、なかんずく、「愛さない人は神を知りません。神は愛だからです」(ヨハネ三—八)とヨハネの書簡が告げる、神の《愛》としての本質は、《霊》の人、《肉》の人の在り方を本質的に決定することになる。

「兄弟たち、わたしはあなたがたには、霊の人に対するように語ることができず、肉の人、つまり、キリストとの関係では乳飲み子である人々に対するように語ります。(中略)お互いの間にねたみや争いが絶えない以上、あなたがたは、肉の人であり、ただの人として歩んでいる、ということになりませんか」(一コリント三—一〜三)。

この箇所のフランシスコ会訳注には、《肉の人》の生き方について、《霊の人》の生き方と対照して、次のような説明がされている。

「彼ら（「肉の人」と呼ばれている未熟なキリスト者）が在世中のイエズスのように聖霊の導きのもとに他人中心の生き方をせず、分別のない子供のように自己中心的に生きているからである」[36]。

この注には、パウロの「乳呑み子」の比喩が含蓄する、未熟なキリスト者の自己中心性が見事に浮き彫りになっている。

《根源的命》である神の霊に向い与かる《霊の人》は、愛すなわち他人中心を生き、《肉の人》すなわち神の霊から離れてゆく人は、自己中心を生きるのであり、《霊の人》の全ての善業は、愛の他人中心に収斂し、《肉の人》の全ての罪は自己中心に収斂する。ここには、単純にして重い真理がある。

それゆえに、《永遠の命》を得るにはどうしたら良いか、すなわち神の《根源的命》と究極的に一致するためにはいかに生きねばならないかと問われたとき、キリストは次のように答えられる。

「行って持ち物を売り払い、貧しい人に施しなさい。そうすれば、天に富を積むことになる。それからわたしに従いなさい」（マタイ一九―二一）。

「『はっきり言っておく。わたしの兄弟であるこの最も小さい者の一人にしたのは、わたしにしてくれたことなのである』。（中略）『はっきり言っておく。この最も小さい者の一人にしなかったのは、わたしにもしてくれなかったことなのである』。こうして、この者どもは永遠の罰を受け、正しい人たちは永遠の命にあずかるのである」（マタイ二五―四〇～四六）。

しかし、このように《永遠の命》が愛すなわち他人中心に生きることによって得られるものであるとき、《命》と《永遠の命》をつなぐパラドックスが存在することになる。

「自分の命を愛する者は、それを失うが、この世で自分の命を憎む人は、それを保って永遠の命に至る」(ヨハネ一二―二五)。

「友のために自分の命を棄てること、これ以上に大きな愛はない」(ヨハネ一五―一五)。

《根源的命》と一致して《永遠の命》を得るためには、その愛に与かり、その愛に生きなければならない。しかし、それは時に、地上における自分の命を友のために捨てることをさえ意味している。《永遠の命》のために《地上の命》を憎み捨てること。しかし、それは、贖い主としてキリストご自身が果されたことであり、キリスト者はキリストの倣びのうちにこのパラドックスを生きなければならない。ヨハネが初代のキリスト者に勧めるのもそのことである。

「イエスは、わたしたちのために、命を捨ててくださいました。そのことによって、わたしたちは愛を知りました。だからわたしたちも兄弟のために命を捨てるべきです。世の富を持ちながら、兄弟が必要な物に事欠くのを見て同情しない者がいれば、どうして神の愛がそのような者の内にとどまるでしょう。子たちよ、言葉や口先だけではなく、行いをもって誠実に愛し合おう」（一ヨハネ三―一六～一八）。

さて、こうして、神の《霊》と、その霊に与るものとしての人間の霊とは何であるかを見てきたのであるが、キリスト教信仰の一般的表現において、この《霊》に属するものという意味で「霊的」との形容詞を用いた場合、それも、特に人間に関して発せられる場合、魂のみならず体も挙げて、丸ごとの人間の命が、神の命に与る次元、という真の意味で用いられることは比較的少なく、近代二元論的な、体とは独立したものとしての魂の次元で捉えられていることが多い。この節の冒頭に引用した文の中で、ムーニェは、「神に向うとき、魂体はともども霊の国すなわち確固とした王国のために協力するのであって、霊という何か存在感の薄い王国のために協力するのではない」と言っていたが、ここに「存在感の薄い」と、筆者の意訳した語の原語は《éthéré》（辞書的定義：［この世のものとは思われぬほど］軽やかな）であって、「霊」という語の受取られる次元が、しばしば、あのデカルトの『方法序説』の「私が身体をもたず、世界というものも存在せず、私のいる場所というものもない、と仮想」[37]し、それら全てをカッコに入れた時に出現する「この世のものとは思われぬほど軽やかな」コギトの次元に奇妙に似てしまうことへの危惧が潜在していたかもしれない。「霊」および特に「霊的」という語の用法の孕むこのような問題は、本論の契機となった筆者の問題意識を端的に集約しているものである。

さて、最後に、キリストにおいて、神としての本質的存在様式である《霊》に起った《受肉》という出来事とは何であるかを見なければならない。

「初めに言《ことば》があった。言《ことば》は神と共にあった。言《ことば》は神であった。(中略)言《ことば》は肉となって、わたしたちの間に宿られた。わたしたちはその栄光を見た。それは父の独り子としての栄光であって、恵みと真理とに満ちていた。(中略)いまだかつて、神を見た者はいない。父のふところにいる独り子である神、この方が神を示されたのである」(ヨハネ一―一―一八　強調筆者)。

ヨハネ福音書のあまりに有名な冒頭であるが、この箇所のフランシスコ会訳では、強調の部分は「みことばは人間となり、我々の間に住むようになった」(強調筆者)となっており、次のような注がついている。

「『人間』は、直訳では『肉』。聖書の語法では、本節の『肉』はもろい死すべき人間をさす」(イザヤ書四〇―六～八、詩篇五六―五[四]参照)[38]。

この「肉」の意味は、《霊》《肉》の対比に関して最初に参照したヨハネ福音書三―六における「肉」の意味であり、ちょうどフランス語で「魂」(âme)の語が本来の意味の「魂」を意味する以外に、「人間」の代名詞的に用いられるように、「人間」の代名詞として用いられており、この語義は、『新約ギリシャ語辞典』で、「③(血肉からなる)人間」と定義されているものに当ると思われる[39]。

以上見てきたように、キリストの《受肉》における「肉」の意味は、本節で《霊》《肉》の対照において考察した《肉》の重層的な意味とは違い、端的に《人間》という基本的な意味であり、《受肉》とは、霊を本質とする子たる神キリストが、目に見える人間の存在様式を取ってわれわれのうちに住まわれた、という意味である。

受肉したキリストが地上にもたらされた命の癒しの教えの本質については、次章において考察する。

二　ベルクソン哲学

この(二)でここまで見てきたような、キリスト教における《命の二方向と根源》について、ベルクソン哲学はいかなる寄与をなしうるであろうか？

まず《命の根源》について考えてみよう。

(一)において見直したように、ベルクソン哲学において生命の流れは、意識に類するものとして捉えられ、それゆえに《意識一般》と呼ばれていた。そしてその《意識的なるもの》の根源にベルクソンは「神」を見た。

「無尽蔵の花火から火箭がとび出すように、一つの中心からもろもろの世界が湧出すると語ることによって、ただかかる蓋然的な相似を言いあらわしているにすぎない。もっとも、私はその中心を一つの事物とみなしているのではなく、一つの連続的な湧出と考えているのである。神は、このように定義されるならば、できあがった何ものをも持たない。神は不断の生命であり、行動であり、自由である」[40]。

ベルクソンの宗教・道徳問題についての研究は、『創造的進化』から四半世紀の後に、『道徳と宗教の二源泉』(一九三二)に結実[41]し、そこでは、すでに『創造的進化』で抽き出されていた右記のような《神》の存在について、精神界の《未知の土地《テラ・インコグニタ》》の探検者である神秘家たちの報告を取り入れて、その神の本質は愛であり、その神による世界創造の目的は、愛の対象の創造である、とする規定が付け加えられた。本篇序論で触れた、ジルソン言うところのベルクソン哲学の「延長」である。

このようなものとしてのベルクソン哲学における神の概念は、《命の根源》としてのキリスト教の神の概念に対して寄与するところはあるだろうか?

それは、生命の原理を、《霊》ではないが、《意識的なるもの》すなわち精神的なものとみなし、その根源に神を見るという点で、大筋で、キリスト教における《命の根源》としての神の概念に似て見える。

しかし、この大筋の相似は、根本的な差異を含んでいる。

キリスト教においては、神の根源的命の次元は、人間の命の次元を本質的に超越しており、人間にあって《霊》とは、神の超越的命の次元への《与かり》である。

しかし、ベルクソン哲学においての、生命がそこから「湧出」する神には、キリスト教の神におけるような超越性はなく、従って、湧出する生命の原理としての《意識一般》も、キリスト教における《霊》のような超越的なものではなく、被造物としての生命の原理に当るものである。
ベルクソン哲学には、《根源的命》と《全人的命》を隔てつつ結合し、結合しつつ隔てる、あの［参考図］の点線に当るものが存在しないのである。

このように、《命の根源》としての神については、ベルクソン哲学がキリスト教に寄与する可能性はほとんど無いと思われるが、一方、《命の二方向》については、まさにベルクソン哲学の《道徳と宗教の二源泉》についての考察の中に、それを支える要素が見出されると思われる。

この論文第三篇では、今まで、ベルクソン哲学における生命の原理としては、意識との類縁性による規定《意識一般》を取り上げてきたが、論文第一篇でも触れたように、ベルクソン哲学には、この規定と表裏をなすもう一つのあまりにも有名な規定《生命の躍動》(élan vital)がある。こちらは、生命の創造性の様相による規定であるが、《二源泉》の問題を考察するには、こちらの規定のほうが適しいので、この時点で、こちらの規定に引き継ぐことにする。

既に本論第二篇において、われわれは『二源泉』に展開する論を次のように要約した。

「ベルクソンは『創造的進化』において考察した《生命の躍動》としての様相と、《種の保存》としての生命の様相を『二源泉』において《道徳と宗教の二源泉》として捉え、前者を創造主たる神の愛に基づく《開かれたもの》、後者を本能に基づく《閉じたもの》として捉えた」[42]。

右記の《生命の躍動》と《種の保存》としての生命の様相は、前著『創造的進化』の結論部分の次の箇所で、「上げ潮」と「渦巻」に喩えられていたものである。

「生命を世界に投げ入れた最初の衝動このかた生命全体は、物質の下降運動によって、逆らわれながら、高まっていく上げ潮のようなものにみえてくるであろう。この潮の流れは、ほとんどその全表面にわたって、さまざまな高さのところで、物質によってその場で渦巻に変えられる。この流れは、そういう障害を身にひきずりながらも、ただ一つの点において自由に通過する。流れの進行は、この障害のために鈍らされはするが、止められることはないであろう。この一点に人間がいる」[43]

進化を運ぶ創造の要求としての《生命の躍動》は、上げ潮が至る所で渦となるように、その場に固定されて種となる。しかし、人間においては、上げ潮が通過するごとく、《生命の躍動》が完全に流れこんだのである。とはいえ、人間もやはり種としての基本的様相から逃れることは不可能であって、そこに人間性の二つの極が生じる。

《道徳と宗教の二源泉》の考察は、『創造的進化』の、人間における右記のような二極の延長上に展開されたもので、根源を愛なる神に接続された《生命の躍動》は今や《愛の躍動》(élan d'amour)として捉えられ、人間がそのような躍動に与かるとき、神の人類への愛に与かって人類愛へと開かれるのである。一方人間において、動物における種の自己保存本能に対応するものとして機能する社会的本能は、種においてと同様、自己保存へと《閉じる》傾向を持つ。実際の人間においては、動物的本能にそのような社会的本能のベクトルが接続されて、閉じつつ開かれ、開かれつつ閉じている。

このように、人間が自己における生命の二極に向い与かることによって、一方では神の愛に与かって人類を愛する生き方を取り、他方では、本能的な自己保存の生き方を取る、という、この《二源泉》の考察は、あのパウロの、神のほうに向うことによって《霊の人》の愛に満ちた他者中心の生き方を取り、神から遠ざかることによって、《肉の人》の欲望に満ちた自己中心の生き方を取るという《命の二つの方向》と根本において重なってくる。

じっさい、『二源泉』においても、神秘家は、《愛の躍動》の根源である神と直接合一しえた、特権的な《霊の人》であって、普通の人間は、「真の神秘主義が口を開くときには、大部分の人々の奥底に、かすかにそれに反響するなにかがある」[44]と書かれているように、神秘家の言葉の反響を自分のうちに聞くのである。

あくまでも哲学の延長上に宗教を見ようとしたベルクソンの神概念には、超越性の不在や、更にはグイエも指摘した、贖い主としてのキリストの不在など、多くの欠落要素を抱えながらも、神秘家の証言を受け入れて、神の本質を愛としたところに、『二源泉』におけるベルクソン流の《命の二つの方向》論の《神の方向》の論は、堅固な真理の羅針盤を得たというべきであろう。

一方、《肉の方向》の自己中心性は、ベルクソン哲学においては、『創造的進化』の進化論の、種の自己保存本能の基盤の上に捉えられている。

このように、『二源泉』のベルクソン流の《命の二方向》論は、キリスト教の《命の二方向》論と重なるだけではなく、《肉の方向》については、パウロの《肉の人》の、欲望に満ち弱い人間の自己中心という様相に対して、進化論のパースペクチブにおける種の自己保存本能という土台をもたらすという貢献が出来ると言えるだろう。

『二源泉』のベルクソン流《命の二方向》論のキリスト教への貢献は、もう一つあると思われる。それは、土台としての貢献というよりも、論の対象の社会的領域への拡張、特に結論に当る第四章の「機械説と神秘説」[45]におけるように、産業や戦争など、現代社会の諸問題に考察対象を拡張するという点で大きな寄与を果していると言えるだろう。

本論第二篇で、『二源泉』に、ベルクソン個人の第一次大戦中および戦後の政治家的活動の経験による洞察が反映していることを見たが[46]、例えば、そのような反映の一例である次の文は、同時に、《命の二方向》論が、現代社会の問題の中に展開している最良の例でもある。

「われわれは家族と国家とを通り、段階的に人類に達するのではない。われわれは一足とびに人類よりはるかに遠いところに赴き、人類を目的とすることなく、人類を越えつつ、人類に到達したのでなければならない」[47]。

この主張においては、神に向うことによって人類に向う他者中心と、家族や国家に向う自己中心が、パウロの語る、互いに反対方向の《霊》と《肉》に根本においてつながりつつ、危機に満ちた現代社会への洞察へと拡大されていると言えるであろう。

さて、こうして本節においては、(一)「命：魂体の不可分」、(二)「命の二方向と根源」のテーマをめぐって、キリスト教におけるこれらのテーマに関して、ベルクソン哲学にいかなる寄与が可能であるかを見てきたが、キリスト教における《命の癒し》の問題を考察する次節では、ベルクソン哲学を参照することはもはや不可能であろう。なぜなら、《癒し》とは、癒された病人に向ってキリストが言われる「あなたの信仰があなたを救った」の言葉の示す通り、《救い》のことであり、それは、グイエがベルクソンのキリスト論の中に存在しないと指摘した、《罪》と、十字架による《贖い》の問題と不可避的につながっているからである。

第二節　命の癒し

(一)　福音宣教と癒し

聖書の中で、キリストによる病人の癒し(《病気》の癒しではない)[48]を追うとき、直ちに気がつくのは、それが、キリストによる福音宣教に常に伴っている、という事実である。

「イエスは町や村を残らず回って、会堂で教え、御国の福音を宣べ伝え、ありとあらゆる病気や患いをいやされた」（マタイ九—三五）。

しかし、福音宣教と、それに常に伴っている病人の癒しの奇跡は、いかなる関係にあるのだろうか？福音宣教の初期の内容は、右記の箇所にも記されているように、「悔い改めよ。天の国は近づいた」（マタイ四—一七）というものである。

「天の国」すなわち《霊の国》が、地上に降臨して、決定的な審判がなされると同時に、神の霊と完全に一致することによって、永遠の命が得られる可能性がある、その時が近づいた、という福音である。そして、「悔い改めよ」とは、その時のための準備として、今から生き方を改めよ、ということである。

一方、病人の癒しの奇跡は、「わたしが神の霊で悪霊を追い出している」（マタイ一二—二八）というキリストの言葉の通り、病人の信仰に応じて、その人の命に、神の命である霊が与えられるところに成就するのである。

そのようなものとして、「天の国」の福音宣教と、病人の癒しの奇跡を比較するならば、どちらにおいても、その本質においては、神の《霊》への《与かり》による命の癒し、が問題になっていることがわかる。また、病人の癒しの奇跡は、《天の国》の降臨の時に果される、完全な《与かり》による完全な命の癒しの先駆けをなす業であることがわかる。

そして、そのようなことであるならば、完全な命の癒しの時が近いと宣することと、その先駆けの業を果すことは、ほとんど表裏をなしていると思われてくる。

この両者は、神の霊を内側から生きておられたキリストにとっては、確かに不可分であったはずであり、キリストの次の言葉は、《天の国》が、すでに、病人の癒しのうちに局在していると感じられていたことを証している。

「わたしが、神の霊で悪霊を追い出しているのであれば、神の国はあなたたちのところに来ているのだ」（マタイ一二―二八）。

やがて、福音宣教の内容は、《神の国》の降臨の時に、信ずる者が永遠の命を得ることを助け確かにするために、御父に対する御子キリストの贖いが果されることの約束が加えられる。

「モーセが荒れ野で蛇を上げたように、人の子も上げられねばならない。それは信じる者が皆、人の子によって永遠の命を得るためである」（ヨハネ三―一四〜一五）。

その時、命の癒しについての福音は完成され、それは真にパウロが言うところの「命の言葉」（フィリピ二―一六　その他）となってゆく。

この段階でも、病人の癒しの奇跡は、福音宣教に常に伴って実践されており、それは、受難を覚悟の上のエルサレム入りの後という最後の時に至るまで変ることはない。

「(神殿の)境内では目の見えない人、足の不自由な人たちがそばに寄って来たので、イエスはこれらの人々をいやされた」(マタイ二一―一四)。

病人の癒しは、キリストが弟子たちを派遣する場合にも、福音宣教を果すことと不可分の業として実践することが求められ(「行って『天の国は近づいた』と宣べ伝えなさい。病人をいやし(中略)悪霊を追い出しなさい」マタイ一〇―七)、また、キリストが地上を去られた後も、ペトロやパウロなどの弟子たちによって、やはり福音宣教と不可分のものとして実践されていたことが、『使徒行録』によって知られる。

このように、福音宣教に常に伴っている病人の癒しの奇跡のほうから、福音宣教とのつながりを考えるとき、そこに、福音そのものの《命の癒し》の教えとしての本質が浮び上ってくると思われる。それは、神の霊による命の癒しの教えである。

序論で、フリゾン師の書簡の示唆のもとに立てたキリスト教についての見通しの第二点、《命の癒しの教え》としてのキリスト教、という点は、以上のような形で確認された。

そして、医者であり司祭であった師の書簡の次の言葉が再び思い合わせられる。「聖書の全体が(中略)医学的な性格を帯びています」[49]。「医学的」と表現されたのは、右記のような、福音の《命の癒しの教え》としての本質を指してのことであろう。そして、この形容を更に延長して適用するならば、それは近代的二元論の上に立った「西洋医学的」なものではなく、「心身医学的」なものということになるだろう。

何よりもキリストご自身がご自分を医者に喩えておられる。

「ファリサイ派の人々はこれを見て、弟子たちに、『なぜ、あなたたちの先生は徴税人や罪人と一緒に食事をするのか』と言った。イエスはこれを聞いて言われた。『医者を必要とするのは丈夫な人ではなく病人である。『わたしが求めるのは憐れみであって、いけにえではない』とはどういうことか、行って学びなさい。わたしが来たのは、正しい人を招くためではなく、罪人を招くためである」（マタイ九―一一～一三）。

罪人が病人に喩えられているのは、単に罪人は心の病人であるというような意味ではなく、もっと根本的な意味においてであると思われる。罪人は、あのパウロの言うところの《肉の人》であって、その人にあっては《霊》が充全ではなく、《霊》に充たされることによる根本的癒しを必要としているという意味で、病人と深く通じているからであろう。

そして、キリストは、罪人に対しても病人に対しても、神の《霊》による真の癒し手となるべく来たのだ、ということであろう。

この箇所には、そのような癒し手としてのキリストと罪人＝病人の関係のかたわらに、それと対照的なものとして、キリストと律法遵守のファリサイ派の人々との関係が描き出されており、キリストと共に食事することを欲して近づいてきた「罪人」たちは、癒しを求めて近づく病人と同じく、罪すなわち霊の不足を自覚しているのに対して、ファリサイ派の人々は、自分を「正しい人」とみなして自足している人々である。しかしその正しさは行動規範の律法による正しさに過ぎない。そこに、「わたしが求めるのは」という、旧約のホセア書六—六の神の言葉を引用してこの強烈な批判が向けられるゆえんがある。

このように、命の癒しの教えが律法遵守と対立させられるのを見るとき、フリゾン師の書簡のもう一つの言葉が再び思い合わせられる。「聖書の全体が法学的(juridique)であるより医学的な性格を帯びています」[50]。

「法学的」とは、換言するならば《律法的》ということであろう。そして福音は律法的な教えではなく命の癒しの教えであるということであろう。

このような福音の本質を考えるとき、更にキリストのもう一つの決定的な言葉が思い合わせられる。

「わたしは裁くためではなく、世を救うために来たからである」(ヨハネ一二—四七)。

キリストによる命の癒しは、律法による裁きと対立しながら果された、ということをこの言葉は示している。

以下では、このような対立の様相を見ることによって、《命の癒し》の本質を更に探ることにする。

（二）　律法と癒し

聖書には、キリストによる《命の癒し》の教えが、旧約の律法[51]に対して持つ本質的関係を鮮やかに示すと思われる注目すべき箇所がある。

「人々が中風の人を床に寝かせたまま、イエスのところへ連れてきた。イエスはその人たちの信仰を見て、中風の人に、『子よ、元気を出しなさい。あなたの罪は赦される』と言われた。ところが律法学者の中に、『この男は神を冒涜している』と思う者がいた。イエスは彼の考えを見抜いて言われた。『なぜ、心の中で悪いことを考えているのか。「あなたの罪は赦される」と言うのと、「起きて歩け」と言うのと、どちらが易しいか。人の子が罪を赦す権威を持っていることを知らせよう』。そして中風の人に、『起き上がって床を担ぎ、家に帰りなさい』と言われた。その人は起き上がり、家に帰って行った。群衆はこれを見て恐ろしくなり、人間にこれほどの権威をゆだねられた神を賛美した」（マタイ九―二〜八）。

「あなたの罪は赦される」と言うのと、「起きて歩け」と言うのと、どちらが易しいか、というこのキリストの問いかけにおいて、「あなたの罪は赦される」とは、行動規範である律法と関わる審判の形で発せられた言葉であり、「起きて歩け」とは、当の人間の命に霊を与えるに際して発せられる言葉である。そして「どちらが易しいか」とは、罪を赦すことの真の実質は命に霊を与えることであり、それこそが難しいのであって、そのような業は、真の神である「人の子」以外には不可能であることを示していると思われる。

キリストの律法に対する姿勢を辿るならば、公生活の始めの頃、律法については、次のように言われている。

「わたしが来たのは律法や預言者を廃止するためだと思ってはならない。廃止するためではなく完成するためである。(中略)言っておくが、あなたがたの義が律法学者やファリサイ派の人々の義にまさっていなければ、あなたがたは決して天の国に入ることができない」(マタイ五―一七、二〇)。

完成とはどのようにだろうか？　それは、全ての律法を《愛の律法》に集約することによってである。右記の箇所より公生活も進んだ頃、ファリサイ派の律法の専門家が試みようとして、律法の中で、どの掟が最も重要かと問うた時、キリストは次のように答えられる。

「『心を尽くし、精神を尽くして、あなたの神である主を愛しなさい』。これが最も重要な第一の掟である。第二も、これと同じように重要である。『隣人を自分のように愛しなさい』。律法全体と預言者はこの二つの掟に基づいている」(マタイ二二―三七～四〇)。

この愛の二つの掟は、受難が切迫している最後の晩餐の場で弟子たちに与えられた「新しい掟」の最終的な形では、更に一つに集約される。

「あなたがたに新しい掟を与える。互いに愛し合いなさい。わたしがあなたがたを愛したように愛し合いなさい」(ヨハネ一三—三四)。

ここには《隣人愛》の中にあった「自分のように愛し」の「自分」も消え、しかも、「わたしがあなたがたを愛したように」の、十字架の贖いを含蓄するキリストの絶対的愛が先んじて与えられて、人が互いに愛することを促し支えている。

律法をこのように愛の掟に集約するのは、愛は「霊の結ぶ実」(ガラテヤ五—二二)であって、それこそが全ての行動の真の原理であるからだ。そして、「愛せよ、しかして汝の欲することをなせ」とアウグスチヌスも言うごとく、愛に活かされたとき、どのような形をとるにせよ、行動は良きものになるからである。

全てを決定するのは霊なのである。罪の赦しも、霊が与えられての命の癒しであり、また、霊に活かされた愛こそがすべての行動の原理である。霊は命であり愛であり、霊が全てを決定するのである。だから、霊によって決定される結果にすぎない行動そのものについて、様々な規定をすることは、根本的に無意味なのである。

律法との対立で、《命の癒しの教え》の本質を探求するとき、それは、このような、《霊》の絶対性を浮き彫りにする。

法律遵守のファリサイ派の人々に対して、キリストは、「彼らは背負い切れない重荷をまとめ、人の肩に載せるが、自分ではそれを動かすために、指一本を貸そうともしない」（マタイ二三―二四　強調筆者）という批判をされているが、結果にすぎないものについて、あれこれと規定し束縛しても、重荷になるばかりで何も《動かない》。事を本当に《動かす》のは霊なのである。

律法は、要するに、霊によって活き決定される事の《外側》に過ぎない。右記のファリサイ派批判の結びでキリストは次のように言われる（ここでは第一節（一）で見た《内側》と《外側》の対比は、霊の状態と、律法による行動の対比に適用されている）。

「あなたたち偽善者は不幸だ。杯や皿の外側はきれいにするが、内側は強欲と放縦で満ちているからだ。ものの見えないファリサイ派の人々、まず杯の内側をきれいにせよ。そうすれば外側もきれいになる」（マタイ二三―二五～二六）。

キリストは、病人の癒しの奇跡をしばしば安息日にされて、それが、律法学者たちのひんしゅくを買う結果にもなっている。[52] 安息日に働くことは律法で禁じられているからである。しかし人々が訴えようとして「安息日に病気を治すのは律法で赦されていますか」（マタイ一二―一〇）と聞いたのに対して、キリストは、「安息日に善いことをするのは赦されている」(マタイ一二―一二)と答えられて手の萎えた人をいやされる。すなわち、霊によって癒すことが内側であって、安息日の業であることは外側にすぎないのである。

このような、律法に対して霊を対置されるキリストの姿勢は、パウロにおいて、今度は霊を受ける側の立場で、すなわち《癒される》側の立場で、そのまま引き継がれている。次に、その点を見てみよう。

(三)　律法と信仰

(二)で見た「どちらが易しいか」の箇所では、病人の癒しの他の奇跡の場合と同じく、「その人たちの信仰を見て」、すなわちその信仰に応える形で、「起きて行け」、すなわち霊を与える癒しの業が果され、更には「どちらが易しいか」、すなわちその癒しが律法の無効性に対比される、という構図は、パウロにおける信仰と霊と律法についての教えにそのまま引き継がれている。ただ重心が前者では、霊を与えることにあり、後者では、霊を受け取ることにあるという違いがあるのみである。

ガラテヤの信徒への手紙の次の箇所には、パウロの教えにおけるその構図が鮮明に見られる。

この箇所は、ガラテヤの信徒への書簡の比較的最初の部分にあり、神の救いの計画について述べるに当って、救いに与かるためのキリスト者の根本的立脚点を問うているところである。

「あなたがたに一つだけ確かめたい。あなたがたが〝霊〟を受けたのは、律法を行ったからですか。

それとも、福音を聞いて信じたからですか。あなたがたは、それほど物分かりが悪く、〝霊〟によって始めたのに、肉によって仕上げようとするのですか。（中略）あなたがたに〝霊〟を授け、またあなたがたの間で奇跡を行われる方は、あなたがたが律法を行ったから、そうなさるのでしょうか。それとも、あなたがたが、福音を聞いて信じたからですか」（ガラテヤ三―二～五）。

福音を聞いて信じ、その信仰によって霊が与えられ、そこからこそ救いの全てが始まったのに、まるで律法を行ったから全てが始まったかのように考えて、人間的な力で救いの仕上げをしようとするのか、とパウロは問うのである（ここで「あなたがたに〝霊〟を授け、また、あなたがたの間で奇跡を行われる方」とはキリストのことであり、キリストによって授けられる〝霊〟とは、キリストが「わたしが父のもとからあなたがたに遣わそうとしている弁護者」（ヨハネ一四―二六）と言われた、その「弁護者」すなわち聖霊である。キリストが地上を去られた後の時代に生きるパウロが語る《霊》とは、この箇所を始め、以後の引用箇所でも基本的に《聖霊》のことである。前にも述べたが、フランシスコ会訳では、ここの「霊」は初めから「聖霊」と意訳されており、直訳の共同訳のほうが、原典に忠実に、三位一体の神の本質としての霊の存在が浮かび上がってくる）。

さて、パウロの律法に対する姿勢を辿ってみると、パウロは、「どんな掟があっても『隣人を自分のように愛しなさい』という言葉に要約されます。愛は隣人に悪を行いません。だから、愛は律法を全うするものです」（ローマ一三―九～一〇）と、キリストが律法全体を愛の掟に集約されたことを追認すると同時に、信仰によって霊に与かることによる《癒され》の決定的有効性を、律法の無効性との対照で強調してやまない。

律法は、行動の原動力たる霊を与えずに規範のみを課すので、結果的に徒らに罪の意識を生じさせることになってしまう。「律法によっては、罪の自覚しか生じないのです」(ローマ三―二〇)。

更に、原動力なき行動規範の提示は、皮肉なことに、むしろ罪の欲望を誘う機会にさえなってしまう。

「わたしたちが肉に従って生きている間は、罪へ誘う欲情が律法によって五体の中に働き、死に至る実を結んでいました」(ローマ七―五)。

この律法批判は、「彼らは背負いきれない重荷をまとめ、人の肩に載せるが、自分ではそれを動かすために、指一本貸そうとしない」という前節で引用した、キリストによるファリサイ人批判に連なるものである。

しかし、福音を信じることによって霊を与えられた今は、「文字に従う古い生き方ではなく〝霊〟に従う新しい生き方で仕えるようになっているのです」(ローマ七―六)とパウロは言う。

この箇所のフランシスコ会訳注は、ここで「文字」と「霊」の語が何を集約しているかを十二分に明らかにしてくれる。

「旧約の秩序においては、キリストは、まだ介入しておらず、二枚の石板に刻まれた『文字』が生活の基準となっていた。この『文字』は人間に外から働きかけるもので、罪をとがめ、永遠の死をもたらすだけであり、この『文字』に基づいた古い契約はキリストが来られたとき廃止された」[53]。

ここにあるのは、人間を内から生かす《霊》と、「外から働きかける」ことしかできず、それゆえ人を罪のうちに死すことへと導く律法の「文字」の対比であり、しかもそれは、新約による生き方と旧約による生き方を集約する対比なのである。

そして、あのあまりにも有名なパウロの言葉が発せられるのも、この《内》と《外》との対比の脈絡においてである。

「文字は殺しますが、霊は生かします」(二コリント三―六)。生かす内側の《霊》と殺す外側の《文字》。

これは、キリストによるあの強烈なファリサイ派批判の、「まず杯の内側をきれいにせよ。そうすれば外側もきれいになる」に連なるものである。

そして、この《内》と《外》は、思いがけず再び、あのベルクソンの生命哲学の基本構図の《表》と《裏》とも重なってくる。《霊》の超越的次元は、ベルクソン哲学には存在しないが、しかしベルクソン哲学における《命の構図》が、根源的命である霊の構図に通じるものであることは感動的である。実際、前にも引用した次の文中で、作品を生かす精神と対比された「文字」は、霊と対比される、凍結した規範としての律法の「文字」と深いところで通底していると感じられる。

「(詩人の創造の)活動力が新たな創造を更に続けるかわりに、ひと休みするだけで、この活動はひとりでにもろもろの語に分散し、語はさらに分散して文字となり(中略)(創造による)かかる付加の一つ一つの裏返しこそ一つの世界であるともいえよう」(強調筆者)[54]。

さて、本節ではここまで、キリストの《命の癒しの教え》が霊を原理としつつ果されるものであり、それがまた律法を原理とする旧約の教えの超克を果すものであることを見たのであるが、次節では、命の癒しの究極的様相である《復活》について考えたい。

第三節　命の究極的癒しとしての復活——永遠の命と肉身のよみがえり

(一)　神の僕の傷による癒し

信仰に応えて与えられる霊によって命の癒しがなされるにしても、人間の信仰は《神の国》の降臨の時に、神の霊への完全な与かりによって完全な命の癒しが果たされるほど全きものでありうるだろうか？受難を覚悟の上の最後のエルサレム入りの直前の時期に、キリストの口から人々の不信についての深い嘆きの言葉が漏らされている。

「なんと信仰のない、よこしまな時代なのか。いつまでわたしはあなたがたと共にいられようか。

いつまであなたがたに我慢しなければならないのか」(マタイ一七―一七)。

これは、弟子たちのところにてんかんの息子を連れて行ったけれども治せなかったから連れて来ました、という親を前にして言われた言葉である。この後の箇所で言われているように、弟子たちが治せなかったのも不信のためであるが、てんかんの息子を連れてきた親のほうも、病気を治して貰うことだけに気持ちを専有されている様子である。

多くの奇跡を行われたのは、癒されたという事実が、その場限りのことではなく、自覚的な悔い改めの生き方につながってゆくことを期してであったのに、多くの町々でそうはならず、そうした町々をキリストは叱責されている。

「イエスは、数多くの奇跡の行われた町々が悔い改めなかったので、叱り始められた。『ユラジン、お前は不幸だ。ベトサイト、お前は不幸だ。お前たちのところで行われた奇跡が、ティルスやシドンで行われていれば、これらの町はとうの昔に粗布をまとい、灰をかぶって悔い改めたにちがいない。しかし、言っておく。裁きの日には、ティルスやシドンの方が、お前たちよりまだ軽い罪で済む』」(マタイ一一―二〇～二二)。

公生活の始めの頃は、「わたしが神の霊で悪霊を追い出しているのであれば、神の国はあなたたちのところに来ているのだ」(マタイ一二―二八)と言われるほど、病人の癒しと神の国の到来が直結すると感じておられたキリストが、前掲の引用におけるように、受難の直前の時期には、癒される病人の、信仰の不足とも、霊の不足とも、罪とも呼べる状態と、神の国のあいだの、絶望的と言うべき距離を感じておられる。

　この絶望的距離を埋めるために、子たる神キリストは、みずからの死による贖いを、父なる神に捧げなければならなかった。

「あなたがたの中で偉くなりたい者は、皆に仕える者になり、いちばん上になりたい者は、皆の僕になりなさい。人の子が、仕えられるためではなく、仕えるために、また、多くの人の身代金として自分の命を献げるために来たのと同じように」(マタイ二〇―二六〜二八　強調筆者)。

　全うされた贖いは、御父によって諾《うべ》なわれて、キリストは永遠の命へと復活させられ、それは、信じる者に、終末の日に、この《初穂》(一コリント一五―二〇)に連なって復活する希望を与えた。

「主イエスを復活させた神が、イエスと共にわたしたちを復活させ、あなたがたと一緒に御前《みまえ》に立たせて下さると、わたしたちは知っています」(二コリント四―一四)。

このようなキリストの死による贖いの恵みによって、復活と永遠の命の希望が与えられ、ここに《命の癒し》は究極的に成就されることになった。

聖書には、キリストによる贖いが、そのような究極的な《命の癒し》に他ならないことを鮮明に告げている箇所がある。

「キリストもあなたがたのために苦しみを受け、その足跡に続くようにと模範を残されたからです。『この方は、罪を犯したことがなく、その口には偽りがなかった』。ののしられてもののしり返さず、苦しめられても人を脅さず、正しくお裁きになる方にお任せになりました。そして十字架にかかって、自らその身にわたしたちの罪を担ってくださいました。わたしたちが罪に対して死んで、義によって生きるようになるためです。そのお受けになった傷によって、あなたがたはいやされました」（一ペトロ二―二一～二四　強調筆者）。

「そのお受けになった傷によって、あなたがたはいやされました」とは、キリストが本論第一節（二）で見たような《地上の命》と《永遠の命》をつなぐ愛のパラドックスを生きられたことによって、わたしたちが《地上の命》から《永遠の命》へと癒されたということである。

この箇所のフランシスコ会訳注によると、この箇所は、旧約聖書のイザヤ書五三章の「主の僕」についての箇所に拠っているという。

「彼は軽蔑され、人々に見捨てられ、多くの痛みを負い、病を知っている。彼はわたしたちに顔を隠し、わたしたちは彼を軽蔑し、無視していた。彼が担ったのはわたしたちの病、彼が負ったのはわたしたちの痛みであったのに、わたしたちは思っていた、神の手にかかり、打たれたから、彼は苦しんでいるのだ、と。彼が刺し貫かれたのは、わたしたちの背きのためであり、彼が打ち砕かれたのは、わたしたちの咎のためであった。彼の受けた懲らしめによって、わたしたちに平和が与えられ、彼が受けた傷によって、わたしたちはいやされた」（イザヤ書五三―三～五　強調筆者）。

二番目の強調の部分が、右記の新約聖書の箇所の典拠となった部分であるが、実は、一番目の強調の部分も、新約聖書の別の箇所の典拠となっていることが、その別の箇所のフランシスコ全訳注によって知られる。

「夕方になると、人々は悪霊に取りつかれた者を大勢連れて来た。イエスは言葉で悪霊を追い出し、病人を皆いやされた。それは預言者イザヤを通して言われていたことが実現するためであった。『彼はわたしたちの患いを負い、わたしたちの病を担った』」（マタイ八―一六～一七　強調筆者）。

この箇所は、病人の癒しについての記述であるが、ここで若干形を変えて引用されたイザヤ書原典の該当箇所では、すでに、このような病人の癒しが、贖い主の業の脈絡で捉えられており、それは、そのまま、「彼の受けた傷によって、わたしたちはいやされた」と、贖い主が果した究極的癒しによって完結するものとして預言されている。

それゆえ、このイザヤ書五三章の箇所においては、キリストという「主の僕」によって果された《命の癒し》の全貌が、その二つの様相、すなわち病人の癒しと、十字架による究極的癒しの様相を伴って預言されているのであり、旧約と新約を結ぶこの預言の中に、筆者は、《命の癒し手》としてのキリスト像の結論を見る。

さて、命の究極の癒しとしての復活の本質的様相については、改めて本節(三)「肉身のよみがえり」において考察することにするが、キリスト者は、そこでも見るように、今から復活に与かり始めつつ、復活を持って生きている。次項では、そのキリスト者の生を養うものとしての、洗礼、教会、聖体について、常に《命》と《命の癒し》の視点から見てゆく。

(二)　復活の待機(洗礼と教会と聖体)

死んだラザロの家に行かれたキリストは、ラザロの姉妹マルタに言われる。「わたしは復活であり、命である。わたしを信じる者は、死んでも生きる。生きていてわたしを信じる者はだれも、決して死ぬことはない。このことを信じるか」(ヨハネ一一―二五～二六)と。

ここには復活が約束されていると同時に、その約束を信じる者が、根本的には今から復活に与かり始めることが告げられている。

　このような、復活に与かり始めつつ、復活を待つ信仰者の生が養われるのは、洗礼であり、教会であり、聖体である。そして、そのいずれもが、《命の癒しの教え》としてのキリスト教の特質に与かっている。

　パウロは、洗礼と《キリストの体》としての教会の根本的つながりを、次のように説明する。

　「つまり、一つの霊によって、わたしたちは、ユダヤ人であろうと、ギリシャ人であろうと、奴隷であろうと、自由な身分の者であろうと、皆一つの体となるために洗礼を受け、皆一つの霊をのませてもらったのです。あなたがたはキリストの体であり、また一人一人は、その部分です」（一コリント一二―一三、二七　強調筆者）。

　洗礼とは、キリストの死に与って罪に死に、その復活に与かって、神の霊による新しい命に生き始めることであるが（ローマ六―一～一四　参照）、霊によるそのような新たな命を生き始めるとき、人は、同じ霊に生きる人々と、本質的に不可分な存在となる。パウロは、その不可分な人々の共同体を《キリストの体》と呼び、「御子はその体である教会の頭です」（コロサイ一―一八）と述べるように、神の霊に生きる体として捉える。

　実際に、洗礼を受けて新たな命に生き始めたキリスト者は、いかなる仕方で《キリストの体》としての教会に与かるのであろうか？　パウロがそれをどのように考えていたかを、次の文は鮮明に理解させてくれる。

「あなたがたは、自分の体がキリストの体の一部だとは知らないのか。キリストの体の一部を娼婦の体の一部としてもよいのか。決してそうではない。娼婦と交わる者はその女と一体になる、ということを知らないのですか。『二人は一体となる』と言われています。しかし主に結びつく者は主と一つの霊となるのです」(一コリント六―一五)。

この文によって、まず、《キリストの体》は抽象的なものではないことがわかる。それは、文字通り、ひとりひとりのキリスト者の《体》によって構成されている。しかし、同時に、ここでキリスト者の《体》とは、二元論的な《体》ではなく、「娼婦と交わる」生き方をすることも出来る、丸ごとの人間と不可分のものとしての《体》を意味していることもわかる。そして、その丸ごとの人間が、神の霊と結びつく生き方をする時に、その人間は、真の《キリストの体》たる教会を構成する存在となりうるのである。

既に第一節(二)でも、パウロにとって《体》は、単なる二元論的な《体》ではないことは見たが、ここでも、《体》を備えた丸ごとの人間が、主に向う存在となるか否かが問われているのである。

パウロのこのような教会論が、《キリストの神秘体》という神学用語に収め直されて議論される場合には、しばしば《キリストの体》の概念は抽象化され、その次元も、《霊的》という形容詞の場合と同様、二元論の《精神的》次元にずれて行く傾向があると思われるが、右に見たように、本来は、丸ごとの人間が神の霊に与ろうとして生きている共同体のことなのである。
一方、聖体としての《キリストの体》は、最後の晩餐において、キリストによって次のように制定されたものである。

「一同が食事をしているとき、イエスはパンを取り、祝福してこれをさき、弟子たちに与えて言われた。『取れ、これがわたしのからだである』。また杯を取り、感謝して彼らに与えられると、一同はその杯から飲んだ。イエスはまた言われた。『これは多くの人のために流すわたしの契約の血である』（マルコ一四―二二〜二四）。

聖体の制定をされた時、キリストは、「これは、あなたがたのために与えられるわたしの体となるであろう」と言われたのではなく「わたしの体である」と言われた。キリストの体が与えられる十字架上の死の時はまだ来てはいないのであるが、「わたしの体である」という言葉を発せられた時、キリストは、パンが眼前にある現在も、十字架上に果てられる時も、更には、そのことによって成る「新しい契約」の時も、すべての時が凝縮した、神的な永遠の今を生きておられたことが感じられる。その神的な永遠の今のうちで、パンの含蓄する《地上的命》の次元と、キリストの贖いのもたらす《霊的命》の次元が凝縮されたのであろう（最後の晩餐の行われた高殿から、ゲッセマニの園に行かれると、このような神的な永遠の今の凝縮した時間はほどけ切って、血の汗を流しながら、一刻一刻を祈りつつ耐えられる苦悶の時間へと変貌する）。

また、聖体としての《キリストの体》そのものも、あのパウロの「主は体のため」の言葉における《体》と同様、二元論的《体》ではなく、キリストの全存在と切り離せないものとしての《体》を意味すると言えるであろう。そして、その《体》とは、最後の晩餐におけるキリストの永遠の今を考えたとき、それは究極的にはキリストの復活の《体》を意味するのであろう。

キリスト者は、聖体としての《キリストの体》に養われつつ、教会としての《キリストの体》を構成するのであるが、両者は、特に初代教会では、キリストの最後の晩餐におけると同様に、一つのパンを裂いて分けていたということにも助けられて、次のパウロの言葉のように、特別に緊密な関係を持っている。

「わたしたちが神を賛美する賛美の杯は、キリストの血にあずかることではないか。わたしたちが裂くパンは、キリストの体にあずかることではないか。パンは一つだからわたしたちは大勢でも一つの体です。皆が一つのパンを分けて食べるからです」（一コリント一〇―一六〜一七　強調筆者）。

キリスト者は、洗礼によって霊のうちに生れ直し、聖体によって永遠の命の糧に養われて教会を構成し、終末の日に《初穂》であるキリストに続いて復活することを希望しつつ生きている。

（三）　肉身のよみがえり

復活の時の《肉身のよみがえり》の教義は、キリスト教がプラトニズムではないことを何にもまして端的に示す教義であるが、復活のとき、人は一体どのような存在になるのだろうか？

まず、キリストご自身が、復活を信じないサドカイ派の人々に答えて次のように言われる。


「あなたたちは聖書も神の力も知らないから思い違いをしている。復活の時には、めとることもなく、嫁ぐこともなく、天使のようになるのだ。死者の復活については、神があなたたちに言われた言葉を読んだことがないのか。『わたしはアブラハムの神、イサクの神、ヤコブの神』とあるではないか。神は死んだ者の神ではなく、生きている者の神なのだ」（マタイ二二―二九〜三二　強調筆者）。


まず「天使のようになるのだ」の言葉は、そのとき人は、めとったり、嫁いだりして継続する命とは次元の違う命に生きる存在となることを告げている。

また、「『わたしは、アブラハムの神、イサクの神、ヤコブの神』とあるではないか。神は死んだ者の神ではなく、生きている者の神なのだ」は、神は、かつてこの世に生きていたが今は死んでいるものとしてのアブラハム、イサク、ヤコブの神なのではなく、生きているアブラハム、イサク、ヤコブの神であり、かれらは神のもとでなんらかの仕方で生きている、ということを告げている。

また、死の眠りについた人たちの《初穂》（一コリント一五―二〇）として復活されたキリストについて、墓に行った婦人たちに、輝く衣を着た二人の人は問う。「なぜ生きておられる方を死者の中に捜すのか」（ルカ二四―五）。

では、復活されたキリストは、どのような仕方で「生きて」おられるのだろうか？　そのことは、われわれ自身の復活の時のありかたについて教えてくれるはずである。

復活したキリストの存在様式の本質を、聖書に沿って把握することは、容易なことではない。しかし、幸い、筆者は、現代の卓越した神学者、ハンス＝ウルス・フォン・バルタザールが、その死の年に著した、彼自身の信仰宣言の書であり、信仰者としての遺言とも言うべき『信仰宣言』(Credo)の「肉身のよみがえり」の節の次の「確認」の中に、この問題を考えるための堅固な指針を見出すことができた。

「以下の点が確認されるだけで充分である。復活の物語において、主は体を備えておられるが、しかし、われわれの時空に束縛されることなく、自由で意のままの姿で人々に認められているということ。肉身のよみがえりに対するわれわれの信仰は右記の確認の線につながるものである」[55]。

「体を備えて」おられるということは、復活が《魂》だけの復活ではなく、《命》の復活であるということを意味していると言えるであろう。同時に、それが「われわれの時空法則には束縛されることなく」ということは、その《命》がこの世の《命》とは根本的に次元を異にしていることを意味するのであろう。

このように考えるとき、トマに向かって「触ってよく見なさい。亡霊には肉も骨もないが、あなたに見えるとおり、わたしにはそれがある」と述べられると同時に、「弟子たちはユダヤ人を恐れて、自分たちのいる家の戸に鍵をかけていた。そこへ、イエスが来て、真ん中に立ち、『あなたがたに平和があるように』と言われた」（ヨハネ二〇—一九）と記述される、復活のキリストの存在様式の本質がいささかでも理解できると思われる。

このような《初穂》であるキリストに従ってのわれわれ自身の復活のときの体について、パウロは渾身の努力をもって考え想像しているから、それに従ってわれわれも精々考え想像してみよう。

「しかし、死者はどんな風に復活するのか、どんな体で来るのか、と聞く者がいるかもしれません。愚かな人だ。あなたが蒔くものは、死ななければ命を得ないではありませんか。あなたが蒔くものは、後でできる体ではなく、麦であれ他の穀物であれ、ただの種粒です。神は、御心のままに、それに体を与え、一つ一つの種にそれぞれの体をお与えになります。（後略）

死者の復活もこれと同じです。蒔かれるときは朽ちるものでも、朽ちないものに復活し、蒔かれるときは卑しいものでも、力強いものに復活するのです。つまり自然の命の体が蒔かれて、霊の体が復活するのです。（後略）

兄弟たち、わたしはこう言いたいのです。肉と血は神の国を受け継ぐことはできません。（中略）この朽ちるべきものが朽ちないものを着、この死ぬべきものが死なないものを必らず着ることになります」（一コリント一五—四二～五三　強調筆者）。

右記の箇所は、パウロが復活の体について述べている箇所でも中心的なものであるが、「朽ちるもの」

に蒔かれた自然の命の体が《霊》の、すなわち神の根源的命、永遠的命に与かった体に復活するのである。また、「朽ちるもの」がそのように「朽ちないもの」に復活するとき、「朽ちるもの」は捨てられるのではなく、その上に「朽ちないものを着」るのである、と記されている。このような「着」かたがいかにであるかは、パウロのもう一つの文によって更に知ることができる。

「わたしたちの地上の住みかである幕屋が滅びても、神によって建物が供えられていることを、わたしたちは知っています。(中略)この幕屋に住むわたしたちは重荷を負ってうめいていますが、それは地上の住みかを脱ぎ捨てたいからではありません。死ぬはずのものが命に飲みこまれてしまうために、天から与えられる住みかを上に着たいからです」(二コリント五―一～四　強調筆者)。

朽ちる体を《脱ぐ》のではなく、朽ちない体を《着る》という考えに、無教会派の西田潔氏は、当時のギリシャの哲学の否定を指摘される。

「彼ら(プラトンなどのギリシャ哲学者)は次のように考えていた。死ぬことは、人間の肉体と言う着物を脱いで、霊魂だけがイデアの世界に行くのである。従って死ぬことは不幸なことではなく、かえって幸せである。人間とは丁度囚人の囚と言う字が示すように、肉体という囲いの中に閉じ込まれている囚人なのであり、この肉体を脱ぎ捨てて、籠の鳥が籠から飛び去る様に自由になることである。その考えに対してパウロは霊魂だけが永遠に生きるのではなく、前に述べたイエスの復活体のごとく、有体的復活であり、朽ちない着物（体）を着るのだと繰り返し述べるのである」[56]。

《朽ちる体》を脱ぐのではなく、その上に《朽ちない体》を着るということは、《私》の地上の命と、《私》の永遠の命とのあいだに、次元の違いを超えつつも、本質的継続性が存在することを意味しているであろう。

前に引用したバルタザールは、「聖書は《新しき天と新しき地》（黙示録二一―一）について語る。しかし、それはもう一つ別の創造なのではない。それは、創造に対して成された変容であろう」[57]と言うのであるが、右記のパウロの、脱ぐのではなく着る、という教えは、神の唯一回の創造による被造物としての《私》の存在の右記のような継続性、同一性をも意味するであろう。

地上の命と永遠の命のあいだのそのような根本的継続性の視点で、バルタザールは、復活のキリストの体の傷について、深く心を打たずにはいない次のような指摘をしている。

「イエスが彼の傷を見せたことが肝腎である。手も足も、そしてわき腹も、不信のトマのために。しかし、それは決して自己証明のためだけではなく、地上の苦しみは、永遠の命の栄光のうちにまで、変容しつつ存続することを証明するためであった。主の十字架以上に深い決定的な苦しみは未だ曽ってなかった。それは決して過ぎ去った何ものかとして超えられるものではないのだ。（中略）復活にお

いては、時間的苦しみのすべて、世の苦しみのすべてが、永遠のゆるぎない意義をもって現れる。（後略）
それは地上で苦しみ自分の苦しみに意義を見出せない人々にとって何という希望であることか！
地上の苦しみは神のもとで、神秘的に豊かなるものとして受容されるのである」[58]。

全ての人間の《命》を癒すために受けたキリストの《傷》は、復活の栄光の体に深く刻まれているのである。

さて、《霊》に与かっている人間以外の全ての被造物も、潜在的には、滅びからの解放を、人間と共にうめきながら待望していることを、パウロは次のように説明する。

「被造物は虚無に服していますが、それは、自分の意志によるものではなく、服従させた方の意志によるものであり、同時に希望も持っています。つまり被造物も、いつか滅びへの隷属から解放されて、神の子供たちの栄光にあずかるからです。被造物がすべて今日まで共にうめき、共に産みの苦しみを味わっていることを、わたしたちは知っています。被造物だけでなく、〝霊〟の初穂をいただいているわたしたちも神の子とされること、つまり、体の贖われることを、心の中でうめきながら待ち望んでいます」（ローマ八―二〇～二三）。

全存在を挙げて滅びぬ命を待ち望んでいるパウロは、霊の《初穂》としての自分の存在を通して、全被造物の、滅びからの解放を求める声にならぬうめき声を聞き届けている。

ところで、『創造的進化』においてベルクソンは、カルノーのエネルギー散逸の法則に基づいて、世界を膨大な火箭に喩えた。

「生命の根源にあるのは、意識あるいはむしろ超意識[59]である。意識もしくは超意識は火箭であり、その燃えつきた殻はふたたび物質となって落下する」[60]。

燃えつきた殻すなわち死せる体は落下するのである。一方、パウロは、復活の時の体について、「朽ちるものが朽ちないものに復活する」と言う。

この落下する膨大な火箭としての世界と、パウロの、霊の《初穂》である人間と共に被造物全体が《朽ちないもの》になることを待望しつつうめく世界とを合せ考えるとき、ほとんど避けがたくひとつの詩が思い起こされる。

落下はすべてのもののさだめ
しかし、この落ちゆくさだめを
限りなくやさしく
その手に受けとめている

ひとりのおん方がいる

ライナー＝マリア・リルケ「秋」

［註］

1　旧約・新約聖書の和訳は断らない限り基本的に『聖書　新共同訳』、日本聖書協会、一九八八年、を用いる。本論中では「共同訳」と略す。なお、両約聖書の書名の略名は、『新約聖書　改訂版　フランシスコ会聖書研究所訳注』、サン・パウロ、一九八四年（本論中では「フランシスコ会訳」と略す）に拠る。新約聖書の略名は以下の通りで、（書名　章―節）というように表記する。引用した訳注の中の旧約聖書の書名については、その都度、原名を記す。

［歴史書］

マタイによる福音書：マタイ

マルコによる福音書：マルコ

ルカによる福音書：ルカ

ヨハネによる福音書：ヨハネ

使徒行録：使

［書簡］

ローマ人への書簡：ローマ

コリント人への第一の書簡：一コリント

コリント人への第二書簡：二コリント

（以下同様）

ヤコブの手紙：ヤコブ

ペトロの第一の手紙：一ペトロ

ペトロの第二の手紙：二ペトロ

（以下同様）

［預言書］

ヨハネの黙示録：黙

なおベルクソンの著作については、Henri Bergson : *Œuvres*, édition du centenaire, p.F.U., 1959を用い、和訳は原則として『ベルクソン全集』（白水社）の各巻の訳文を用いる。

2 本書一二二頁

2 bis 3 同上、九—一〇頁

4 Henri Gouhier : *Etienne Gilson–Trois essais*, Vrin, 1993, pp.13-36

5 *Ibid.*, p.23

6 *Ibid.*, p.23

7 *Bergson et nous*, Actes du Xe Congrès des Sociétés de Philosophie de langue française, 17-19 mai 1959, *Discussions*, Armand Colin, 1961, pp.277-278

8 *Cf.* Henri Gouhier : *op. cit.*, p.123

9 Henri Gouhier : *Bergson et le Christ des évangiles*, Librairie Arthème Fayard, 1961, p.183

10 Etienne Gilson : *Le Philosophe et la Théologie*, Fayard, 1960, p.161

11 注3に同じ。

12 *Traduction œcuménique de la Bible*, Alliance biblique universelle, Le Cerf, 1979

13 本書第I部第二篇一二六〜一二七頁に引用のイサク・バンリュビあての一九三九年の手紙。

14 Emmanuel Mounier : *Le personnalisme*, collection《Que sais - je ?》、P.U.F., 1949

15 *Ibid.*, pp.16-17(拙訳)

16 マタイ六—二二、七—一三、八—五、九—一八、二〇—三四、マルコ一〇—四六〜五二、ルカ一七—一一〜一九、一八—三五〜四三などを参照されたい。

17 「聖書と典礼」一六五七号、オリエンス宗教研究所発行

18 『公教会祈祷文』、中央出版社、一九八八年、六四頁

19 *Manuel paroissial des fidèles*, Procure des œuvers paroissiales, 1907, p.72

20 *Ibid.*, p.72(仏羅が並記されている)

21 第二ヴァチカン公会議以降、この祈りは、日本では通常のミサ典礼文から省かれたが、フランスにおいては「我癒えん」(et je serai guéri)と聖書に忠実な形に換わっている。小さな事例ではあるが、四百年を越えてのこの源泉への回帰は意味深く感じられる。

22 他の二箇所は、マタイ一〇—二八、三ヨハネ一—二(フランス語共同訳《que votre esprit, votre âme et votre corps soient parfaitement gardés pour être irréprochables》。ここは共同訳が略述になっているので、フランシスコ会訳を引用した)。

23 フランシスコ会訳、七五二—七五三頁。

24 *Concordance de la Bible de Jérusalem*, Cerf Brepols, 1982《âme》PP.37-39,《vie》: pp.1163-1166

25 一般に共同訳は比較的直訳でフランシスコ会訳注版は比較的意訳であるが、ここでは共同訳は「わたしは死ぬばかりに悲しい」となっているので、フランシスコ会訳注版のほうを用いる。フランス語共同訳では《mom âme》(わたしの魂)である。

26 前掲の[参考図]を参照されたい。

27 28 註2参照。

29 Henri Bergson : *L'Evolution créatrice*, in *Œuvres*, p.723（以降は*E.C.*と略す）
30 本書五四頁
31 Henri Bergson : *E.C.* pp.698-699
31 bis *Ibid.*, p.649
32 Emmanuel Mounier, *op. cit.*, p.16（拙訳）
33 前掲書、P.301
34 前掲書、P.678
34 bis だから、フランシスコ会訳注版新約聖書は、初版「はしがき」で「キリストによってもたらされる永遠の『いのち』の場合は平仮名を、肉体の死によって断たれる『命』には漢字を使いました」（前掲書 ii頁）と記していたのが、改訂版「はしがき」では、この表記の区別が、「適用不可能の場合もある」（vi頁）として廃止している。
35 《霊》に関する以上の三つの引用のうち、前二者は、岩隅直著『増補改訂　新約ギリシャ語辞典』、山本書店、一九八二年の「πνεῦμα（プネウマ）」の項（三八八―三八九頁）を参照した。なお、やや意訳の傾向のあるフランシスコ会訳注版では、「聖霊」と訳されている箇所でも、ギリシャ語原典では単に「霊」である場合も少なくなく（これは訳注によって知られることであるが）、共同訳聖書ではそのまま「霊」と訳されていて、神の本質的な存在様式としての霊という様相はこちらの訳のほうが明確に浮かび上がってくる。
36 前掲書、五八三頁
37 野田又夫訳『方法序説』、中央公論社《世界の名著》シリーズ：デカルト、一九六七年、一八八頁
38 前掲書、二九三頁
39 註35に引用の同辞典、四二四頁
40 Henri Bergson : *E.C.*, p.706
41 この二著をつなぐベルクソンの状況については、本章第二篇「哲学者のモラル」を参照されたい。

42　本書一〇八〜一〇九頁
43　Henri Bergson : *E.C.*, p.723.
44　Henri Bergson : *Les Deux sources de la marale et de la religion*, p.1157　以降は*D.S.*と略す。
45　Henri Bergson : *D.S.*, pp.1201-1250
46　本書第Ⅰ部第二篇を参照されたい。
47　Henri Bergson : *D.S.*, p.1002
48　本論第一節（一）を参照されたい。
49　註2を参照されたい。
50　同上
51　律法とは、旧約聖書において、契約の民イスラエルの契約義務を提示する部分。種々の社会法や祭儀諸規定（出エジプト記二〇以下、レビ記全体、民数記に散在）、申命記法（申命記四〜三〇）がある（『岩波　キリスト教辞典』、岩波書店、二〇〇二年の「律法」の項目に拠る）。
52　ヨハネ五―五〜一八、ヨハネ九―一〜七など
53　前掲書、P.543
54　註29を参照されたい。
55　Hans Urs von Balthazar : *Credo*, Nouvelle Cité, 1992 p.109（ドイツ語版は一九八九年出版）
56　西田潔「イエスの復活と復活の信仰」、『コイノイア』誌、三七頁
　この文は、筆者が集めた復活に関する切り抜き資料のうちの一つであるが、日付は不明である。拙論を書くに当って、西田先生の面識を得て直接お尋ねする機会を得たが、残念ながら先生ご自身にも日付は不明である。なお西田先生とご連絡を取るために秀村弦一郎氏のお取り下さった労に改めて感謝申し上げる。
57　Hans Urs von Balthazar : *op. cit.*, p.111

58 *Ibid.*, pp.109-110
59 「超意識(supraconscience)とは本論第一章で触れた「意識一般」(conscience en général)の別称である。
60 Henri Bergson : *op. cit.*, *E.C.*, p.716

本篇で考察した《命の癒しの教え》としてのキリスト教に関連する研究は数多く存在する。筆者は、本篇の序論でも述べたように、聖書学、神学の専門家ではない一キリスト者として、《生きる糧》としての聖書をこの視点から出来るだけ理解しようと考えた。この目的で聖書を読むこと、読んで考えをまとめることにすべての時間と精力を使い、自分に出来る限りのまとめをひとまずしたのが、本論である。だから、この論文のために参照した文献のうち重要なものは、引用したものでほぼ尽きる。筆者にとっては、本論をともかくもまとめることが、研究者としてというより、むしろキリスト者として必要としていたことであった。ひとまずのまとめをし終えたところで、今後は、本論で出てきた問題を更に検討する余裕も、他の研究を見る余裕も少し出来ることであろう。

第二章　ベルクソンと一六世紀キリスト教神秘主義

——十字架の聖ヨハネを中心に

序論　方法の問題

初めに、本稿が『ベルクソン読本』の《ベルクソンと哲学史》という時代性の枠組みの中に置かれることの含む本質的矛盾をあえて指摘することから始めなければならない。この矛盾は、ベルクソンの哲学的方法論との関わりにおいてキリスト教神秘主義が占める位置そのものから来るものである。

ベルクソンがその生命論『創造的進化』第三章で、カルノーの《エネルギー散逸の法則》により、世界には始源が存在したはずであるとし、いわば「無尽蔵の花火」¹ともいうべきその始源の中心について「私はその中心を一つの事物とみなしているのではなく、一つの連続的な湧出と考えているのである。このように定義されるならば、神はできあがった何ものをも持たない。神は、不断の生命であり、行動であり、自由である」（『創造的進化』二八三　強調筆者）と結論づけた時に、《ベルクソンと宗教》、特に《ベルクソンとキリスト教》の問題が提起されることになった。

問題提起の口火を切ったのが、イエズス会司祭ジョゼフ・ド・トンケデク師であり、同師の論文「ベルクソン氏は一元論者か？」（一九一二年）および単行本所収の機会に同師とベルクソンの間に交わされた二度の往復書簡（『ベルクソン全集八』三四〇—三四二）のうちに問題が具体的に集約されている。トンケデク師の問いかけは要するに、（一）『創造的進化』の一元論的世界における《神》の本性は汎神論的なものにならざるをえないのではないか、ということであり、それは、（二）このような《神》の世界創造の意義、目的はいかなるものでありうるか、というもう一つの本質的問いかけを不可避的に含蓄するものであった。

この問いかけに対してベルクソンは、特に二番目の書簡において、『物質と記憶』の考察が明らかにした精神の実在性や、『創造的進化』における、物質と精神を同時に産み出す、自由で創造的な神の観念は、一元論に対しても汎神論に対しても反駁となっている筈である、と答える。

しかし、「厳密に（内的および外的の）経験に即して透写」する自分の《哲学的方法》によって、更なる結論を出し、今まで以上のことを言うためには、これまでとは全く異なる種類の問題、すなわち道徳的問題の研究に着手しなければならないだろう。しかし、この主題について、他の著作と同程度の証明可能性に達しなければ著作を発表することはしないので、果たしてそうした著作を発表することになるかどうかは全く不明である、と付け加えている。

トンケデク師に答えるベルクソンのこれらの書簡はベルクソン哲学の進展において決定的な節目となったものであるが、結局、トンケデク師の問いかけに応えて自らに課した《道徳的問題の研究》を『道徳と宗教の二源泉』という著作の形で一九三二年に発表するまでに、ベルクソンは二〇年という長い年月をかけることになったのだった。

そして、この著作でベルクソンが、『創造的進化』で結論づけた《神》の本性について、「今まで以上のことを言う」ために考察の対象として新たに取り上げたのが《神秘主義》であり、そこで適用した「厳密に経験に即した」哲学的方法が《事実の系列《リンニュ・ド・フエ》lignes de faits》と呼ばれる方法であった。

経験以外に知識の源泉は存在しない。しかし確認される個々の事実の系列が十分先まで行かず、真理の方向しか示さない場合でも、「それらのうちの二つを交差する点まで延長するなら、真理そのものに達するだろう。測量技師は、そこまで行くことのできぬ地点までの距離を測るのに、その地点を、近づきうる二点からかわるがわる照準する、という方法をとる。いくつかのデータをつき合わせて事実を検証するというこの方法こそ、形而上学を決定的に押しすすめる唯一の方法である」[2]とベルクソンは考える。

いっぽう《神秘主義》とは一般的には、「存在の根本原理への内的・直接的一致が人間精神にとって可能であるとする信仰であり、その一致は、人間の通常の存在や認識とは異質の高次の存在様式と認識様式を成立させるとみなされる」[3]と定義されるものであるが、ベルクソンは、そのようなものとしての神秘主義の体験者は、いわば内的な《知られざる土地《テラ・インコグニタ》》の探検家であって、その証言がなす《事実の系列》が、『創造的進化』の生命論の《事実の系列》の結論である《神》の観念と交差することによって、神の本性と、その神による創造の目的が明らかにされると考えたのである。

『二源泉』第三章の「神秘主義の哲学的価値」と題する節では、神秘主義が哲学的方法との関わりで右のように位置づけられているのであるが、神秘家たち相互の間には、その体験の直接性の当然の結果として注目すべき一致がみられ、全体として明確な方向性を持つ《事実の系列》をなしており、そこでは、体験の直接性こそが絶対であって、その体験の日付は本質的意味を持たない。

本稿の冒頭で筆者が《ベルクソンと一六世紀キリスト教神秘主義》と題する本稿が、《ベルクソンと哲学史》という時代性の枠組みの中に置かれることの本質的矛盾をあえて指摘したのは、そのような理由による。

ではなぜ本稿の対象として特に《一六世紀》のキリスト教神秘家を取り上げるのか？　それは『ベルクソンとの対話』[4]に収められた一九二八年七月のベルクソンの次の言葉による。

「十字架の聖ヨハネと聖テレジアはすべての神秘家の上位に置かれるべきだ。かれらの書いたものを読んで大いに啓蒙された。そしてこのまことに異なった、しかし神の把握においては同一な二つの精神が一点に収斂し、相互に補い合っていることは、わたしにとっては、真理であることの証明だ。わたしは二人とも等しく愛するが、十字架の聖ヨハネをすべての最高峰に置く」(『対話』、一一三—一一四)。

神秘主義という《事実の系列》の研究からベルクソンが獲得したものは何であったのか、また、その研究においてベルクソンが捨象したものは何であったか、を考察するためには、ベルクソン自身が「すべての神秘家の上位に置かれるべき」で「大いに啓蒙された」と述べている右の二人の一六世紀スペインの神秘家、特にベルクソンが「すべての最高峰に置く」という十字架の聖ヨハネをこそ中心に取り上げるべきであろう。

ただ、考察に入る前に、ベルクソンにとって「上位の」神秘家たちがなぜ《キリスト教》神秘家であったのかという問題、そして、ベルクソンが既成宗教としての《キリスト教》そのものに対していかなる姿勢を取ったかという問題を明らかにしなければならない。

第一の問題に関しては、『二源泉』においてベルクソンは「ギリシャの神秘主義」、「東洋の神秘主義」、「キリスト教の神秘主義」という三つの節を設けて検討している(イスラム教については、キリスト教の影響との関わりで一行触れられているのみである)。

ギリシャの神秘主義については、さまざまな宗教の神秘主義的要素が流れこんだものとしてのプロティノスの哲学を中心に、東洋の神秘主義についてはインドのヨガ、バラモン教、ジャイナ教、仏教が考察の対象となるが、神秘家たちの共通体験の範例となるキリスト教神秘体験を形成する、(一)観想(見神)、(二)暗夜、(三)神と人との意志の一致、のうち、要するにギリシャと東洋の神秘主義は(一)の段階が主要なものであり、本質的に(一)と(三)の中間の様相に留まり、(三)に決定的に達することがない、それに対して真正のキリスト教神秘主義は(三)の段階に達するがゆえに《完全な神秘主義》である、とベルクソンは考えている[5]。

「われわれのみるところ、神秘主義の到達点は、生命の表わす創造的努力との接触であり、したがって、それとの部分的な一致である。(中略)偉大な神秘家とは、種に対してその物質性により指定されている限界をとびこえ、かくして、神的活動を続け、それを拡大する個性のことであろう。これがわれわれの定義である」(『二源泉』、二六六)。

次に既成宗教としてのキリスト教に対するベルクソンの姿勢であるが、『二源泉』の段階のベルクソンは、「われわれは、神秘主義が燃焼して人類の魂の中に残したものから熟練された冷却化によってつくられた結晶として宗教を表象する」(『二源泉』、二八七)と述べ、その姿勢を「キリスト教の神秘主義」の節の冒頭では、「かれら(神秘家)のキリスト教信仰はいまはさておき、かれらにおいて、神秘主義の形相だけ——質料を抜きにした形相だけ——を考察することにしよう」(『二源泉』、二七四)と更に明確に設定している。

そして、右の文で「抜きにする」と言っているキリスト教神秘主義の《質料》に当たるものが何であるかは次の言葉によって明確になると思われる。「哲学は日付を持った啓示や、それを伝えた制度や、それを受け入れる信仰を相手にしない」(『二源泉』、三〇二)

このような姿勢でキリスト教に対したベルクソンにとってキリストは、キリスト教という宗教の始源に存在した「完全な典型」(『二源泉』、二八九)である神秘家として、またそれに尽きる存在として把えられている。ベルクソンによるこのようなキリスト理解は、次節でベルクソンによるキリスト教神秘主義の《形相》と十字架の聖ヨハネを比較検討し、本質的に何が合致し、何がそこから捨象されているのかを見る時に改めて問題となるであろう[6]。

第一節　ベルクソンと十字架の聖ヨハネ(合致)

ベルクソンによって「上位の」神秘家とされた十字架の聖ヨハネ(San Juan de Cruz, 1542-1591)と聖テレジア(Santa Teresa de Avilla, 1515-1582)は共にスペインのカルメル修道会に属した修道者である。

カルメル会とは、起源をパレスチナのカルメル山におけるエリア・エリシャらの隠者生活に置く古代からの伝統を持つ観想修道会であるが、イスラム勢力に追われて聖地を撤退してからヨーロッパに広まった。しかし両聖人の時代には修道会の規律はかなり弛緩しており、まず聖テレジアが原始会則に従う改革運動を女子カルメル会に起こし、彼女が男子カルメル会における同じ改革運動を委ねたのが聖ヨハネである。宗教改革の時代に両者が取った道は修道会の内部刷新であった。

序節で述べたように、ベルクソンにとって神秘家の時代性は本質的意義を持たないものであるゆえ、両神秘家の時代背景の説明は、あえて右の最小限度に留めることにする。

両者ともに、自身の神秘体験を他の人々への霊的道案内の形のもとに記しており、聖ヨハネのそうした霊的道案内の書は四冊あり、それらは各々の内容の《結晶》ともいうべき詩の註解という形を取っている。すなわち「暗夜」の詩の註解に当たる『カルメル山登攀』と『暗夜』の二冊。「霊の讃歌」と「愛の活ける焔」の詩の註解に当たる各々同名の書、である。[7]

では、ベルクソンによるキリスト教神秘主義の《形相》を成す、神秘体験の諸段階と、その最終段階において得られる、神の本性と世界創造の目的についての認識、について順を追って比較検討をしてゆこう。

(一)　観想(見神)

〔ベルクソン〕

「かれら(神秘家)は、自己の見神・恍惚・遊魂について語る。(中略)魂は、自己を押し流す生命の流れに自己の深層で揺り動かされた結果、どうどうめぐりをやめ、種と個とが相互循環的に条件づけ合うこと、を欲する法則から一瞬はずれる。魂は自分に呼びかける声を耳にしたかのように立ち止まる。それから一直線に前方に運ばれるがままになる。それは自分を動かす力を直接には知覚しないが、その言いようのない現存を感じ、あるいは象徴的な幻視《ヴィジョン》を通してそれを察知する。そのとき無限の喜びが訪れる。それは魂の没入する恍惚状態であり、遊魂状態である。すなわち神がそこに在り、魂は神のうちにある。(中略)それは天啓《イリュミナシヨン》である。だがそれはどれくらい続くか。恍惚の上を飛翔していたかすかな不安が舞い降りて、恍惚にその影のように付着する。(中略)これら全ては観想にすぎなかったからどれ一つとして持続的ではなかった」(『二源泉』、二七六―二八〇)。

〔十字架の聖ヨハネ〕

『登攀』の冒頭には「いち早く神との一致に達するために、どのように心を整えたらよいかということ」と最終目的が記されており、その目的を達成するために辿る最初の道程、「神のために神でない全てのものから赤裸になること」(『登攀』、一〇六)のために感覚と精神が果たす能動的努力の道程を進んで、ついに「想像や形や心象などによる推理的黙想」(『登攀』、一四六)の段階を完全に越えた時に達する《観想》の段階が『登攀』第一三章から第一五章に記述されているのであるが、聖ヨハネにおいて、右のベルクソンの言う《観想》に当るものはこれであると思われる。

聖ヨハネは、神の存在を究極的には「愛の火」(『焔』、一九九)として把え、「何故ならモイゼが中命記(四ノ二四)で言っている如く『我等の主なる神は、焼き尽し給う火』だからである」(『焔』、一九八―一九九)と述べており、それはベルクソンのあの『創造的進化』の《無尽蔵の花火》の中心としての神とも呼応すると思われるのであるが、聖ヨハネにおける《観想》とは、そのような《愛の火》としての神に魂の眼差しをじっと注ぐことである。

「すなわち、そこでは神を受け取るといったらよいわけで、ちょうど、目を開くという以上のことを何もしていないのに、光が与えられるのと同じである。超自然的に注がれる光を受け取るということは、上から与えられて知るということである。（中略）これは、われらの主がダヴィドの口を通してわれらに求めたもうことで『全てのことより手を休め、わたしが神であることを見よ』（詩篇四五・一一）と。すなわち、すべての内的・外的な事柄から心を引き離すことを学べ。そうすれば私が神であることが分かるであろう、ということである」（『登攀』、一六二―一六三）。

そして最高度の《観想》においては、「自然の自分はその働きを止めて《眠っている》けれども、超自然的認識にまで高くあげられた《わたしの心は目覚めている》」（『登攀』、一五八）と旧約聖書の「雅歌」に倣って述べている。

ところで、この《観想》の性質については、誤解しないように非常に注意しなければならない点がある。それは、《観想》が、《魂》の眼差しによって「神の全体的把握」（『登攀』、一五三）をするものであって、神秘家についてしばしば語られ、ベルクソンも前掲の文において神秘主義の一般的《形相》として「あるいは象徴的幻視《ヴィジョン》を通して察知する」と述べているような、いわゆる具体的・想像的《幻視《ヴィジョン》》ではないということである。

《観想》とは「天上的認識に向って心を高めることであり、全ての事柄、およびその事柄についての形やイメージや記憶からひき離されることである」（『登攀』、一五七）と言う聖ヨハネは、『登攀』第一六章から第二二章まで七章も費して綿々と、ヴィジョンがいかにしばしば人を欺くものであるか、もしヴィジョンを得ることがあってもそれは途中経過にすぎないこと、福音の掟がなかった旧約の時代には、預言者が神からの啓示やヴィジョンを求めることが必要であり良いことであったが、聖パウロも言うように「昔、神は預言者によって何度も色々な形で我々の父祖たちに語りたもうたのであるが、最後に、今この日になって、御子により全てを一度に我々に語りたもうた」（ヘブライ、一―二）のであって、今の新約の恵みの時になっても以前のように啓示やヴィジョンを望むことは「ある意味において、もう一度キリストを与えられるよう求めることである」（『登攀』、二二九）とまで、時には激烈な言葉をもって、ヴィジョンを求めることを戒めているのである。

だから、聖ヨハネにおける《神の観想》の実質は、神の現存の霊的・全体的認識であって、それを、聖ヨハネ自身が霊的道案内の詩や著作で説明に用いた豊富なイマージュと混同してはならないのである。それらのイマージュは神秘体験の直観に非常に近いところにあると同時に神秘体験そのものではないのである[8]。

だから改めて確認しておこう。聖ヨハネにおける《観想》とは《愛の火》としての神に魂の眼差しをじっと注ぐことである、とした筆者の定義は、あくまで、聖ヨハネ自身が説明のために用いた比喩的イマージュに拠るものである、と。

(二) 暗　夜

〔ベルクソン〕

「(見神の恍惚において)魂が思考と感情によって神のうちに没入するにしても、その幾分かは外に残ったままでいる。それが意志である。(中略)それゆえ魂の生はまだ神的ではない。魂はそのことを知っており、それに漠然と不安を感じている。そして休止におけるこうした動揺こそ、われわれのいう完全なる神秘主義の特徴をなすものである。(中略)こうした感情が増大し、場所全体を占めるようになると、恍惚は消えて、魂は再び孤独になり、時には悲嘆に暮れる。魂はしばらくの間目もくらむ光に慣れていたので、暗がりでひそかに行われている深層の仕事を理解しない。魂は、自分が多くのものを失ったと感じ、それが全てを得るためであることを、まだ知らない。偉大な神秘家たちの言う《暗夜》とはこのようなものであり、そしてこれこそ恐らくキリスト教神秘主義にあって最も意味深いものであろう。偉大な神秘主義の決定的で特権的な局面が準備されているわけだ。(中略)魂は自分の実体から、神が役立てる上に十分なほど純粋でも頑丈でも柔軟でもないものを除去する」(『二源泉』、二七八―二七九)。

〔十字架の聖ヨハネ〕

《見神》体験の後に神秘家を訪れる「最も意味深い段階」とベルクソンの言う《暗夜》こそは、聖ヨハネの

『暗夜』の書に述べられた体験に他ならない[9]。《暗夜》とは、《古い人》の本性から霊魂を赤裸にしようとして魂を襲う神の働きに、「拷問」（『暗夜』、一四四）のような苦しみを味わい、神が自分を見捨て、自分を憎み、闇の中に投げこんでしまわれたか、とさえ感じながら、徹底的に「自分自身に死ぬ」（『暗夜』、二六）浄化の過程である。

それを聖ヨハネは『暗夜』第一〇章で「比喩によってこの浄化を根底から説明する」と題して次のように説明する。

「神的な光は、霊魂を自分と完全に一致させるために、霊魂を浄め、整えながら、ちょうど火が薪を自分に変化させようとして薪に働きかけるのと同じやり方で霊魂に働きかける、と説明するのが良いであろう。物質的な火が、薪に働きかけて、まず第一に始めることは、（中略）薪が含んでいる水分をしぼり出してしまうことである。それから間もなく薪を焦がし、まっ黒にし、醜くし、悪臭を放つことさえさせる。そして少しずつ（中略）火に反対するような暗く醜い偶有性のものを全て引き出し、追い払う。そして遂には、外側からそれを燃え立たせ始め、熱くして、それを自分に変化させ、火そのもののように非常に美しくする。（中略）そして乾いていると同時に乾かし、熱いと同時に熱くさせ、明るく輝いていると同時に明るく輝やかせる」（『暗夜』、一八八―一八九）。

『登攀』に記された《観想》が、《愛の火》である神に魂の眼差しをじっと注ぐことであったならば、《暗夜》

は、その《愛の火》に直接焦がされて黒く醜くなることである。

しかし最も黒く醜くなったその瞬間はまさに自分自身が火そのものと一体となって美しく変容し始める瞬間であり、「生ける炎となって燃え上がり」(『暗夜』、二〇七)始める瞬間である。「このようにして神は、霊魂をひどく卑しめ、へり下らせるが、それは後に高く高く上げるためである」(『暗夜』、一五八)。

ベルクソンによる神秘主義の《形相》では、両神秘家における《暗夜》の、神による魂の引き裂かれの側面は明確には触れられていない。しかし「魂は自分が多くのものを失ったと感じ、それが全てを得るためであることをまだ知らない」と書いた時に、その側面が示唆されてもいる。

(三)　神と人の意志の一致(溢れる活動力)

〔ベルクソン〕

「人間意志と神の意志との一体化という終極点」(『二源泉』、二七六)の神秘家の魂についてベルクソンは次のように述べる。

「今や魂を介して、魂のうちに働くのは神である。すなわち、その合体は全面的なものであり、したがって決定的なものである。(中略)今後は、神秘主義とは魂にとって、生命のありあまる状態だ、と言おう。(中略)それは魂を最も広大な企てに投げこむ、抗し難い推力である。魂はその全能力の静かなる高揚によって、大きく予想し、自分がどんなに弱くとも力強く実現する。(中略)神に対しては受動的、人々に対しては能動的な《神の助手》adjustores Deiの地位にまで彼を高める変化を理解するのは彼だけである」（『二源泉』、二八〇―二八一）。

〔十字架の聖ヨハネ〕

神秘体験のこのような到達点について述べられるのは『愛の活ける焔』においてであるが[10]、それはまず、この本の献呈者のために書かれた「緒言」の中で、あの『暗夜』の中心的比喩に連なる次のような比喩によって要約的に説明される。

「ちょうど火が木材の中に入りこみ、木材を火に変化させ、自分と一致させるようなもので、火がいっそう激しくなり、長時間木材の中で燃えるなら、木材は火を吹きだし焔となるまでに火に焼き尽くされ、閃光を発するようになります。ここに霊魂はこのような炎上の段階において述べられていると解されるのであり、霊魂はあえてこの火と一致しているばかりでなく、活ける焔となるまでに、内的に愛の火の中に変化され高められます」（『焔』、一六六）。

ベルクソンが神秘体験の到達点における「人間の意志と神の意志との一体化」と呼ぶものは聖ヨハネにおいては、まず右のような比喩的説明がなされたあと、神の意志と霊魂の意志の一致の様相として次のように述べられている。「意志は、今までその自然的情感をもって低劣にかつ活気のない愛をもって愛していたのであるが、今はすでに神的愛の生命に換えられている。(中略)この一致の媒介により、神の意志と霊魂の意志とがただ一つの意志となっているからである。」(『焔』、二一五―二一六)

そして、ベルクソンの前掲のテクストが語る、神との決定的一致によって神秘家のうちに生まれる「ありあまる活動力」(『二源泉』、二七五)の様相は次のように把えられる。「霊魂が以前に自然的生命の力と本源において持っていた、全ての衝動も作業も傾向も、既にこの一致において神的衝動に換えられ、自己の作業や傾向に死し、神において活きる者となっている。なぜなら、霊魂は既に神の真の子として全てにおいて神の霊に動かされるからである」(『焔』、二一八)。

ベルクソンと聖ヨハネの比較検討をして来たとき、聖ヨハネ独特の比喩や伝統的比喩の使用以外の叙述において、神秘主義のこの段階においてほど両者の叙述がピタリと合致しているのが感じられる箇所はない。

(四)　神の本性と世界創造の目的

〔ベルクソン〕

神秘家たちが、その到達点において得る、神の本性と世界創造の目的についての認識を、ベルクソンは次のように把え、それが、神秘体験に準拠する哲学者の結論でもある、とする。

「神秘家たちは、我々が神を必要とするように、神もまた我々を必要としている、と一致して証言している。神は我々を愛する為でなくて、なぜ我々を必要とするのか。神秘体験に執着する哲学者の結論も、全くこのようなものであろう。《創造》は、哲学者には、神が多くの創造者を創造するための企て、その愛に価するような多くの存在を味方につけるための企てと思われるだろう。(中略)哲学者が神秘主義の暗示する次のような考えを徹底するのを妨げるものは何も無い。すなわち宇宙は愛および愛の要求の、目に見え、手に触れうる姿に他ならず、それは、この創造的情動がもたらすあらゆる帰結を伴うものであった、と。

こうして我々は明らかに『創造的進化』の結論を越える。前著では我々はできるだけ事実の近くに留まろうとした。(中略)今は、我々は真実らしいものの領域にいるにすぎない。(中略)しかし、もし科学に依拠した直観が延長されうるとすれば、それは神秘的直観によってのみ可能である。(中略)物質を貫いて進む生命の流れ、そして明らかに物質の存在理由である生命の流れを、我々は単に所与として把えていた。(中略)かれら(神秘家たち)は哲学者に、生命がどこから来たり、どこへ行くかを指し示したのである」(『二源泉』、三〇八―三一一)。

〈十字架の聖ヨハネ〉

ベルクソンは右のように、神秘主義が、神は愛および愛の要求そのものであることを暗示すると言うのであるが、聖ヨハネによる神秘体験の最終段階においては、先述したように、魂は神の本性が《愛の火》であること、「愛の中心そのもの」(『焔』、二〇三)であることを認識する。

そして、我々が神を必要とするように、神もまた我々を必要としている、という「証言」について見れば、それは《霊的婚姻》の本質をなすものであり、特に一貫して「雅歌」にちなむ《婚姻》の比喩的イマージュによって神秘体験が語られる『霊の賛歌』では豊かにその側面が描かれる。そして『焔』も、それを要約するように「霊魂は神を探し求めているのであるが愛人（＝神）はなお一層その霊魂を探し求めておいでになる」（『焔』、二三七）と記している。

ただ、それが創造そのものと直結して、神の側の創造の目的として把えられているのは、四つの著作の中ではなく（それらは魂の側の神への《登攀》を描くものであるから）、『ロマンセ』と題された一連の詩の中の「創造」という詩においてであると思われる。

「あなたを愛する花嫁を／子よ、あなたに与えたい、あなたの価《あたい》のおかげで（彼女が）／私達の伴侶となり（中略）／子のうちに　私が有する／さまざまな　宝を識るように（中略）「成れ」と父は言った、「あなたの愛はそれをかち得たから」／この言葉によって／世界は創られた／花嫁のための宮殿は／大いなる英知で造られていた」[11]。

ここでは、父なる神と子たるキリストと花嫁たる人間との創造における関係が語られているのであり、世界は「花嫁の宮殿」に他ならない。

さて、ベルクソンはここまで見てきたような神秘主義の《事実の系列》を『創造的進化』の生命論の《事実の系列》、特にその結論である《無尽蔵の花火》の中心であり、《生命の躍動《エラン・ヴィタール》》の根源にあるものとしての神の観念と交差させることによって、神の本性と世界創造の目的について前掲のテクストのような結論を得るに至った。そして今後、《生命の躍動《エラン・ヴィタール》》は、本質的に《愛の躍動《エラン・ダムール》》に他ならないものとみなされることになる。

第二節　ベルクソンと十字架の聖ヨハネ（差異）

こうしてベルクソンにとっての神秘主義という《事実の系列》の役割は成就したわけであるが、ここで、今までベルクソンによるキリスト教神秘主義の《形相》に沿って比較検討してきて、概容においては合致してきた十字架の聖ヨハネの神秘主義を、改めてそれ自身において取り上げ、その神秘主義のうちには在り、ベルクソンによる神秘主義の《形相》からは欠落している最も大きな要素は何であるか、を見よう。それは、《十字架》の存在に他ならない。

『登攀』の次の記述は、底無しの自己放棄が、そのまま、至高の神との一致へと変容してゆく《登攀》の全道程が、キリストの十字架への道程と重なっており、その倣《まね》びに他ならないことを十二分に語っている。ベルクソンがキリスト教神秘主義の《形相》として把えていた道程そのものが、キリストの十字架への道程の倣びであり、両者は本質的に切り離し得ないものであったのである。

「その死が迫ってきたとき、その心は何の慰めも安心もなく、全く廃墟にさらされたことも確かなことで、次の叫びが出るまでに、その心の縁《ふち》は、御父からも全くの乾燥のうちに投げ捨てられていたもうたのであった。

『わが神、わが神、どうしてわたしを見捨てたもうたのですか』(マテオ二七―四六)と。これは、キリストがその御生涯で最も強く身にしみて経験したもうた死の遺棄であった。

しかも、まさにこの時こそキリストは、その全生涯にわたる多くの奇跡や、み業よりも更に大いなる業、天にも地にもいまだかつて起ったことのない大いなる業、すなわち、恩恵による神と人との和解と一致という業をなしとげたもうたのである。そしてそれは、ここで言うように、主が全てにおいて最も惨めなまでに打ち砕かれ給うたその時、その刹那であったのである。(中略)

これは、神と一致するためのキリストの門とその道の神秘を、霊的な道をよく歩む人々が理解するため、すなわち、感覚的分野、精神的分野のいずれにおいても、神のために自己を無にすればするほど、一層、人は神と一致し、より大いなる業をなすことを悟るためのものである。かたく無に留まるという最も深い謙遜に至るとき、この地上において達しうる最も高く最も偉大な境地であるわれわれの魂と神との一致がなされるのである」(『登攀』、一一九)。

《登攀》の全道程はキリストの十字架への道程と重なり、その核心に、キリストの十字架と重なる《おのれの十字架》、すなわち、福音書の「もしわたしに従おうと欲するならば、おのれを捨て、おのれの十字架を取ってわたしに従いなさい」(『登攀』、一二四に引用)の《おのれの十字架》を含蓄している。

このように、十字架の聖ヨハネの信仰世界は、「おのれを捨て、おのれの十字架を取って」キリストに従うことが、愛と救いの道であるというキリスト教の根本的教えの上に立っているものであるが、十字架を中心に、底無しの自己放棄と、至高の神との一致、の両方に延びる垂直的次元を、光と闇の弁証法のうちに生き尽くし、描き尽くした、その徹底性のうちに、この聖者の偉大な独自性がある。その信仰世界には、高みに焦がれ、「焼けて死んでもかまいません」と言って、夜の闇をひたぶるに星のもとに翔けゆき、最後は「落ちているのか、のぼっているのか」もわからないまま、自ら星となって青い光を放って燃えた、あの宮沢賢治の『よだかの星』の世界にも通じる悲壮な美しさがある。

このような十字架の聖ヨハネの世界を要約し象徴するような素描の磔刑図が聖ヨハネ自身の手によって描かれ残されている(聖ヨハネと同じスペインの現代の鬼才ダリがこの図に着想を得て聖者へのオマージュとも言える「十字架の聖ヨハネのキリスト」の題の油絵を描いている)。

この素描の構図は美術史においても実に空前絶後のものである。キリストの十字架は斜め右上の《上空》から描かれているのである。十字架の存在を包括する形而上的な垂直の次元がそのまま垂直感覚の表現となっている体《てい》のものであり、それも《斜め》上であるため、動的な《めくるめく》ような垂直感覚を見る者に与えるのである。

さて、このように聖ヨハネの神秘主義そのものにとっては、その《形相》の核心にある《十字架》を、べ

十字架のヨハネ直筆のキリスト像
アビラのエンカルナシオン修道院蔵。57×47mm。

ルクソンは自分にとっての神秘主義の《形相》に取り上げはしない。そしてそれは、前にも述べたように、『二源泉』の段階でのベルクソンの哲学者としての、キリストとキリスト教に対する根本姿勢から来るものである。

『二源泉』のベルクソンにとってのキリストは、前にも述べたように、その神的モラルが福音書の《山上の垂訓》に表出したところの「完全な典型」の神秘家であり、この著書においてのキリストの存在意義はそこに尽きる。

与えられた紙数も尽きようとしているのであるが、最後に、ベルクソンの生涯において、『二源泉』に至る神秘主義研究およびキリスト教研究はその後どうなっていったかという問題について一言付け加えよう[12]。

『二源泉』を著したあとベルクソンは次第に哲学者としてではなく一人の人間として、神秘主義とキリスト教をそれ自身において探究することを欲し始めた。

一九三八年、「いかにして私が神を見出したか、あるいはむしろいかにして神が私を見出されたか」(『対話』、三〇四)についてベルクソンがシュヴァリエに語った言葉は決定的なテクストとなっている。

「神秘主義が私をまず漠とした信仰に導き、今度はそれがより明確な信仰を産みました。パスカルが《アブラハムの神、イサクの神、ヤコブの神にして哲学者と学者の神にあらず》と言うとき、私は彼を完全に理解します」(『対話』、三〇八)。

《哲学者》ベルクソンだけではなく《人間ベルクソン》を注視するとき、この一歩は大きな一歩と言わなければならない。

［註］

1　『創造的進化』、松浪信三郎・高橋允昭共訳(ベルクソン全集四)、白水社、二八二頁。本稿ではベルクソンの著作については全て白水社全集版を引用し、必要に応じて字句修正をすることとする。なお初出以後の引用は本文中に(『創造的進化』二八二)というように、書名、頁数の順で表記する。

2　『道徳と宗教の二源泉』、中村雄二郎訳(ベルクソン全集六)、白水社、三〇〇頁。

3　André Lalande: *Vocabulaire de la philosophie*, p.U.F., 1967, p.662.

4　ジャック・シュヴァリエ『ベルクソンとの対話』、みすず書房、一九六六年

5　最近のあるインタビューでダライ・ラマも言うように「仏教に創造主の観念はない」ことは、《創造の中心》としての神との一致として神秘主義を定義するベルクソンにとって、仏教の神秘主義を完全なものとみなしえない根本的理由となったと思われる。

6　管見によれば、ベルクソン研究史においては、マリー・カリユーの重要な研究『ベルクソンと神秘主義の事実』(一九七六)を含め、《ベルクソンと神秘主義》のテーマは一般論的に扱われてきており、ベルクソンによる神秘主義の《形相》と個々の神秘家の具体的テクストの比較検討は充分なされていないので、本稿でごく要約的ながら聖ヨハネを対象にその試みをすることは無意味ではないと思われる。

7　『カルメル山登攀』、奥村一郎訳、一九六九年、『暗夜』第二版、山口カルメル会改訳、一九九四年、『霊の賛歌』、東京女子跣足カルメル会訳、一九六三年、『愛の活ける焔』、ペトロ・アルペ、井上郁二共訳(『霊魂の暗夜・愛の活ける焔』、一九五四年に所収。一九八五年に山口カルメル会による改訳がある)。以上すべてドン・ボスコ社、以後は各々『登攀』、『暗夜』、『賛歌』、『焔』(頁数)と略記し、これらの版の頁を示す。

なお「霊の賛歌」と「暗夜」の詩だけの訳としては次のものがある。『十字架の聖ヨハネ　聖霊頌歌・暗夜』、芳賀徹訳・今井俊満装画、中央公論美術出版社、一九九七年

また聖テレジアの霊的道案内の書は『霊魂の城』、ドン・ボスコ社、一九六六年。以後は『城』(頁数)と略記する。

8　聖テレジアにおいても同じ事情であることについては『城』(一一八)を参照されたい。

9　聖テレジアにおいては『城』の「第六の住居」の第一章を参照されたい。

10　聖テレジアにおいては『城』の「第七の住居」を参照されたい。

11　『十字架の聖ヨハネ詩集』、西宮カルメル会訳、ドン・ボスコ社、一九八二年、強調筆者。

12　この点について、またベルクソンにおける《哲学者》と《人間》の問題については本書第I部第二章第二篇「哲学者のモラル」を参照されたい。

第II部　モーリヤック論

第一章　ふたつの愛——キリスト教と文学

私の話の題は「ふたつの愛——キリスト教と文学」となっておりますが、フランス現代の作家モーリヤックをめぐって、二段階にお話したいと思います。まず、キリスト教作家のあり方という一般的観点からお話したいと思います。これが副題の「キリスト教と文学」に当るかと思います。それから、具体例として、モーリヤックの小説『愛の砂漠』をめぐってお話したいと思います。そして、これが本題の「ふたつの愛」に当るかと思います。

第一節　キリスト教作家のあり方――サルトルとデュ・ボス

それではまず、キリスト教作家のあり方の問題ですが、この問題をめぐりましては、「フランソワ・モーリヤック氏と自由」と題されたサルトルによる有名なモーリヤック批判があります。

サルトルは、具体例としてモーリヤックの『夜の終り』という小説を取り上げまして、モーリヤックが主人公をその主観の側から描いていたかと思うと、たちまち外から裁いてみせる、その《出たり入ったり》を非常に恣意的なものとして批判することから始めます。

「モーリヤック氏は、この《出たり入ったり》を非常に自然なことと考えているので、同じひとつの文章の中においてさえも、主体としてのテレーズから対象としてのテレーズへと移行する。『彼女は九時の時報を聞いた。まだ少し時間を稼がなければならなかった。何時間かの睡眠を保証してくれる薬を飲むには早すぎたからだ。絶望しているが用心深いこの女にとって薬を飲むことは習慣ではなかったが、今晩は薬に助けを求めずにいられなかったのだ』（注　強調サルトル）。テレーズをそのように《絶望しているが用心深い女》と審判するのはいったい誰か？　それは彼女ではありえない。そうなのだ。審判するのはモーリヤック氏であり私である。我々は彼女の一件書類を手中にしており、我々が判決を下すのだ」（「絶望しているが」から始まる文は、原文ではセミ・コロンで前の文と一つながりになっております）。

そして、サルトルは、モーリヤックのこの恣意的な《出たり入ったり》は、作家が、存在の内も外もみそなわす全能の神の視点を自分自身のものとして取っているところからくるものであって、その時、登場人物の自由が抹殺されてしまうことを次のように批判します。

「この点にこそモーリヤック氏の破滅の原因がある。自分が創造した人物に対して小説家は、被造物に対する神のようなものである、と氏はいつか書いたことがあるが、氏の技法の異様な点は、自分の小説の登場人物たちに対して氏が《神の視点》を取っていることによって説明される。すなわち、神は内も外も、魂の根底も肉体も、全宇宙をも同時にみそなわしているのである。同じようにモーリヤック氏は、氏の小さな世界に触れる全てのものに対して全知であるのだ。自分の小説の人物に対して氏が述べることは聖書の言葉であり、氏はそれらの人物たちについて説明し、分類し、上告なしの判決を下すというわけだ」。

サルトルのこの批判はキリスト教作家がいかにあるべきかという問題点の核心をじつに鋭くついたものでして、モーリヤックにも大きな打撃を与えたものであったようであります。このサルトルによる批判は一九三九年のものですが、キリスト教作家のあり方をめぐって、いま私は、もうひとつの論を対置したいと思います。それは一九三三年、すなわち、サルトルによる批判の六年前に書かれた、シャルル・デュ・ボスの「フランソワ・モーリヤックとカトリック作家の問題」であります。この論を取り上げますのは、デュ・ボスの論が、サルトルの論より少し前に書かれたものながら、それが、サルトルの批判に対する本質的解答となっていると思うからであります。

デュ・ボスはまず、カトリック作家の第一の務めは、全ての作家と同じく、人生を偽らずに描くことである、と言います。

「それゆえカトリック作家は全ての小説家に課せられる務めを徹底的に果さなければならない。その務めとは、人生を偽わらないということである」。

ではカトリック作家と単なる作家との違いはどこにあるか、といえば、カトリック作家は、人間的真実を、本来的に人間的な次元だけではなく、それより《低み》も《高み》も、全ての次元を含蓄するものとして描くところに違いがあるのだ、とデュ・ボスは言います。

「それでは単なる作家とカトリック作家の違いはどこにあるのか、違いなど存在するのだろうか、と人は言うかもしれない。集めるべき素材についても、再現すべき真実についても違いは何もない。(中略)ただ、生きた素材と人間的真実はそれ自身においては同じでも、両者はカトリック作家にはその全ての次元を伴って現れるのであり、全ての次元のうちに認識される、あるいは、されなければならないはずである。中核となる人間的要素は、カトリック作家にとっては、《低み》と《高み》の両方向に、すなわち《人間以下》と《人間以上》の縁取《ふちど》りのうちに延びゆくものなのである」。

そしてデュ・ボスは、作品が究極的成功をおさめて真実がそのように全ての次元を伴って現れたとき、カトリック作家の手のうちにあって真実はいわば上から下へと光を通す《透明体》(corps transparent) となる、と言います。しかし、作家の手中で真実がそのような《透明体》となるためには、作家自身が、神の恩寵の働きのもとに自分の不透明性を失うような信仰を生きているのでなくてはならない、とデュ・ボスは言います。

「透明体、そこにこそカトリック作家の手中で真実が向うべき姿があり、そこにこそカトリック作家の究極的成功の微妙な姿があると言いたい。しかし、そのような結果に達するためには信仰があらかじめ必要とされるものであるにしても、それだけでは充分な条件とは到底言い難い。彼の手のうちで人間的真実が透明体となり変るためには、あらかじめ、彼自身が恩寵の働きのもとで自分の不透明性を失い、光が彼を訪れて彼に棲まうほどに透明となるような、そのような信仰を生きたのでなければならない。そのような信仰を生き続けているのでなければならない」。

このようなデュ・ボスの作家に対する要請を見るとき、私は自分自身、慄然とせずにはいられません。なぜならば、この要請は、カトリック作家に対してのみならず、カトリック作家を研究し、教える者自身にも要請されていることに他ならないからです。

さて、カトリック作家が究極的成功をおさめたときに、小説の描く人間的真実がなり変るはずの、神に対する透明体というものを考えたときに、それが、あのサルトルのモーリヤック批判、登場人物の内と外に《出たり入ったり》する凝似的《神の視点》に対する批判、へのすでに本質的解答になっていることに気がつきます。なぜならば、そこには、《出たり入ったり》するべき内と外の区別そのものが既に解消してしまっているからです。

モーリヤックの小説の中でも、この《出たり入ったり》が恣意的なために自然には受け入れにくい作品もあり、例えば『黒い天使』という小説はそういう作品であるように私には思われますが、その最高傑作、例えば『蝮のからみ合い』のような小説の場合、結末で、主人公の吝嗇《りんしょく》な老人が家族に対する積年の憎悪の念の奥底に、神の愛に与ったところから溢れ出る愛を見出す時に、この老人はまさに《透明体》となって、読者は、老人が、もはや内の光か外の光かわからない、極まりなく優しい光に包まれるのを、圧倒的な感動と共に感じますが、そこには、大きな宗教的危機を克服した時期のモーリヤック自身の、神に対する透明性が反映しているに違いないと思われます。

デュ・ボスはこのような《透明体》を貫く光を、レンブラントの絵画に独特な光になぞらえました。

「『良きサマリア人』の絵に漂う光、あの《冬の光線》、内から滲《にじ》み出て外に輝き出るあの光が蘇るのを我々は見た。そしてレンブラントに倣って、いつの日か、モーリヤックの小説も、我々の眼前に、道中キリストが語りかけられたとき心が燃えたというあのエンマウスの巡礼たちを蘇らせてくれることだろう」。

デュ・ボスの語るこの「内から滲《にじ》み出て外に輝き出る光」、遠藤周作氏が《レンブラント光線》と呼んだこの光の中にこそ、キリスト教作家のありようのひとつの達成の姿があると言えると思います。

そして、私の話の第一段に当ります《キリスト教作家のあり方》の問題につきましては、このような達成の姿を見届けたところで一応終りにしたいと思います。

第二節　ふたつの愛——小説『愛の砂漠』

さて、次に、具体的にモーリヤックの小説『愛の砂漠』をめぐって本題の《ふたつの愛》についてお話したいと思います。

ところで、キリスト教においての愛のテーマについてお話するに当りまして、私が自分の大学で、キリスト教にまったく触れたことのない日本の一般の学生にキリスト教文学をテーマにする授業をいたしますとき、私がしばしば始めにする話をご報告いたします。私はこんな風に話します。学生の皆さんにとって信仰というと、何か遥かな存在に向って、パンパンと手を打って願い事をする、というのがまず思い浮ぶイメージだろうと思う。しかし、キリスト教の信仰において、神の存在は、自分を無限に超越した存在であると同時に自分の最も内奥にいらっしゃる方であって、アウグスチヌスが言ったように、そしてエックハルトが援用し、更にはクローデルが援用して言ったように、神は、「我において我よりも我なる御方《おんかた》」でもあるのだ。そして、信仰は、何よりも、そのような御方を愛することを意味するのだ。なぜならば、その御方は愛そのものである御方に他ならないから。そして、信仰がそのようなものであるがゆえに、キリスト教文学においては、神と男女が一種の三角関係になることもありうるのだ、とこのような話をいたします。そして、幸いにと申しますか、この話は学生にとってはかなりのショック療法になっているようでございます。

そして、ひとつの例として、ジュリアン・グリーンの『敵《かたき》』という劇においての《敵《かたき》》とはまさに恋敵《こいがたき》としての神なのだ、というような話をいたしますが、私の話の二段目のテーマの《ふたつの愛》というのは、モーリヤックの『愛の砂漠』という小説における《ふたつの愛》すなわち、男女の愛と神的な愛、神と人間のあいだの愛、のことであります。

この小説における愛の様相の分析にあたりましては、パスカルによる《想像力》(imagination)の概念を分析の道具として適用したいと思います。モーリヤックはご承知の通りパスカルに非常に傾倒した作家でありまして、その小説世界の全体が、パスカルの言う「神なき人間の悲惨」の挿絵のごとくでありまして、モーリヤックはパスカルについて「わが偉人たち」という文章の中で次のように述べております。

「要するにパンセの作者は、キリスト教と人間との間に鍵と鍵穴の関係を打ち立てるのだ。複雑さを備えた人間と複雑さを備えたキリスト教が互いにぴたりとはまるのだ」。

モーリヤックがそのように言うパスカルのことですから、モーリヤックの小説に描かれた愛の想像力のうちにパスカル的想像力の構造が透視されると考えて分析の道具とすることは、根拠のないことではないと思うのです。

さて、それでは、パスカルによる想像力とはどのようなものでしょうか。それにつきましては、広田昌義氏がフランス語フランス文学会誌第一八号で発表された「ブレイズ・パスカル ―― *Les Pensées* における《想像力》」によってまとめさせて頂きます。

パスカルによる想像力とは、いわゆる《気晴し》(divertissement)としての人間の行為を構成するひとつの力でありますが、そのようなものとしての想像力は、人間がさまざまな行為をする時に、その行為になんらかの価値ある目標を想定させる力でありまして、実質的にはそのように想定された価値はしばしばそこに存在しないがゆえに、パスカルはそれを《欺瞞的能力》(puissances trompeuses)に分類しますが、しかし同時に、人間がそのように自分の行為になんらかの価値ある目標を想定せずにいられないところには、絶対的真理と絶対的幸福を知っていた原罪以前の人間の高貴な第一の本性の痕跡がある、とパスカルは考えています。このようなものとしてのパスカル的想像力について広田氏は次のようにまとめておられます。

「パスカルが見た人間存在の状況とは、原罪による堕落の結果としての人間の無能力性と、堕落した人間本性の中に《秘やかな本能》として残っている絶対真理・最高善への希求との間にひきさかれている悲劇的状況である。《気晴し》とは、このような悲劇的状況におかれた人間が、彼の内部に在る《ある幸福の観念》、《彼の創造者のおぼろ気な光》、《自らの最初の本性が持っていた幸福についての、いくらかの無力な本能》につき動かされての行為なのであり、《想像力》は、この行為に、ある目標を与えるものなのである。《想像力》は、従って《空しさ》を創り出すという意味では確かに欺瞞的勢力であるが、同時に、人間の根源的能動性――絶対的価値への希求――の発現形態であり、人間存在が持つ志向性の具現化であることが注目されねばならない」。

さて、そのようなパスカルによる想像力の概念をひとまず念頭に置きましたところで、モーリヤックの『愛の砂漠』という小説を見てみたいと思います。しかし煩雑さを避けるために三人の主たる登場人物のうちマリア・クロスという人物に焦点を絞りたいと思います。

この小説には、マリア・クロスという女性の人間性の本質を要約するようなある姿がしばしば登場します。それは、長椅子に横たわってタバコをのみながら本を読んでいるという姿で、この姿はマリアの肉体のものうさと知的好奇心の両方を象徴しています。

マリアは額の秀でた知的な美人で、母親が女学校の校長をしたような固い家庭で育って、年中本を読んでいることが示すような知的好奇心を持つ女性である反面、家庭を普通に営むのにも支障を生じるほどの癒しがたい怠惰、肉体のものうさの傾向を持つ女性で、この怠惰、このものうさゆえに、若くして夫を失ったときに、自分で生活を立て直す努力をすることなしに、ずるずると実質的には富裕な実業家のラルセルという男の囲われ者になってしまいます。それで、ボルドーの町ではマリアは人々に《娼婦》とみなされていますが、しかしマリアの想像のなかでは、彼女が読んでいる本のなかと同様の気高く劇的な計画が企てられては絶えず空しく崩されているのです。

それで、マリアを愛し、世間に《娼婦》と思われているマリアのなかのこの別の側面を知っている医師のポールは、彼女のなかには「聖女が隠されている」と言います。長椅子に横たわって本を読んでいるマリアの姿の中には、娼婦であり聖女であると言えると同時に、娼婦でもなく聖女でもないと言える、複雑で矛盾した女性としてのマリアの本質が要約されています。

さて、このマリアにひとつの転機をもたらす出来事が起ります。亡くなった夫との間に生まれた幼い男の子が病気で死んでしまうのです。マリアはこの子の死が、自分が囲われ者としての生活に流されているその罪の犠牲になったと感じます。そして罪の償いのために、ラルセルにあてがわれている車も運転手も断わって、毎日市電で、亡くなった天使であるわが子の墓へ一種の巡礼を行い始めます。そして、マリアの愛は、墓地への巡礼の帰路の市電の中で、いわば自己浄化ともいうべき雰囲気の中で生まれます。マリアはその市電で毎日出会う高校生レイモンの上に、失われた汚れなき天使のイメージを投影して愛し始めます。

「女はなんとしげしげ彼を見つめていたことだろう？　熱心に、心の中でこう言っているに相違ない女のやり方で、観察していたではないか。『この顔は、誰でも乗る車の中で過さねばならないみじめな数分のあいだ、私を慰めてくれる。この天使めいた陰気な顔をめぐって私は世界を抹殺する。（中略）この少年は見知らぬ国のように私の前にある』」。

そして、ここで注意しなければいけないことは、マリアがこのように市電の中で高校生レイモンに出会って、毎日沈黙のうちに少年を凝視し愛するようになってから、マリアがパタリと本を読まなくなるということです。マリアは医師ポールに言います。

「――よく眠れますわ。もういらいらすることもなくなりましたの。不思議でしょ、先生。でも、ちっとも本を読みたい気がしませんの」。

すなわち、少年に出会った時から、この少年がマリアの想像力を独占する対象となったということなのです。そして同時に、医師ポールは、つねにマリアのうちに空しく立ち昇るのを眼にしていた《長い炎》が、ついに燃える対象を見出したことに気がつくのですが、次の引用文中の《長い炎》とは、まさに愛の想像力の炎でありましょう。

「この長い炎はもはや天に向って延びているのではない。もはやいたずらに燃えてはいない。地上のどこかすぐ近くに彼の知らない食い物を見つけたのだ、ということをドクトルは識別し始めていた」。

さて、マリアは半年のあいだこの少年を凝視し続けますが、あるとき起った停電をきっかけにマリアとレイモンは初めて口をきくことになり、マリアは自分の家に少年を招きます。世間に娼婦と言われている年上の女が自宅に少年を招くということが外面的に持つ醜い様相を考えたときに、マリアは自分自身の愛のうちに忍びこんでいる欲望の存在を半分意識しますが、自分自身に対してそれを打ち消して、少年をあくまでも天使的なイメージに持ち上げ、そうしたものとしての少年に対して強い愛を覚えつつ、自分との距離を感じて反悶します。いっぽうレイモンのほうは、マリアと口をきいた時に、半年のあいだ自分をあれほど凝視した女が、囲われ者として有名なマリア・クロスと知って、そういう女に好かれたということに一挙に自信を得て、マリアを征服することを渇望し始めます。マリアの想像の中のレイモンと現実のレイモンのこのような相違は、小説の中では、前者がおずおずと近づいてくる子鹿のイメージ、そして後者は荒々しく飛び跳ねる野生の山羊のイメージで象徴されています。

さて、二度目にマリアの家を訪問した時にレイモンはマリアを強引に征服しようとします。レイモンを逃れたマリアは、自分が身中に感じている絶望的な崩壊の感情を隠そうと必死に作り笑いをして少年を追い出します。

こうして、愛の想像の炎が燃える対象が突然失われたとき、マリアは、自分の周囲の世界が息づまるような沈黙に包まれるのを感じると同時に、自分の中のあの炎が消えることなくいやまして長く立ち昇っていることに気がつきます。

「しかしマリア・クロスは沈黙で息が詰りそうだった。それは外の世界の沈黙ではなく、彼女の存在の最も奥深いところから湧き上ってくる沈黙であり、がらんとした部屋の中に満ち、家を、庭を、町を、世界を包む沈黙だった。そして、この息の詰る沈黙の真ん中で、彼女は、自分の身うちに突如として糧の絶えた、しかし、やはり消すことのできないその炎を見つめながら生きているのだった」。

そしてマリアは、その長く立ち昇る炎が何に向っていたのかを理解します。

「本当に何が欠けているのだろう？（中略）一言の言葉を発することがなくとも感じ取ることのできるような愛の名づけがたい静けさを思い描いた。（中略）すべての愛撫は二人の人間のあいだの間隙《かんげき》を予想している。だが二人の人間が完全に溶け合っていることができないものか、あのような抱擁が、結局恥ずかしさだけがあとに残る短い抱擁が、必要でなくなるほどに……」。

このように、マリアの内の長い炎は、言葉を用いずとも互いに理解できるような愛、愛撫によって隙《すきま》を埋める必要もないほどに二人の人間が完全に溶け合うような絶対的な愛を求めて燃え上がる炎であることが、マリア自身の目に明らかになります。そして、いま燃える対象もなく空しく立ち昇る炎を前にして、マリアは、絶対的な孤独を感じます。

「私は普通の人と違った法則に動かされているのだろうか？　夫に別れ、子供に別れ、友だちもないとすれば、確かにこの世でこれ以上一人ぼっちにはなり得ない。だが、その孤独も、あのもう一つの孤独に比べればなんだろう？　どんな愛情に満ちた家庭があったとしても自分を救ってくれることのできないあのもう一つの孤独」。

さて、こうして見てきますと、このマリア・クロスの愛の想像の中に、私の話の第二段の初めに見ましたパスカル的想像力の構造が当てはまるのがおわかり頂けるかと思います。すなわち、マリアにおける愛の想像は、いま見ましたように、絶対的な愛という、価値を持った目標を想定し、そこへと燃え上がるものであったのです。しかし、その愛の現実の対象は到底そのようなものではなかったのです。「馬鹿げたことの中に無限をあてはめていたのです」とマリアは言います。

それにしても、マリア・クロスのうちに長く、高く燃え上がるこの炎とは何でありましょうか。それは、男女の愛の根底から燃えあがりながら、男女の愛の対象そのもののうちには燃え尽きることのできない愛、男女の愛を突き抜けて、絶対的な愛となろうとする炎でありましょう。私の話の冒頭に《ふたつの愛》のテーマと申しましたが、この『愛の砂漠』という小説は、男女の愛が挫折した《愛の砂漠》の中に、消えることなく燃え上がるこの炎が、もうひとつの愛を呼び求めずにはいない、そのような地点に読者を連れ出して終る小説ではないかと思います。

この小説の最後においては、マリア・クロスもレイモンも医師ポールも、それぞれに求める愛に決定的に挫折した《愛の砂漠》に生きのびている人々でありまして、各人がみずからのうちに空しく燃え上がる長い炎をかかえたままにこれからも生きのびていかなければならないという状況にあります。しかし、この小説の最後が素晴らしいのは、この荒涼とした《愛の砂漠》の耐え難いような淋しさの中に置き去りにされようとする正にその時に、私たち読む者自身の中に、長い長い炎がボーッと灯るということです。そして、小説の最後の最後の行の余白に灯るこの炎こそは、この小説における《レンブラント光線》であると言えると思います。

モーリヤックは《愛の砂漠》が、あの洗者聖ヨハネにとっての荒野《あれの》のような、神の声を聞く場所に変容するぎりぎりの狭間《はざま》まで読者を連れ出すのです。モーリヤックは、砂漠の聖者シャルル・ド・フーコーに非常に惹かれたようでして、『テレーズ・デスケルー』でもアゼベドという人物の口を通して触れてもいますが、『キリスト者の苦悩と幸福』には次のように書いています。

「フーコー神父の回心。私は探している。彼の生涯において、少し小肥りの、放蕩と自堕落のために評判の悪かった植民地の一士官が、肉のそげた白衣の人に変容し始めたその瞬間を。砂漠で聖体を奉献するとき愛に身を焼かれるような人に変容し始めたその瞬間を」。

モーリヤックのこの『愛の砂漠』という小説は、読者を《愛の砂漠》のさいはてまで連れ出すことによって、それが《聖なる砂漠》に変容することを予感させるところまでいっている傑作であると言えるのではないでしょうか。

さて、私の話はこのへんで終りにしたいと思いますが、最後に、私の存じ上げております一人の若い女性の俳句をご紹介したいと思います。私がこの句をご紹介しますのは、マリア・クロスは「どんな愛情にみちた家庭があったとしても自分を救ってくれることのできないあのもう一つの孤独」と言っていましたが、この句を読んだ時に、私は、ああ、ここにもう一人のマリア・クロスがいる、と思ったからなのです。ご紹介します。

夫《つま》とゐてなほ人恋し桜餅

これで私の話を終らせて頂きます。

※本論は、もともと聖心女子大学キリスト教文化研究所の定例研究会でなされた口頭発表であるので、『宗教文学の可能性』(春秋社)に収められた際の形式を踏襲して、本書でも注記は付さない。

第二章　『蝮のからみあい』――危機と恩寵

序論　パスカルとモーリヤック

パスカルに深く傾倒した作家モーリヤックの文学世界を、パスカルの思想を解読格子《グリッド》として重ねることによって解釈すること、すでにわれわれはそれを、モーリヤックの小説『愛の砂漠』について、パスカルの《想像力》の概念を適用することによって行った[1]。

そもそも《想像力》とは、パスカルの人間観の主要なテーマのひとつである《気を紛らすこと》(divertissement)としての行為を成立させる欺瞞的諸力のひとつに数えられているものであるが、モーリヤックの最高傑作と呼ぶべき小説『蝮のからみあい』について、パスカルの《気を紛らすこと》の概念、そして、これと組み合わさるものとして、《深淵》の概念を重ねあわせることによって解読したいと思う。

右記の『愛の砂漠』をめぐる発表を二〇〇〇年一月に行ったあと、同年九月にラルマッタン社から、前年一〇月に三日間にわたってフランスで行われた学会『パスカルとモーリヤック——対話する著作』の記録が刊行された[2]。

この学会では、アンドレ・セアイユの「パスカルとモーリヤックにおける《欺瞞的諸力》」、特に、ヴァランティヌ・フェゼンコの「『蝮のからみあい』のパスカル的解読」など、われわれの関心と重なる興味深い発表もなされているが、『蝮のからみあい』を含めてのモーリヤックの小説に表現された人間観と、パスカルの人間観について、われわれの提示するような《重ねあわせ》をすることによる解読は、いずれの発表にも見出されないので、ここに提示したいと思う。

その《重ねあわせ》の基本構図を提示する前に、この学会の冒頭の発表「パスカルの刻印」で、現在のパスカル研究の第一人者であるフィリップ・セリエが、パスカル研究の現在の到達点から見て、モーリヤックによるパスカル理解がどのようなものであるか位置づけをしているので、それをもって、本論の両者の比較のための出発点の確認としたい。

セリエは、モーリヤックの『パンセ』理解とジャンセニスム理解を区別して、後者については、晩年に若干の進歩が見られるものの、『ブレーズ・パスカルとその妹ジャックリーヌ』に見られるように、パスカル自身の肖像をも変質させかねないような、根拠のない激烈な反ジャンセニスムの立場を取っており、同時代の宗教思想史家ブレモンなどと同様、ジャンセニスムの戯画的かつ非常に誤った概念に捉われているのは遺憾である、としている。

それに対して、『パンセ』そのものの理解については、モーリヤックは、六〇年代までを支配したブランシュヴィック版の時代の人であるが、この版は、パスカルの遺稿に忠実な版が、激烈な「神を求めしめるための手紙」に始まって、それに「賭」の断章が続く、護教論的意図が非常に明確なものであるのに対して、宗教的内容の断章は全て終りの八章から一四章までに投げこんで、最初の七章によってパスカルを《フランス・モラリスト》の系譜に位置づけることにより、『パンセ』を世俗化するという重大な欠陥を持ったものであった。

「ところが、モーリヤック自身はこの罠にかからなかったと思われます」とセリエは言う。

「ブランシュヴィックの示唆するところを越えて、苦もなく彼は神学者パスカル、祈るパスカルのもとに到達しました。それゆえに、《覚え書》や《イエスの神秘》の息吹を浴びた、輝くような多くの頁が生まれたのです。それゆえに、『パンセ』の多くの断章の魅惑が、モーリヤックのうちにそのまま見出されるのです。モーリヤックの世界観は、『パンセ』から発せられる豊かな光のゆるぎない刻印を帯びているのです」[3]。

『蝮のからみあい』を含めてのモーリヤックの小説における人間性の観方と、右記の二概念を中心とするパスカルにおける人間性の観方は、モーリヤックのあるパスカル論のテクストを契機として、われわれの脳裏でごく自然に重なりあってきたものであるが、その重なりあいを、意識的に《重ねあわせ》の方法論として、特に『蝮のからみあい』に適用することによって、この小説の解読をすると同時に、セリエのいう「『パンセ』の光の刻印」の一様相を顕在化させたいと思う。

モーリヤックが人間性というものを考えるときに、先ず強調するのは、《無意識》の決定的重要性である。

「モンテーニュの描く、揺れ動き多様な人間から、われわれは堅固に構築された人間を作りだし、その上で、それを一片づつ分解してみせるのである。われわれの作中人物は明晰にして判明な観念を持ち、自分の欲する通りのことをなし、論理に従って行動する。ところが現実には、われわれの存在の本質的部分をなすのは無意識であり、われわれの大部分の行為の動機は、われわれ自身捉えられないものである。本の中に、実人生においてわれわれが観察した通りの出来事を描くと、ほとんど必らずその点が、批評家や読者から本当らしくないこと、不可能なこと、と判断を下されるのである。このことは、小説の主人公たちの運命を規制する人間的論理は、本当の人生の不分明な法則と、ほとんど何の関係もないことを証明している」(『作家と作中人物』)[4]。

そして、このような深層の《無意識》的自我に対して、表層の《意識》的自我は、次のように捉えられている。

「われわれがそうなろうとし、われわれの生活のなかの公的行為や、信条の言明や、社会的地位や、われわれの築いた家庭などが、証言を与える人物像、この人物像はたえず、もっと混沌とした、より不明確な、もうひとりのわれわれ自身によって抗われている。（中略）それは、ついには、われわれ自身の明白な人物像とは別の、切り離された存在として、われわれ自身の眼に姿を現わすのである」（『神とマンモン』）[5]。

それは社会的自我をなすものでもあり、モーリヤックの小説においては、しばしば《仮面》と表現されるものでもある。

「このゆれる馬車の奥で、松林の暗く茂った中に切り開いたこの道の上で、仮面をぬいだ（démasqué）一人の若い女が、右手で、その生きながら火あぶりになった女の顔を、静かになでている」（『テレーズ・デスケルー』）[6]。「悲しみはだれの顔からも、仮面を取り去っており（démasqué）、そこにあらわれたのは、おたがい見馴れぬ顔であった」（『蝮のからみあい』）[7]。

それでは、モーリヤックが無意識の決定的重要性を強調し、人間性を《意識／無意識》という構造で捉えたとき、無意識の働きはどのようなものであると考えられているのであろうか？　それはフロイト的なものであろうか？　次の文は、初期のモーリヤックはそうであったが、後には違っていったことを示唆している。

「私は今日流行の理論に従って、われわれの作品は、欲望、憤怒、怨恨といった、われわれが抑圧しているもの全てからわれわれを解放してくれるのである、と長いあいだ信じ認めていた。われわれの作中人物は、われわれの犯さなかった全ての罪を負った贖いの山羊であるか、逆に、われわれがそれを前にしてひるんだ英雄的行為を果すことを課せられた超人、半神であり、かれらに、われわれの良き、あるいは、悪しき情熱を転移させるのだ、と。この仮説によると、小説家は真に怪物的人物になってしまうだろう」（『小説家と作中人物』）[8]。

モーリヤックにおける《意識／無意識》という人間性の把握がフロイトの影響から離れてゆくところに、パスカルの影が射したのであろうと思われる。われわれにそれを示唆したのは、モーリヤックのパスカル論の次のテクストである。

「要するに『パンセ』の作者は、キリスト教と人間との間に鍵と鍵穴の関係を打ち立てるのだ。複雑さを備えた人間と、複雑さを備えたキリスト教が互いにぴたりと嚙み合う。キリスト教の教義のひとつひとつが、われわれの深淵(nos abîmes)のひとつひとつを埋め、その容量を残すことなく満たす、ということである。(中略)正に、パスカル以前の誰も、また、パスカル以後の誰も、頂点と奈落を備えたものとしての人間の立体図を簡潔にして永遠の筆致をもって描きえた者はいない」[9]。

ここでモーリヤックはパスカルの護教論の本質的構図を浮き上らせ、その卓越性を昇揚しているわけであるが、その構図のなかで、パスカルによる人間性の把握の本質的イマージュとして《深淵》を取り上げていることが注目される。《深淵》としての人間、というこの本質的イマージュの根拠となるのは、『パンセ』の次の断章である。この断章においては、原罪の結果、真の幸福を失い、渇望と無力をかかえたまま、真の幸福の《全く空虚な痕跡》となっているものとしての人間を、《無限の深淵》に喩え、それを満たしうるのは、無限な神の存在のみである、と述べられている。

「それならば、この渇望とこの無力とが、われわれに叫んでいるものは次のことでなくて何であろう。すなわち人間のなかにはかつて真の幸福が存在し、今では、そのしるしと、全く空虚な痕跡しか残ってはいない。人間は、彼を取り巻くすべてのものによってそこを満たそうと試み、現在あるものから得られない助けを、現在ないものにさがしもとめているのであるが、それらのものにはどれもみな助ける力などはない。なぜなら、その無限の深淵(gouffre infini)は、無限で不変な存在、すなわち神自身によってしか満たされないからである」[10]。

パスカル論の右記の言葉は、モーリヤックにとってパスカルによる人間像が、神ならぬものによってはけっして完全に満たされることの出来ない無限の深淵としてのイマージュ＝概念のうちに要約されていたということを示している。

そして、パスカルがこの《深淵》のイマージュ＝概念の外に、同じ原罪の結果としての人間の本質的様相として指摘する様々な「逆説」（paradoxe）（B.434-L.131）、すなわち、認識において知と無知の中間に置かれている「人間の不均合《ふつりあい》」（disproportion）（B.72-L.199）、偉大さと惨めさの「二重性」（duplicité）（B.417-L.629）、天使でも獣でもないという両義性、などの要素は、モーリヤックにとっては、神のみによって満たされうる無限の《深淵》としての様相に含蓄され、そこに収斂される要素として考えられていたのであろうと思われる。

結局、このような《深淵》としての人間は、「人間は人間を無限に越えるものであることを知れ。そして君の知らない君の真の条件を君の主から学べ。神に聞け」[11]というパスカルの護教論のパースペクチブにおける「人間は人間を無限に越えるものである」[11 bis]という、人間性の含蓄する無限の垂直的次元に与るものとしての規定に他ならない。

このような、パスカルによる「人間の立体図」のいわば《垂直的心理学》とでも呼ぶべきものこそが、《無意識》というものに思いをこらしていたモーリヤックを、フロイトの気圏から引き離し、自らのもとに引きつけたのであろうと思われる。

その時、モーリヤックにとって人間のうちの決定的要素をなす《無意識》の深層が、パスカルの《深淵》と重なり、パスカルの《深淵》がモーリヤックの《無意識》を裏打ちしたであろうと思われるのである。

他方、モーリヤックの人間観の《意識／無意識》の構造の《意識》のほうは、人間の本質的条件の刻印されている《深淵》の表層を埋め、それを覆い隠してしまうもの、すなわち、人間性のうちの《気を紛らすこと》の層が重なり、裏打ちすることになったであろう、と思われるのである。

《気を紛らすこと》の本質は、次の断章に要約されるようなものであり、それは、人間の根本的条件が刻印された《深淵》としての自己から《気を紛らすこと》でもあると言えるだろう。


「惨めさ。／われわれの惨めなことを慰めてくれるただ一つのものは、気を紛らすことである。しかしこれこそ、われわれの惨めさの最大のものである。なぜなら、われわれが自分自身について考えるのを妨げ、われわれを知らず知らずのうちに滅びに至らせるものは、まさにそれだからである。それがなかったら、われわれは倦怠に陥り、この倦怠から脱出するためにもっとしっかりした方法を求めるように促されたことであろう。ところが、気を紛らすことは、われわれを楽しませ、知らず知らずのうちにわれわれを死に至らせるのである」[12]。

《気を紛らすこと》の様相は、神を求めることなくして自己目的として求められるものとしての名誉、財産、仕事(B.143-L.139)や、情念(B.139-L.136)の全てを覆うものであって、それはモーリヤックの作中人物の様相の大部分を覆うものであると言って良いだろう。そして、モーリヤックがしばしば、パスカルの言う「神なき人間の悲惨」[12bis]を描いた作家であると言われるのは、この様相を指してのことであろう。

以上のように、われわれは、モーリヤックにおける人間観の《意識／無意識》の構造とパスカルにおけるそれの《気を紛らすこと／深淵》の構造を重ね、それを特に『蝮のからみあい』という作品の解読に用いてゆきたいと思うのであるが、すでに、この小説のエピグラフをなすアヴィラの聖テレジアの次の言葉の中に、二つの構造は渾然一体となって透視されると思われる。

《神よ、われらが己れ自身を知らず、自らの欲するものを知らず、その希求するものより限りなく遠ざかりゆくをみそなわせ給え》[13]

テレジアは「われらが己れ自身を知らず」というが、そこで問題となる《無意識》=《深淵》の次元は、非常にさりげない形ながら、キリスト教信仰のごく日常的な場においても、例えば告解前の「痛悔の祈り」の、「真実に痛悔するわが心をみそなわし、おぼえたる罪とおぼえざる罪とをことごとく赦し給え」[14]という語句の「おぼえざる罪」の語がその次元を含蓄しているように思われる。そして『蝮のからみあい』の主人公ルイは、生涯の最後に、「おぼえざる罪」をはっきりと自覚することになるのである。

ところで、その思想の深さと、鋭く射るような文体によって、真にパスカル的と呼ぶべきシモーヌ・ヴェイユの傑作『重力と恩寵』の中には、「誰もが、違う読み方をしてほしいと沈黙のうちに叫んでいる」[14 bis]という断章がある。『蝮のからみあい』は、ルイが自分というものを知り、自分というものを妻イザに知ってほしいと考えて書いた手記という形式を取っており、それは、ヴェイユに倣って言うなら、ルイが自身を読んだ、その《読み》を、妻イザに読ませようとしている小説とも言える。しかし、ルイは自分を誤読している。他方、当人が誤読しているにもかかわらず、ルイの《意識》＝《気を紛らすこと》の次元を楽々と突き抜けて、「違う読み方をしてほしい」という《無意識》＝《深淵》からの声にならない声を聞き届ける人間が、ルイの生涯には点在している。

しかし、自分自身が、《意識》＝《気を紛らすこと》の、長い時間をかけて、厚く凝り固まった層を突き抜けて、《無意識》＝《深淵》の次元のうちに自己の「違う読み方」をし、真の自己を見出すためには、その厚く凝り固まった層を、有無を言わせず崩壊させるような契機が必要である。

モーリヤックの小説では、しばしば、主人公の身の上に起った何らかの《危機》が、この厚い層を是も非もなく崩壊させ、その時に真の自己を知り、厚い層が崩壊したあとの《深淵》に射す光のうちに神と出会う、という《恩寵》の瞬間の訪れがある。

『テレーズ・デスケルー』では、夫に毒を盛るという犯罪がその《危機》をなすかに見えて、テレーズの《深淵》は結局《半開き》であって、テレーズはその《半開き》の《深淵》に宙吊りになっている。《仮面》はとうに外しているが、テレーズの自身に対する《読み》は、「あなたの目の中に不安の色を見たいためだったかもしれない」[14 bis2]というところまでゆき、そこにとどまっている。自身の《深淵》が《半開き》のテレーズは、夫ベルナールに対する《読み》も、この土地の「道幅に合わせて作られた」[15]人間、という人間像の置かれた《意識》=《気を紛らすこと》の厚い層を突き抜けることはない。たった一行を除いては[15 bis]。『蝮のからみあい』では、《危機》と《恩寵》はどのように訪れるのであろうか？

第一節　ルイが《読む》生涯――《蝮のからみあい》

「わたしはぜひともおまえに――おまえとおまえの息子、娘、娘婿、孫どもに知ってもらいたいのだ。結束の固いおまえたちの一団と睨みあって独りで生きてきたこの男、財布の紐を握られているものだからおまえたちも多少は丁寧に扱わなくてはならなかった、だが実際はおまえらとは住む星をことにして、苦しみ悩んできたこの老いぼれ弁護士がいったいどんな人間なのか、知ってもらいたいのだ」[16]。

この小説は、重く心臓を患って、命もそう長くはないと思われる主人公の弁護士ルイが、六八歳の誕生日に、自分の死後家族が金庫を開けた時に、株券の上に見出すべく、イザあての手記を書くことを思い立つところから始まる。

一人称で書かれているために、小説『夜の終り』をめぐって、モーリヤックが主人公をその主観の側から描いていたと思うと、たちまち外から裁いてみせる、その恣意的な《出たり入ったり》は、作家が、存在の内も外も見そなわす全能の神の視点を取るものであり、作中人物の自由を抹殺するものである、としてサルトルが批判した[17]、その問題は最初から解消されている。

後にルイは自分の人生を振り返って、「憎悪に死ぬほど苛《さいな》まれるこの老人を、六〇年かけて、わたしは作り上げた。いまこのわたし以外にわたしというものはない」[18]と書くのだが、この手記の大部分をなすのは、ルイ自身による右記のようなものとしての自分とその人生の《読み》である。

下級官吏の未亡人に育てられた一人息子のルイは、少年時代は、成績の良いことだけを自分の存在理由としているような《ガリ勉》の少年、長じては、弁護士の才能には恵まれてはいるものの、若さのない陰気な青年、顔を出すだけで人を興ざめさせる青年であって、《愛されない者》としての深い傷あとをかかえていた。

そのような青年ルイが、夏の滞在先で名家の清純な令嬢イザと出会い、思いがけず好意を示される。ルイは次第にその好意を信じるようになり、「固く結ばれていた心が甘いくつろぎのなかに開いて行く思いだった」[19]、「わたしは人が変った」[20]。

やがて二人は結婚するが、新婚のある夜、寝室でのイザの告白がルイの恋心をおし潰してしまう。一年前にロドルフという青年と婚約したが、イザの二人の兄弟が結核で亡くなっていることを理由に相手の親が反対して破談になったのだ。この娘は結婚できない、と親は絶望し、一家で聖地ルルドで祈ったあとに行った夏の滞在地リュションであなたに会った、「なにもかも二人にとって摂理のおみちびきだったのよ」[21]とイザは言う。「何もかも嘘だったのだ。この人はおれを欺いていた。おれは解放されたわけではないのだ」[22]、「おまえの家族もおまえ自身も、最初目についた非常階段に夢中でとびついたということだ」[23]、と呆然としてルイは考える。

夫妻の間に会話はなくなってゆき、子供が続けて生まれた後は、イザは母親以外の何ものでもなくなってゆく。

その頃から、弁護士として、世間体は保ちながらも、ルイは、みせかけの情愛すらない単純な放蕩に耽るようになり、イザのほうは沈黙と無関心と見えるもののうちにこもってゆく。出会いの頃はイザの信仰心に好意的だったルイも、イザが子供たちに対して示す宗教的気づかいに対しては、ことごとく批判し、自分以外の家族の一団とのこのような敵対のうちに、子供たちに情愛を注ぐイザへの復讐心を強めてゆく。いっぽう、ルイにはもともと金銭に対する本能的執着心があり、家族の一団との敵対は、ルイを「わが子から相続権を奪おうという執念にとりつかれた父親」[24]に仕立ててゆく。

「わたしに残されたものはこれだけだ。ああいうみじめな歳月をかけてわたしが稼ぎまくった金、おまえらがわたしに吐きださせようなどとんでもないことを考えているこの金だけだ。わたしが死んだあと、おまえらがあれを手に入れると考えただけでも我慢がならない」[25]。

この小説の、アヴィラの聖テレジアのエピグラフに続く前書きにモーリヤックは次のように書いている。

「近親一統を敵にまわし憎悪と貪欲に心を苛まれた男、そのあさましさにもかかわらず私は読者にこの男を憐れんでもらいたい。この男が読者の心に訴えるように。暗くみじめなその生涯を通じて、ついみぢかに迫っている光明をも彼のあわれな情念はおおいかくしてしまう」[26]

この「憎悪と貪欲に心を苛まれた男」のその心こそは、ルイ自身が「わたしは自分の心を知っている。この心、この蝮のからみあいを」[27]と呼ぶものである。そのような《蝮のからみあい》をなす憎悪と貪欲の情念はまた、「みぢかに迫っている光明をもおおいかくしてしまう」もの、魂がそれをもって自足してしまう不透明な情念であり、《気を紛らすこと》の次元に属すものに他ならない。

更にモーリヤックは、この前書きで、「しかし、(みぢかに迫る光明を)最初に隠してしまうのは、この男の身辺をつけまわして、この男から悩まされもする凡庸なキリスト教徒たちにほかなるまい」[28]とも書いている。

子供から相続権を奪おうという執念にとりつかれている父親に対抗して、一族が庭で車座になって対策を練った痕跡を地面に見出したルイは次のように書く。

「このわたしを禁治産者にしようとか、あるいは座敷牢に押しこめようとか口にしたのだ。いつかの夜、卑下してわたしはわれとわが心を蝮のからみあいにたとえたことがある。あれはまちがいだった。断じてまちがっていた。蝮のからみあいはわたしの外にある」[29]。

ルイに敵対する凡庸なキリスト教徒たる家族のほうも《蝮のからみあい》＝《気を紛らすこと》を生きている。

凡庸なキリスト教徒のうちに《深淵》が開かれていないこと、少くも充分に開かれていないことに対する批判は、ルイの死の直前の手記に至るまで、この小説を一貫しており、それはまたモーリヤック自身の生涯を一貫しているものである。

「これこそわたしが生涯をかけて憎悪しぬいてきたものだった。(中略)キリスト教的生の醜悪なカリカチュア、低俗きわまる戯画」[30]。

ルイが自分の生涯を回顧するとき、自他のうちに読み取るのは、《蝮のからみあい》＝《気を紛らすこと》に他ならない。

第二節　垣間見える光――《源泉》

右に引用した、この小説の前書きで、モーリヤックは、「暗くみじめなその生涯を通じて、ついみぢかに迫っている光明をも彼のあわれな情念はおおいかくしてしまう」と述べていた。

前節で見たように、ルイは自分の生涯を《蝮のからみあい》＝《気を紛らすこと》として読んでいるにもかかわらず、その生涯を通じて、「ついみぢかに迫っている光明」が垣間見えたことがあったのを否定しえない。

その「光明」は、出会った頃の清純な乙女イザのうちに、子供たちの家庭教師のアルドゥアン師のうちに、幼なくして亡くなった娘マリのうちに、そして義姉マリネットの遺児リュックのうちに、ルイが垣間見たものだった。

「光明」(lumière)とは、キリスト教の伝統的イマージュとして、神的なるものの啓示を表わすが、それは、この小説のなかでは、《源泉》(source)としての存在との出会いのうちに、そのような存在を通して垣間見られるもののようである。ルイが《蝮のからみあい》＝《気を紛らすこと》の層を越えて、自らの深淵へと目を向けるよう誘われるのは、ルイの生涯に点在する天使的人物のうちに湧き出る、清らかで深い《源泉》に出会い、それに感応するものを、自らの不透明な情念の奥底に感じるときである。これらの魂の《源泉》とは、透明で深い《深淵》であり、それが湧き出る根源に神的存在を予感させつつ、時にはルイ自身にさえ《源泉》となる可能性を感じさせるものである。

これらの天使的人物は、《源泉》として、ルイに《蝮のからみあい》＝《気を紛らすこと》の層を突き抜けさせる方向へ働きかける役割を果すだけではなく、そもそものような層をルイのうちに認めないがごとくである。イザは、《愛されない青年》を素直に愛すことによって、そして他の人物たちは、《怖れられている人物》を恐れないことによって。

自分に好意を抱いてくれた乙女イザは、「はじめて出会った源泉」[31]であり、「わたしのなかにある無垢な部分がおまえに引きつけられていた」[32]と述べられるように、「出会った源泉」と感応して、ルイは自身がもはやかたくなな青年ではなく、「解放された源泉」[33]となった、という溢れるような感動をひととき味わう。

イザとの出会いによって、深く湧き出るものとして自らの存在を感じていたルイは、ある日の夕方、二人で渓谷を散歩している時に、神的世界の一瞬の啓示をさえ経験する。

「夕闇はもう山裾にたれこめていたが、山頂にはまだ入日の残映があった。いまあるのとは別な一つの世界、われわれがその影をしか知らないある現実が存在するというするどい感覚、ほとんど生理的なまでの確信をそのときふっとわたしは抱いた……。

それは一瞬のことだった――そしてわたしの淋しい生涯を通じ、その感覚をよみがえらすのはごくたまさかのことにすぎなかった」[34]。

子供たちのための住みこみの家庭教師である神学生のアルドゥアン師についての記述に《源泉》のイマージュは見出されない。しかし、ルイは、家族の一団を敵にまわして、相手の偽善と自己矛盾を突く《宗教戦争》をしながらも、この青年の信仰が真正のものであることを心秘かに認めている。

「そうしながらもわたしは内心まったく安らかだったわけではない。けち、薄情だとおまえの過失をあげつらうたび、おまえたち信者にはキリスト教精神の片鱗ものこっていないと思いこんでいるふりをしてきたが、実は同じ屋根の下に一人の男がだれにも知らされずにこの精神に従って生きてきたことを、知らなかったわけではないのだ」[35]。

あるとき、健康上の理由で司祭叙階が遅延しているが優秀な神学生、として推薦されてきたこのアルドゥアン師が、実は規則違反のための懲戒処分としての遅延であったことが判明する。このことを隠していて相済まなかった、と、いささかの偽善性も疑えないような恥じ入りようで赦しを乞うアルドゥアン師に対して、規則違反とされたエスケープについてはむしろ好感を感じている、そんな事件についてわれわれに告げる必要など毛頭ない、とルイは答える。その時、ルイの手を取った神学生の口からルイを呆然とさせる言葉が発せられる。

「あなたはとても良い方です」[36]。

ルイが、神学生のうちに真のキリスト教精神の光を垣間見たとき、神学生のほうは、《宗教戦争》のすべてを越え、ルイの《蝮のからみあい》を越えたところに、真のキリスト教精神の光を認めうる者としてのルイをしかと見ている。「とても良い方です」というアルドゥアン師から返ってきた《読み》は、この段階ではルイをただ呆然とさせるだけである。

末娘の幼ないマリは、子供たちのうちでただ一人ルイを恐れない子であり、他の子が母親イザのブルジョア的偽善的信仰の道にやすやすとはまりこんでいったのに対して、幼いながらこの子のなかには、人の心に訴えるような熱心な信仰と優しさがあり、ルイはただひとりこの子に対しては苛立つことはなかった。信仰を持たないルイについてイザは子供たちに常日頃、「おきのどくなパパ」のためにたくさんお祈りをしなくてはならない、と言っていたが、チフスの診断が遅れたために瀕死の苦しみのなかにいるとき、病み衰えた幼いマリはその苦しみをルイの救霊のために献げる祈りを、きれぎれに口にする。

「パパのために！　パパのために！」、「神さま、わたしまだ子供ですけれど……」、「いいえ、わたしまだ苦しめます」[37]。

マリの旅立ちのあと、ルイの心には、マリのこの真正の自己犠牲の祈りが刻まれて残った。

やがてもう一人のルイを恐れぬ子、義姉マリネットの遺児リュックがルイのもとに現れる。休みごとにカレーズの別荘に来て滞在する少年リュックのうちにある自然な《清らかさ》がルイを魅きつける。

「あの子の清らかさはあとから加わったものではない、意識的なものではないように思われた。それは小石の間を流れるせせらぎにも似た清澄さだった。わたしがそれに目をとめずにいられなかったのは、その清らかさがわたしのなかに深い共鳴を喚びさましたからだ」[38]。

そしてルイはこの子の存在を「生きた源泉」[39](source vive)に喩えるのだが、ルイは、それがマリのうちに見出したものであることをはっきり意識する。

「リュックにわたしを結びつける絆のうちで、おそらくおまえにとって意外だろうと思われるものが一つある。こういった日曜日、跳ねまわることをしない若鹿のなかに、一度ならずわたしは一二年まえ永眠した娘マリの兄弟といった面影を見ることがあったのだ。マリはリュックとはずいぶん性格がちがい、虫一匹殺されることにも心を痛めたし、木のうろに苔を敷きつめてそこに聖母像をかざるのが好きだったものだが。おぼえているだろう、おまえも。ところがマリネットの息子、おまえが腕白小僧と呼んでいたあの子のなかに、わたしにとってはマリが生まれ変っていたのだった。というより、マリのうちにほとばしって、マリとともに地下にもどってしまった同じ源泉(la même source)が、もう一度わたしのもとに湧き出していたのだった」[40]。

ルイの生涯に点在するこれらの天使的人物たち、「人類が脇腹に原罪の傷を負うているとするなら、いかなる人間の目もその傷をリュックに見いだすことは不可能だったろう」[41]とリュックについて述べているように、これらの、原罪の痕跡も存在しないかのような、深くから湧く清らかな《源泉》としての魂は、ルイの魂を深いところで感応させ共鳴させる。しかし、これらの人物のルイの生涯への登場の仕方が《点在》であるように、ルイのうちの《蝮のからみあい》を断ち切り、存在のありようを根本的に変えさせるには至らないままである。

第三節　《気づき》の前兆

しかし、《蝮のからみあい》の層を越えたところに存在するものへの《気づき》のいくつかの前兆が、小説の後半、ルイの人生も終りが近いか、と思われる時期に起る。最初の《前兆》は、病いによる胸ぐるしさに目を覚ましたある夜に起る。突如として突風が吹き、雹が降り、天候のこの異変が、まるで突然の《異変》のごとくに起る《気づき》と歩調を合わせるかの如くである。

ルイはこの夜、自分を醒めた目で見つめた二カ月間の末に、自ら築きあげ、後生大事にしてきた《蝮のからみあい》そのものを断ち切ってしまいたいという抗い難い「希望」が自分のうちに存在することを認めざるをえない。

「わたしは自分の心を知っている。この心、蝮のからみあいを。その下敷きとなって息をふさがれ、その毒に満たされながら、とぐろの下で心はなおも脈打ちつづける。なんとしても解きほぐすことのできないこの蝮のからみあい、これはなたをふるい、つるぎをふるって一刀両断にするほかあるまい」[42]。

雹が降り、階下で家人が対応に騒がしく出入りしているのを耳にしながらも、ルイは、この夜、自分の財産である葡萄畑に対する思いと煩いから不思議なほど解き放たれている。

「だが今夜のわたしは、深い意味でわたしの財産だったものと無縁な心境になっている。ようやくのことでわたしは物欲から離れた。わたしの知らぬ何か、わたしの知らぬ誰かが、物欲から解き放ってくれたのだ。イザよ。ともづなは切れた。わたしは岸を離れる。わたしをひきずって行くのは何の力であろう？　なにかしら盲目的な力？　愛？　愛であろう。おそらくは……」[43]。

しかしルイは、手記のノートのこの部分をパリに着いてから読み直したとき、自分自身のことながら、その夜の自分の状態を、「あのときわたしは狂気の縁に立っていたのではないか？」[44]と、非常に訝しく感じる。プルーストの《心情の間歇》の理論を高く評価していたモーリヤックであるが、《異変》のごとく訪れる《気づき》という、モーリヤック流の《心情の間歇》の描写には、単に無意識の層の湧出のみならず、ルイという人間の《深淵》に働くかに思われた存在が垣間見られている。しかし開くかに見えた《深淵》は再び閉じてしまう。

二番目の《気づき》の前兆は、子供たちが車座になって相談していたのが、遺産を獲得するために、父親のルイを禁治産者とする精神鑑定を医者に出して貰うという計画であることを知り、怒りに駆られて、最後の切札ともいうべき復讐として、パリに住む、会ったこともない私生児に全財産を相続させる手続をする計画を胸に出発する、その直前の老妻イザとのやりとりのなかで起る。

どうして自分の血を分けた子どもたちを憎むのか、と問うイザに、憎んでいるのは子供たちのほうだろう、お前はわしを憎むというより無視し、子供のことしか目にはいらなかった、と答えるルイに対して、イザは、無理にでも子供に自分を縛りつけるしかなかった、別々に休むようになってからも何年ものあいだ、あなたのおいでを待って、子供をわたしの部屋に寝かせることはしなかったのです、と答える。ルイは、四〇年まえ、知らずに愛されていたのか、という希望に一瞬身がふるえる。

「この瞬間ある疑いが頭をかすめた。半世紀近くも生活をともにしてきた人間のある一面だけしか見ずにきたなどということがはたしてありえようか？　人の言葉や動作を選りわける癖がつき、不満をはぐくんだり怨恨を理由づけるものだけをとって、その他のものには目もくれないなどということが？　他人には単純な見方をあてはめたがるどうしようもない性向のためか？」[45]。

イザに対する、半世紀にわたる、《蝮のからみあい》にからめとられた《読み方》が間違っていた、というようなことがありうるだろうか、と動揺しながらルイは自問する。しかし、イザが性急に事を納めようとして「お発ちにならないわね、今晩」と、ルイの疑わしい出発をとめようとしたとき、ルイは直ちに、財産をめぐってイザと子供たちのなす一団と敵対する常の立場へと戻ってしまう。

第三の《気づき》の前兆は、パリでの《復讐》の過程に現れる。《復讐》は、実の子供たちへの憎悪ゆえに、全財産をまだ見たことのない私生児に与えるというところにあったのだが、私生児に全財産を与える、という行為には、憎悪ゆえに実子に財産を与えない、という行為の単なる帰結を越えた期待がこめられていたことにルイ自身気がつくことになる。

ルイが思い描く《私生児》とは、「自分と似ていない息子」[46]であって、すでに「リュックのなかに自分と似ていない息子をいつくしんだのだった」[47]ルイにとって、《私生児》についての想像はつねにリュックの思い出とつながっている。

「苦い追憶と高潔な心情に溢れる私生児を相手にすることになると信じて疑わなかった！　あるときはリュックのきびしい気品を、あるときはフィリの美貌をその私生児に托していた。あらゆることを予想していたが、たった一つその子がわたしに似ているだろうということだけ見落していたのだった」[48]。

実子に対する嫌悪と私生児に対する愛情をルイはあれかこれかの選択肢のように並列させて考えているが、実は、両者は切り離し難く表裏をなしているものであり、むしろ、前者の根底に後者が在り、ユベールへの憎悪そのものの根底に、あのリュックとのような愛情のうちの深い交流への希求があることまでは自覚していないようである。その意味でこれは半分の《気づき》である。

現実に出現した私生児ロベールは、ルイの欠点という欠点を拡大したような「わたし自身の亡霊」[49]であり、このロベールは事の成行きに対する恐れから、ルイの長男ユベールと通じて、事を結着させてしまう。ルイは、その現場を秘かに目撃している。こうしてルイのとっておきの切札も無に帰することになった。

第四節　イザの死――《危機》

ルイは、イザあてのこの手記を書き始めた頃に次のように記している。

「わたしはおまえのためにこの話を書きはじめた。(中略)老弁護士のわたしは、敗訴に終ったこの事件のわたしに関する書類を整え、人生の断片を整理しているのだ」[50]。

ルイは、まもなく訪れるであろう自分の死に際して、金庫を開けたときに、イザが株券の横に見出すべき《敗訴の件の書類》として手記を書いてきていた。それは何よりも、自他における《蝮のからみあい》をめぐる弁護であり論告であった。

しかし、この《弁護》と《論告》の条件そのものを完全に崩してしまう事態が起る。ルイがパリ滞在中に、イザのほうが先に急死してしまうのである。

「計画、たくらみ、陰謀、それらは間近にせまったわたしの死の後を目標としたものにほかならなかった。(中略)わたしがたえず心に描いてきた妻の面影、それはわたしの未亡人としての姿、金庫を開けるのにもヴェールの手前を憚かる彼女の姿だった。天変地異もこの死以上にわたしを驚かせ、困惑に陥らせはしなかっただろう」[51]。

天変地異以上にというほどにルイを驚かせ、混乱に陥らせた、イザの死という《危機》が、有無を言わせず、ルイの内面の《蝮のからみあい》の積年の凝り固まった層をつき崩す契機となる。

その様相を描写するモーリヤックの筆致はこの上なく微妙で巧みである。

最後の切札である復讐の計画が無に帰し、しかし息子と私生児の通謀は押さえたところで、ルイはむしろ一種の安堵感を覚えつつカフェで食事をしている、そこから描写は始まる。

郵便局から取ってきた、三日分の局留の郵便物を取り出す。まず開いた電報は「ハハトムライアス七ガツ二三ヒ、九ジ、サン＝ルイキョウカイ」という今朝発信されたものである。次の二通は一昨日発信されたもので、「ハハキトクスグカエレ」、その次のものには「ハハシス……」とある。

この電報の時系列の混乱は、ルイのこれ以降の内心の混乱とぴたりと軌を一にするものであると同時に、ルイの意識の表層から次第に深層が顕在化してゆくプロセスの出発点をなすものとして、即物的印象が鮮やかである。

さし当って直ぐルイが考えたことは、今夜の夜行に乗るための体力をつけるために、しっかり食べることであった。「何分かのあいだそのことしか頭になかった」[52]。

そのうち、やおら、前に引用したように「イザよりあとに生きのこった意外さ」[53]、天変地異もこれ以上に驚かせ困惑させはしなかったろう、という思いに打たれる。というものの同時に、ルイのうちの実際家は、「置かれた状況と敵方に向けての利用すべき点を、われにもあらず検討しはじめて」[54]もいる。圧倒的な驚きと困惑を感じ始めつつも、ルイのなかの実際家はほとんど自動的に利害関係の検討を始める。これが列車が出発するまでの状況であった。

列車が動き出すと、今度は想像力がはたらきはじめる。死の床にあるイザの姿を目に浮べ、『納棺もすんだのか……』とわたしはつぶやき、ある卑怯な安堵感に身をゆだねた。もしその場に立ち合ったらわたしはどんな態度をとっただろう？　子供たちの見守る、敵意のこもった視線にさらされながら、どんな感情を表明できただろう？　問題はすでに解決された形になっていた。あとは到着と同時に床につかなくてはならないということが一切の関門を取り払ってくれるにちがいない」[55]。家につくまでのルイの意識を占めているのは大体にしてこのような自己防御的、利害関係的な思考である。ルイは帰宅すると、疲労のため気を失ってしまう。気がつくと子供たち一同が自分のうえにかがみこんでいる。娘のジュヌヴィエーヴがコップを口もとに運んでくれ、ルイは頭に浮んだ最初の言葉を口にする。そして取り繕うために意識的に口にしたその言葉が、あの混乱した順序の電報を目にした時から、ルイの魂の根底で起っていたものを露わにする、というか、意識的に口にした言葉に、《無意識》=《深淵》から湧出するものが追いついた、という感じである。

「『なんとしても野辺の送りをしてやりたかったが。お別れも言えなかったんだから』

適切な台辞まわしを探す役者のようにわたしは『お別れも言えなかったんだから』とくりかえした。そしてただ格好をつけるためのありきたりな文句、子供たちが葬儀中わたしの役割を分担してくれることから思いついたこの文句が、思いがけない激しさでわたしのなかに言葉通りの感情を喚びさました。わたしはもう妻に逢うことはできない、われわれ二人のあいだにもはや釈明の機会は失われてしまった。イザはこの手記を読むことはないのだと、それまで気づいていなかったことをひとりでに思い知らされたかのように——。(中略)イザはわたしというものを知らぬまま、わたしがただの人でなし、冷血漢というわけではないことを、わたしのなかに別な人間が住んでいることを知らぬまま、あの世へ行ってしまった。たとえ息を引き取る間際にかけつけたとしても、何一つ言葉は交わさなかったとしても、いまこの頬を流れる涙はイザの目にとまったろうに」[56]。

遠藤周作は、テレーズにおいての無意識が顕在化する瞬間の描写として、夫が薬を規定量以上飲むのを黙ってみている場面で、「テレーズは疲れていたのである」[56bis]とただ記しているのを、非常に巧みな描写として、くり返し称讃しているが、『蝮のからみあい』のこの場面の《無意識》=《深淵》から溢れるものの描き方は、それに勝るとも劣らぬ巧みなものである。

手記を読んでもらうつもりであった肝腎のイザが死んでしまい、全ての思いなしが崩れたとき、いわばルイの存在全体がつんのめり、自分自身は《蝮のからみあい》をめぐる弁護と論告を書いているつもりであったが、その根底に潜在していたそれを越える希求が、どっと、ルイ自身を押し流すように溢れ出たのである。そのとき、《蝮のからみあい》の次元では憎悪であると見えていたものが、根底においてはそのままにして愛への希求であり、愛であることが露わになる。ルイの涙はその証しである。

「子供たちだけが、驚きに声もなくこの光景を見守っていた」[57]と述べられているが、ルイ自身にとっても、この溢出は発見である。

イザの思いがけない死という《危機》によって、自身のうちの《蝮のからみあい》の層が有無を言わさずつき崩されてしまったルイは、今や遺産のことをめぐって憎悪を自らにかきたてようとしても、「まるで疲れきった馬に鞭をくれるように、古い憎しみの感情に拍車をかけるだけだった。憎しみはそれにこたえて湧いてこない」[58]ことを呆然として認めざるをえない。

結局ルイは財産を全て長男ユベールに与える。「わたしが執着していたもの、深い執着をもってしがみついていたつもりだったものをえぐりとられてしまったのだ。ところが荷をおろしたような、一種の肉体的な軽やかさのほかには何も感じられない」[59]そのような心境にルイは自分を見出す。

唯一、家族が夏を過すカレーズの別荘だけを自分の財産として所有することになったルイは、昔からの使用人と共にカレーズで生活することになる。

死の近くにあって《蝮のからみあい》を突き抜ける眼差しを自らに向けるようになったルイに、自らの情念が何であったかがはっきりと見えてくる。

「わたしにはなんにもいらない。生涯を通じてわたしは情念のとりこだったが、実際はその情念にとりつかれてなどいなかったのだ。月に吠える犬のように、影に魅いられていたのである。六十八歳にしてようやく目がさめるとは！　死の間際になって生れ変るとは！」[60]

自分において《蝮のからみあい》を突き抜けた眼差しを得たルイは、必然的に他者に対しても同様の眼差しを持つようになる。

「わたしがそうだったように、彼らもやはりその存在の根底のところとはつながらないある情念のとりこになっているのではないと誰が知ろう？」[61]

このルイの眼差しには、人間の根底をなす《無意識》＝《深淵》と、しばしばそれを覆ってしまう情念の

《意識》＝《気を紛らすこと》からなる人間性というものがはっきりと認識されている。

ルイは、この後、イザがまるで自分の最後を予感したかのように、ボルドーへ出る前の晩、ここカレーズで焼いた手紙の束の焼き残りを暖炉で発見し、偽善的信仰とルイに対する無関心に凝り固まって生きていたかに見えたイザが、人生の節目ごとにルイゆえに苦悩し、霊的指導者の「何を赦さねばならぬのかを知ろうとせず、ただお赦しなさい。ご主人のために」という勧めに従って、その苦悩を神に献げていたのであることを知る。

このエピソードは起るべくして起った出来事ともいえるだろう。ルイのうちではすでにイザの《蝮のからみあい》の次元を越えるところへの眼差しを既に得ていたのだから。

第五節　光の訪れ

「自分の知らなかったイザ」[62]が明らかになったことに動揺しながらルイは葡萄畑のほうに足を向ける。このときルイが全てを悟る啓示の瞬間が訪れる。次の文章は、ひとつの段落変えもなく、非常な密度をもって書かれた、その瞬間の叙述である。

「笑止な話だ。そして事実わたしは少し息ぎれしながら葡萄の主柱にもたれ、いくつもの村落が教会や道やポプラの木ごと沈みこんでいるほの白い霧の海に顔を向けたままひとり笑った。沈むむ日の光はかろうじて霧をかきわけ、その水底の世界にまで届いていた。わたしは自分の犯した罪を感じていた。目で見、肌で触れる思いであった。罪は子供たちへの憎しみ、復讐、金銭欲といったあのおぞましい蝮の巣のなかにそっくり潜んでいたわけではない、これらからみあう蝮どもを越えた彼方を探し求めぬことにも潜んでいたのだ。それがわたし自身の心でもあるかのように、わたしはこのけがらわしいもつれにばかりこだわってきた――まるでこの心臓の鼓動がそれらうごめく爬虫類と一つになっているかのように。半世紀ものあいだ、わたしは自分のなかに自分でないものばかり見てきたが、それだけでは足りず、他人にまでその調子で接してきたのだ。わたしは子供たちの顔に浮かぶなさけない貪欲さに目を奪われた。ロベールの愚かしさは彼の本質のように映った。そしてわたしはこうした外見にしがみついた。他人の外貌はその奥を探るべきもの、彼らの心に達するために通らなくてはならないものとしてわたしの目に映ったことはかつてなかった」[63]。

「沈む日の光はかろうじて霧をかきわけ、その水底の世界にまで届いた」という風景描写の「霧」の層と、「水底の世界」は、そのまま、それに直接続く文の、「蝮の巣」と「からみあう蝮どもを越えた彼方」に呼応して、前者は《蝮のからみあい》=《気を紛らすこと》の層を、後者は《無意識》=《深淵》の世界を指し示していると思われる。そして、沈む日の光がかろうじてながら水底の世界にまで届いていたということは、ルイの内面で《蝮のからみあい》が崩壊したときに、すでに神の恩寵の光が差したことを暗示していると思われる。

「沈む日の光は……」の文と「わたしは自分の犯した罪を感じていた」の文は、普通ならば、段落変えする箇所である。われわれには、モーリヤックが両者の内容を不可分なものとして、表裏をなすものとして意識的にこのように段落変えせずに書いたと思われる。

ルイは、自分の罪は、あのおぞましい蝮の巣のなかにそっくり潜んでいたわけではなく、それを越えた彼方を探し求めぬところにも潜んでいた、と言うが、彼方を探し求めぬ罪とは、序章で述べた《覚えざる罪》である。このときルイは自らの《覚えざる罪》をはっきり自覚したのである。

「地方を浸していた平和を心に染み通らせながら家路についた」[64]ルイは、今やはっきりと、おのが心に向って言う。

「蝮のからみあいはついに断ち切られた」[65]。

まっすぐに子供たちのふところにとびこもう、われわれを隔てるものはみんな突っ切ってやろう、とルイははやる気持で考える。しかし、子供たちも使用人も、新たなルイにとまどうのみで、長い間の習慣となった見方を本当に捨て去ることはできない。

「彼らの憎しみがこうあれとせまる鋳型にわたしは自分をはめこんだ。六十八歳のこの年になって、いまさらそれにあらがい、あるがままの自分、実はいままでもずっとそうであったわたしのあらたな人間像を彼らに押しつけるとは、たわけたことではないか！」[66]

それでもルイは、《蝮のからみあい》＝《気を紛らすこと》の次元を越えて、《違う読み方をしてほしい》という声なき声を聞きとる試みを自分の周囲の人間に試み始める。家族に新たな波紋を起してしまったものの、孫娘のジャニヌに対するルイのこのような姿勢は、二人のあいだに、今までルイが経験したことのない新たな人間関係を生んでゆく。

しかし、他者に対する思いこみを絶えず打ち破り、自他において《蝮のからみあい》＝《気を紛らすこと》の次元を絶えず越えてゆく姿勢を保つためには助力が必要であることをルイは痛感する。

「わたしがいま少し若かったなら、癖もこれほどきつくは付かず、習慣もこれほど根を張ってはいなかったろう。だがその若い頃であってさえ、わたしにはこの呪縛が断ち切れたかどうかおぼつかない。何かへの力を借りなくては、とわたしは心に呟いた。だが力といってもどのような力を？　だれかが助けてくれなくては。そうだ、だれかが」[67]。

助けてくれる力、助けてくれるだれか、とは、愛の力、愛そのものであるだれか、でしかありえない。このような力、このような存在の探究を続けるうち、ある晩、ルイは、自分の生涯の節目、節目にそのような存在へと自分を導く人たちに出会ったではないか、と自問する。

「前世紀の終りの晩方カレーズのテラスで、アルドゥアン神父が『あなたはとても良い方です』と言ってくれたとき、早くもわたしは誤りをさとっていたのではなかろうか？　のちに瀕死の床でマリの言葉を聞くまいとしてわたしは耳を塞いだ。だがあの枕許で死と生の秘密がわたしに明かされていたのである……。幼い一人の女の子がわたしのために死んでいくところであった。わたしはそれを忘れようとした。この鍵を失くしてしまおうとわたしはひたすらつとめてきたが、人生の曲り角にさしかかるたび、ある神秘な手がたえず、それをわたしに突き返した（あの日曜日の朝、一番蝉が鳴き始めるころのミサ帰りのリュックの眼差し、そしてまた今年の春の雹の晩……」[68]。

それらの人々に導かれて、今とうとうルイはその神秘な手の主《あるじ》である御方《おんかた》に向きあう。

「今夜この手記をしたためているいまも、わたしの息を塞ぎ、いまにもはちきれるかと思うほど心臓をしめつけてくるもの――この愛、ようやくにしてその崇むべき御名を知……」[68 bis]。

これがルイの最後であった。翌朝ルイは手記のノートに顔をうつぶせにした姿で発見されたのだった。

結び

モーリヤックは、『作家と作中人物』の中で次のように書いている。

「もっとも卑しく、もっとも悲惨な人間の状態を研究し、かれらの頭を少しでも上げさせるようにすること、それは素晴しいことだ。かれらのまさぐる手を取って、導き、神なき悲惨な人間にパスカルが出させようとしたあの呻き声を出させるようにするのは素晴しいことだ。それも人為的にではなく、教化のためでもなく、どんなにひどい人間のうちにも存在しないはずはない原初の光が見つかるはずであるがゆえに」[69]。

この小説には、そのようなパスカルの言う「神なき人間の悲惨」[69 bis]を代表する人間としてのルイの生涯が描かれている。そして、自らのうちに再発見した「原初の光」のうちに、愛そのものである存在と対面したまさにその時に息絶える。だからこの死は、ルイの生涯における霊的頂点をなすものでもある。そしてその時刻は、のちに息子ユベールが妹ジュヌヴィエーブへの報告の手紙に記すように、一一月二四日の朝である。

それは、パスカルが経験し、「覚え書」に記録した神秘的体験の夜の日付に他ならない。「恩恵の年一六五四年、一一月二三日、月曜日(中略)夜一〇時半ころより零時半ころまで」[70]とパスカルは記している。モーリヤックがパスカルを論じるときは、ほとんど必らず「覚え書」に触れ、しかもほとんど常にこの日付を記している。モーリヤックにとってこの日付はパスカルの神秘的体験と切り離せない神秘的日付であったのだ。だから、多くの研究者がルイの死のこの日付をパスカルの《火の夜》の思い出ゆえに選んだものであろうと推測している。

「火
アブラハムの神、イサクの神、ヤコブの神。
哲学者および学者の神ならず」[71]。

この《光の夜》の直接的神体験の性格をルイのこの最後の瞬間に帯びさせることをモーリヤックは望んだのであろう。また同時に、モーリヤックの生み出したルイという人物の存在全体をパスカルに献げているようにも感じられる。

モーリヤックはこの『蝮のからみあい』という小説において、世に《愛憎の葛藤》と呼ばれるものを、パスカル的ヴィジョンを重ね合わせることによって、限りない垂直的次元の拡がりのうちに描いてみせたのである。

また、この最高傑作のうちにモーリヤックが描いてみせた、《危機》と《恩寵》の訪れは、稀にではあるが、われわれ自身の生涯においても経験することである。その時われわれは呆然としつつも、われわれの存在の深みにおいて、モーリヤックのこの小説の記憶がその訪れを準備してくれたのかもしれないと思う。その意味で本論はわれわれからモーリヤックに献げるささやかな感謝の業でもある。

[註]

1 拙論「ふたつの愛——キリスト教と文学」、聖心女子大学キリスト教文化研究所編『宗教文学の可能性』、春秋社、二〇〇一年、二〇五—二一八頁所収。本書第Ⅱ部第一章所収。

2 *Pascal-Mauriac, l'œuvre en dialogue*, Actes réunis par Jean-François DURAND, L'Harmattan, septembre 2000

3 *Ibid.*, pp.18-19

4 Mauriac: *Le Romancier et ses personnages, Œuvres romanesques et théâtrales complètes II*, Bibliothèque de la pléiade, p.858, 拙訳、強調筆者。

5 Mauriac: *Dien et Mammon, Œuvres II*, Bibliothèque de la pléiade, p.782, 拙訳、強調筆者。

6 Mauriac: Thérèse Desqueyroux, *Œuvres II*, Bibliothèque de la pléiade, p.25, 杉捷夫訳(新潮文庫)、強調筆者。

7 Mauriac: *Le Nœud de vipères, Œuvres II*, Bibliothèque de la pléiade, p.501, 強調筆者。本論では訳は基本的に次の訳に拠る。『蝮のからみあい』、『モーリヤック著作集３』所収、中島公子訳

8 Mauriac, *op. cit.*, p.845, 拙訳

9 Mauriac, *Mes Grands Hommes–Pascal, Les Chefs-d'Œuvres de François Mauriac, tomes XVIII*, pp.156-157

「キリスト教の教義の……」以下の文は原文では以下の通りである。

《Pas un dogme, si l'on peut dire, qui ne comble l'un de nos abîmes, qui n'en remplisse étroitement la capacité》。ギユメで包まれてはいるが、この文そのものは、パスカルの『パンセ』にも、『プロヴァンシャル』や、小品、手紙にも存在しない。われわれはパスカリアンの協力をも得て、このことを確認した。故・安井源治氏は、『モーリヤック著作集1』(春秋社)に「パスカルとの出会い」の題でこの文を訳すに当り、この部分を地の文に組みこみ、モーリヤックによる『パンセ』の構図のまとめに当る文とされている。われわれも同じ判断である。

　複雑な鍵と複雑な鍵穴という文脈で、ここでは《複雑さ》を感じさせるものとして、人間の《深淵》abîmesと複数に置かれているが、肝腎なことは、複数に置かれているか単数に置かれているかではなく、モーリヤックにとって、パスカル

の人間観の本質的イマージュ＝概念が《深淵》であったことである。

10　Pascal: *Pensées*, B.425-L.148(B.はブランシュヴィック版の断章番号、L.はラフュマ版の断章番号の略号。通常の表記では順は逆であるが、モーリヤックがブランシュヴィック版の読者であることを考慮した。)『パンセ』の訳は基本的に、『世界の名著　パスカル』、前田陽一・由木康訳、中央公論社、一九六六年、による。

モーリヤックの前記の「キリスト教の教義の……」の文は、この断章を元に、『パンセ』全体のキリスト教と人間の関係を鍵と鍵穴に喩えた直前の文の文脈に置き直し、応用したものであると言えよう。

教理(doctrine)が人間を解明する、という主張として、この文脈にゆるやかにつながるものとしては、B.434-L.131の次の箇所がある。「確かにこの(原罪の)教理ほどわれわれにひどく突き当るものはない。しかしそれにもかかわらず、あらゆるもののなかで最も不可解なこの秘義なしには、われわれは自分自身にとって不可解なものになってしまうのである」。

なおB.556-L.449には「深淵」の語は用いられていないが、この断章(B.425-L.148)と近似の思想が表現されている。「キリスト者の神はみずからとらえた人々の魂と心情とを満す神である。彼らの魂の奥底で(au fond de leur âme)彼らと結びつき(後略)」。

11　*Ibid.*, B.418-L.121

11 bis　*Ibid.*, B.434-L.131

12　*Ibid.*, B.171-L.414

12 bis　*Ibid.*, B.60-L.6

13　Mauriac, *op. cit.*, p.381

14　『公教会祈祷文』、中央出版社、一九八八年(第五五刷)、九七頁　*Manuel paroissial des fidèles*, Procure des œuvres paroissiales, 1907, p.92:《tous ceux (péchés) que je puis avoir oubliés》

14 bis　Simone Weil, *La pesenteur et la grâce* collection 10/18, p.135

14 bis 2　Mauriac, *op. cit.*, p.102

15 Mauriac, *op. cit.*, p.59
15 bis 遠藤周作もこの一行の存在を指摘している。注7の『モーリヤック著作集3』、四〇三頁
16 Mauriac, *op. cit.*, p.388
17 注1の拙論参照
18 Mauriac, *op. cit.*, p.494
19 *Ibid.*, p.402
20 *Ibid.*, p.403
21 *Ibid.*, p.412
22 *Ibid.*, p.412
23 *Ibid.*, p.413
24 *Ibid.*, p.503
25 *Ibid.*, p.426
26 *Ibid.*, p.383
27 *Ibid.*, p.460
28 *Ibid.*, p.385
29 *Ibid.*, p.478
30 *Ibid.*, p.525
31 *Ibid.*, p.403
32 *Ibid.*, p.404
33 *Ibid.*, p.402
34 *Ibid.*, p.404

35 *Ibid.*, p.439
36 *Ibid.*, p.438
37 *Ibid.*, pp.447-448
38 39 *Ibid.*, p.454
40 *Ibid.*, pp.455-456
41 *Ibid.*, p.455
42 *Ibid.*, p.460
43 *Ibid.*, p.461
44 *Ibid.*, p.462
45 *Ibid.*, p.477
46 47 48 49 *Ibid.*, p.463
50 *Ibid.*, p.418
51 52 53 54 *Ibid.*, p.496. 51は強調筆者。
55 *Ibid.*, p.497

56 *Ibid.*, pp.498-499

56 bis *op. cit.*, p.71

57 *op. cit.*, p.499

58 *Ibid.*, p.501

59 *Ibid.*, pp.507-508

60 61 *Ibid.*, p.509

62 *Ibid.*, p.512

63 *Ibid.*, pp.512-513 強調筆者。

64 65 *Ibid.*, p.513

66 67 *Ibid.*, p.515

68 *Ibid.*, p.525

68 bis *Ibid.*, p.526

69 Mauriac, *op. cit.*, p.851

69 bis Rascal, *Pensées*, B.60-L.6

70 71 Pascal, *Œuvres complètes*, Aux Editions du Seuil, p.618

付　論：体験としての翻訳

――翻訳者として、読者として、教育者として

本日は、金子美都子先生が、フランス人クーシューの俳句紹介をめぐって、また河合祥一郎先生はシェークスピアの翻訳をめぐって、お二人とも、翻訳の文化史的意義と関わる研究発表をして下さいますので、私は、個人としての体験を通して、翻訳というものの基本的様相について考え、お話ししたいと思います。いわゆる研究発表ではありませんので、皆さまご自分の体験と照らし合わせながら、ご一緒に考えて頂けたら幸いでございます。

翻訳の基本的様相を、互いに連なる三つの視点から考えてみたいと思います。それは、翻訳者の視点、読者の視点、そして教育者の視点です。

一　翻訳者として

まず第一に、翻訳者としての視点からですが、個人的な思い出から話を始めさせて頂きたいと思います。

私は大学院生の時、二年間、フランスの哲学者アンリ・ベルクソンの優れた研究者であるマドレーヌ・バルテルミー＝マドール先生のご指導のもとで修士論文を書いたのですが、帰国する時に、先生はパリのご自宅に昼食に呼んで下さいました。その時、先生のご主人で、フランスの劇作家ポール・クローデル研究の大家であるジャック・マドールも同席して下さいました。そして、その時、ジャック・マドールは私に言ったのです。「あなたは、これから日本に帰ったら、きっと翻訳を沢山することになるでしょう。その時に大切なことは、日本語が上手であることですよ」。この言葉は、帰国しようとしている私への貴重なはなむけの言葉として、心に刻まれました。

私自身、二年間の留学の間に、フランス語はそこそこ進歩しましたが、望んだほどはうまくならなかったと感じておりました。一方、日本語については、留学以前よりずっと意識的になって、マスコミの文章の横文字の乱用が気になったり、人や自分の文体にある種の端正さを要求するようにもなって、日本語のほうは確実にうまくなったと感じていたような時でしたので、このジャック・マドールの言葉は一際印象深く響きました。

さて、日本に帰ってから、ジャック・マドールの言ったように、確かに、ある時期、かなり沢山翻訳をいたしました。主なものを挙げさせて頂きますと、みすず書房から出ました、中世哲学研究の権威エチエンヌ・ジルソンの『アベラールとエロイーズ』、春秋社から出ました、ノーベル医学賞受賞のアレクシー・カレルの『ルルドへの旅』、紀伊國屋書店から出ました、ジル・ラプージュの『ユートピアと文明』などの思想書ですが、それらの日本語への翻訳の作業には、四つの段階があるように思います。

①　第一の段階は、その本のフランス語を、隅から隅まで、完全に理解するための精読ですが、これが実は際限のない仕事でして、完全に理解するために必要な調査研究も伴うわけですが、一応理解したことにみなす、という箇所が最後まで必ず幾つか残るものです。

②　第二の段階は、その理解した内容を、さし当り自然に浮かぶ訳文に置き換えてゆく作業です。

ところが、この訳文は、あくまで、フランス語原文という足場があって成立している日本語です。同時通訳の日本語ほど、日本語になりきっていない日本語ではないにしても、この日本語だけで本当にひとり立ちしているかは怪しい日本語です。そこで第三の段階に進むことになります。

③　第三の段階は、フランス語文の足場を一時的に取り払って、訳文そのものを、独立した日本語文として読み、独立した日本語文としては意味が通りにくいところを直し、更に、語彙、文体ともにより完成度の高いものにする努力をします。この段階が、まさにジャック・マドールの言った「大事なのは日

本語が上手であることですよ」という段階であるわけで、この段階になるとつくづく、語彙、文体ともに、常々もっと鍛えていたら、と内心忸怩たるものがありますが、せいぜい持てる力で努力するわけです。

そして、そのように、独立した日本語文として最大限の努力をしたあと、最後の

④　第四段階としては、改めて、この日本文が、原語のフランス語文に対して、正確さの範囲を外れていないかを再チェックすることになります。
珍しいケースとしては、日本語文として完成する三番目の段階だけを、一、二、四番目の段階と別の人がすることもあるわけです。

例えば、三島由紀夫は、非常に傾倒していたイタリア世紀末の耽美派の作家ダヌンツィオの『聖セバスチャンの殉教』をフランス語版からの下訳をもとに、日本語文を完成させたという例があります。プリントの「一・」をご覧下さい。


「私は永年ダンヌンツィオの戯曲『聖セバスチャンの殉教』の英訳か独訳をさがしていたが(この二国語ならからうじて読めるから)、そんなものはないことがわかった。結局フランス語の原文を手に入れたが、とりつく島もない。村松剛氏が若い語学の達人の池田弘太郎氏を紹介してくれたので、それから一年余にわたる恐るべき共訳の作業が始まった。なぜ『恐るべき』かといふと、私は全然フランス語が読めないのである」(三島由紀夫「本造りの楽しみ『聖セバスチャンの殉教』の翻訳」、朝日新聞、昭和四一・一〇・二七)。

全然フランス語が読めない三島が、第三番目の段階で訳業に参加するわけです。そして、この続きですが、

「われわれは毎週一回徹夜作業をした。そしてさふいふ労苦の間にも、ダンヌンツィオ独特の官能性に富んだ豊富なイメージを少しづつ採掘していくことを愉しんだ。時には一語について数時間の議論をすることもあった。私にとっては蘭学事始的な感動があった。

数行を私が、池田氏の逐語訳を参照しつつ、なるべく日本語らしい、しかも和臭を遠ざけた文章に訳さうとする。池田氏の役目は、その日本文の、語学上の許容範囲をチェックすることである。しばしば私はその許容範囲を逸脱したが、時には夜のしらじら明けに、語学的にも正確な訳で、しかも日本語としても美しい言葉を発見したときの喜びといったらなかった。はじめて私は翻訳といふ仕事のデーモンにふれたのである」(同上)。

協力者の逐語訳をもとに日本語文を完成させ、協力者が、私が先ほど申し上げました第四段階の許容範囲のチェックをしているわけです。

この文からは、三島の味わった翻訳という仕事のデーモンが良く伝わってきますし、最高級の日本語使いである三島が、自分の深く傾倒している文学世界を対象として果たしたこの訳は、最高級のものと

なったと言えると思います。

三島に関連しては、もう一度、今度は三島自身の作品のフランス語訳で、同様のケースが起こっています。それは、三島の戯曲『サド侯爵夫人』の仏語訳です。今度は、非常に優秀なフランス語使いの日本人の下訳を使って、日本語の全くできない、フランスの作家ピエール・ド・マンディアルグ（『オートバイ』という作品が有名ですが）、この人が訳文を完成させたのです。

そしてこの作品はフランスで上演されて非常に好評を博しました。

一言付け加えますと、実は、この好評は、日本の三島が良い訳を通じてフランスにインパクトを与えたという一方通行的なものではない要素を孕んでおります。

フランス文学を一通り学んだ者でしたら、舞台面に終始不在のサド侯爵の影こそが主役で、その登場の予告と共に幕となる、という構成は、一七世紀フランスの悲劇作家ラシーヌの『ブリタニキュス』の、不在の皇帝ネロの影こそが主役で、その登場の予告をもって幕が下りる、という構成を思わずにいられないものですが、三島自身は『サド侯爵夫人』についての解説には一切そのことはふれておりません。しかし、ラシーヌの『ブリタニキュス』が非常に好きで、文学座で演出をしていまして、この作品の三島に対する影響が大きかったことは確実であろうと思われます。

ですから、フランス人は『サド侯爵夫人』を見た時に、単なる一方通行でもなく、単なる逆輸入でもない、深い感動を覚えたのであろうと思います。ですから、これは、ラシーヌの翻訳と、三島のフランス語訳がもたらした深い文化交流であると言えるだろうと思います。

二　読者として

さて、第二に、読者としての翻訳の体験について考えてみます。ただ、読者として、といってもあまりに考える対象は漠然としていますから、日本でも良く知られている一九世紀フランス象徴派詩人あたりの訳をまず例として考えてみます。

詩の場合の訳については、読者として考えて、良い訳かどうかの基準としては、二つ、第一には「調べ」すなわち音楽的要素、第二には、「雰囲気の一致」ということが挙げられるかと思います。

この二つの基準は、散文作品の場合にもある程度通じることで、ロシアの小説の名訳を残した二葉亭四迷が、「余が翻訳の基準」という文章で、欧文は音楽的であるのが特質であって、この要素を日本語に移すのが苦労であると言っておりますが、しかし第一の要素「調べ」については、音楽的要素が散文以上に内容そのものと不可分である詩においてこそ、一層、重要性が大きいものだと思います。

その「調べ」の要素について考える時に、まず頭に浮かぶのは、フランスの詩人でも最も音楽的と言われるヴェルレーヌの「秋の歌」の、あのあまりにも有名な上田敏の訳です。

プリントの二番の一をご覧ください。

(1)がこの詩の第一節です。

Les sanglots longs / Des violons / De l'automne / Blessent mon cœur / D'une langueur / Monotone.

そして、(2)が上田敏の『海潮音』に収められた訳です。

秋の日の／ヴィオロンの／ためいきの／身にしみて／ひたぶるに／うら悲し。

『海潮音』の訳の「調べ」は、全般的に七五調が活用されていて、この訳も、五、五、と続いていますが、それよりも「調べ」の点で見事なのは、原作の

《Les sanglots longs des violons de l'automne》

という詠嘆の《o》の調べが、

「秋の日のヴィオロンのためいきの」

という《no》の調べに完璧に移しかえられているということです。

そしてこの詩の訳はこうして明治三八年という年に一気に最高の訳に達してしまったために、これ以後の訳は、これを越えることができない、という事態になっていると思われます。

上田敏訳以後のこの詩の訳がどうなったか、それを私の本棚にある、他の二、三の代表的な訳で確認してみましたが、まず、昭和二二年初版の創元社から出た鈴木信太郎訳の『ヴェルレーヌ詩集』を見て驚きました。この訳詩集の詩は、もちろん全て鈴木信太郎の訳ですが、この「秋の歌」だけは、題こそ「秋の歌」と、敏の「落葉」からフランス語原題に戻されていますが、その題の下にカッコして（上田敏訳）とあり、上田敏訳がそのまま載っています。そのことについて、この本には何の説明もありませんが、こ

の事実は、鈴木信太郎がいろいろ訳を試みてみたけれど、上田敏訳に代わるものはできなかった、と告白しているのと同じことです。これは、非常に印象的な例です。

もう一つの代表的な訳例は、堀口大学による昭和四二年の新潮社から出ている『ヴェルレーヌ詩集』ですが、この詩の訳には、次のような、大学の注がついています。

「上田敏先生の名訳でひろく愛唱されている有名な詩。『秋の日の／ヴィオロンの／ためいきの』身にしむ名調子で人口に膾炙しているので「秋風のヴィオロンの」とした本書の訳に驚く読者があるかもしれないが、原作の字面は単に『秋のヴィオロン』となっており、日も風も入ってはいない。一〇年ほど前まで僕も『秋のヴィオロンの』として安心していたが、ふとこのヴィオロンは秋風の音だと気づいた時から、風の一字を加えることにした」等と書いています。そしてつぎのように訳しています。

「秋風の／ヴィオロンの／節ながき啜り泣き／もの憂きかなしみ／わがこころ／傷つくる。」

大学自身も、大正年間の『月下の一群』などの多くの名訳をしている人ですが、「風」の語を加えた「秋風の」という訳は、解釈の色合いが濃くて、「日の」という透明な意味の言葉をつけ加えて、「秋の日のヴィオロンのためいきの」と詠嘆の調べをかなでた上田敏にはやはり及ばないと感じざるをえません。

そして、読者の視点での、詩の良い訳の第二の基準の「雰囲気の一致」ということですが、私は、この点を考える時、小林秀雄訳のランボーを思い起こさずにはおれません。岩波文庫に収められた小林秀雄訳のランボーの『地獄の季節』と『飾り絵』は、日本において、ランボーを知らしめた記念碑的翻訳で、影響力も非常に大きかったものですが、明らかな間違いも少なくないものです。

しかし、ランボーの詩の世界との雰囲気の一致ということでは、非常に優れたものだと思います。小林秀雄という人は、非常に短気な人だったようで、評論の文章でも、自分の主張する結論にむかってゆく過程で、様々な人の意見を否定してゆくような時、よく、「何々なんかじゃない」というような強い調子の言葉を使ったりしています。

一方、詩を書いた一七歳から二〇代初めに当たる時期の若者ランボーは、その年で、詩の領域のみならず、西洋文明の歴史全体に食傷し、軽蔑し、否定しているわけで、小林秀雄の短気とランボーの苛立ちとが、ぴったり波長が合っているように感じられます。

例えば、一人称単数の《Je》、これは、「私」とも「僕」とも「俺」とも訳せるわけですが、小林秀雄は「俺」と訳しているわけです。雰囲気の一致ということからすると、私には、小林秀雄の「俺」しかないように思われます。

現在まで、ランボー研究はフランスにおいても日本においても素晴らしい発展を見せて、現在、日本でも決定版というべきランボーの一巻全集が出ております。現在までのランボー研究を踏まえて、資料が網羅され、注もこの上なく充実したものですが、それでも、この版の正しい翻訳と小林秀雄の翻訳を比べた時、どちらの訳によって読者が一気にランボーの世界に導かれるかといえば、私はいまだに小林秀雄のほうに軍配をあげずにはいられません。

研究者が訳す場合、語学的正しさ、また、背景の知識の面からも、正しさということからするならば、必然的に優れたものになる一方、音楽性と雰囲気という面からすると、その正しさが、そのままマイナス面につながってしまうこともしばしばであるといわざるを得ません。作品としての訳というより、むしろ注釈に直結しているような訳になる傾向があるかと思います。これは、自分自身が詩を訳したことがないので、読者として平気でこんな風に申していることでもありますが。

さて、読者としての翻訳の体験として私が感歎したもう一つの例を挙げたいと思います。

一〇年ほど前になりますが、文部省の長期在外研究員としてパリにおりました時に、太宰治の『富嶽百景』が、他の短編と共に《Cent vues du Mont Fuji》という題で出版されたのですが、これが、非常に評判になり、また良く売れまして、その頃は、パリの本屋のウィンドウに、あの太宰の頬杖を着いた有名な写真の表紙を、しばしば目にいたしました。

私自身は、それまであまり太宰が好きでなかったものですから、直ぐには買わなかったのですが、いつも出入りしていた本屋の主人が、この訳本を激賞して是非読めと勧めるので読んでみました。フランス人の主人が日本人の私に勧めるのですからちょっと奇妙な話ですが、既に日本で読んでいた作品も、そうでないものも含めて、私はこの訳本を読むことによって、太宰を再発見し魅了されました。それは、この本の訳が素晴らしかったからでもあります。

実は、その訳をなさったディディエ・シッシュ先生をこのシンポジウムにお呼びしたいと思ってお声をおかけしたのですが、残念ながら、ご都合がつかず、実現しませんでした。

ところで、この訳が実に優れているのも、やはり、「リズム」と「雰囲気の一致」、という二つの要素によると言えると思います。

シッシュ先生は、「あとがき」の中で、太宰の文体で最も重要な要素は、恐らくリズムである、と言っておられ、これらの作品は、そうした独特のリズム構造を持った散文詩として読める、と言っておられます。実際私は、この訳本を読んでいくうちに、ボードレールの散文詩集『パリの憂鬱』のいくつかの詩の独特のリズムを思い合わせずにはいられなかったのですが、私の想像するに、シッシュ先生が太宰のリズムを感じ取り、それをフランス語のリズムに移そうとした時、シッシュ先生のうちに刻まれているボードレールのリズムが、受け皿として自然に浮かんだのではないでしょうか？

また、「雰囲気の一致」ということからしますと、シッシュ先生は、この本に展開する太宰の世界の本質を一言に「羞恥の自己愛」と形容しておられます。神経の過敏さゆえに、卑怯にもなり乱暴にもなるのは恥深いことではあるが、しかし同時に、深いところではいつも純粋なものを求めており、またそういうものを表現することが、自分には可能である筈だという自負の念も持っている、そういう太宰の世界を一言に「羞恥の自己愛」と言われたのだと思います。このような世界は、また、ボードレールの『パリの憂鬱』の中の、例えば「朝一時に」と題された詩の世界、恥辱にまみれながらも、自分が最低の人間ではないことを証しする良き詩を作らせたまえ、と真夜中に神に祈る、というこの詩の世界の雰囲気とぴったり重なって感じられます。

シッシュ先生は、ボードレールを通じて、太宰の「羞恥の自己愛」の雰囲気に深く一致して訳されたのではないかと思います。

まあそのような次第で、シッシュ先生のおかげで、良き訳は自国の作家の再発見をもさせる力がある、という体験をさせて頂いたような次第です。

三　教育者として

さて、第三番目、最後に、教育者としての翻訳の体験についてお話いたします。

一つの例として、私がランボーをテーマとして取り上げた授業についてお話します。

私は、ランボーの授業で、最初に一定期間、ランボーの全体像について話をした後、『地獄の季節』なら『地獄の季節』で、その主要な作品を取り上げて、学生各人に当てて、発表をしてもらい、後で私が、発表そのものと、作品についてのコメントをするわけですが、その際学生には、既訳を参考にしても良いから、必ず一語一語を辞書で確認して自分の訳を作成してプリント配布することを求めます。

その後、その詩について、ランボー研究の典拠となっている二つの版、すなわち、プレイヤッド版とガルニエ版のランボー全集の編者の注に表明されている意見についての自分の判断を提示して、最後に、この詩全体についてのまとめとなる自分の解釈とコメントをすることを求めます。

このように学生に求めることは、結局私自身がランボーの詩を研究する時の手順の基本でもあるわけですが、自分自身が学ぶ場合でも、学生の勉強の場合でも、当たり前のことのようですが、この、一語一語の意味を辞書を引いて、そこでの意味を確定していくことが、どんなに重要であり、また思いがけないほど豊かな収穫をもたらすかを実感しております。

ネイティブに取っては、このような意味の確定の作業はさし当たっては存在しないわけですが、外国人にとっては、そこを通らなければならないわけです。例えば、英語のlife、フランス語のvieなどという単語は、「生命」か「人生」か「生活」か、どうやってもどれかに確定しなければならない、厄介な単語です。

さて、この一語一語の意味の確定は、ランボーの詩のような、論理的脈絡を外れた言葉が頻出するような場合、じつに難しい、非常に時間を取る作業になります。けれども、これを本当に丹念にし終わった時に、ある意味では、もう詩の解釈はほとんど終わっているのです。しかも初級の文法を終えて間もないような学生の場合でも、非常に堅固な作業としての解釈が終わっているのです。

この作業を終えて、二つの典拠版の注について判断を下すときには、学生は、ごく基本的なものにせよ、翻訳の作業を通して得た自分なりの解釈を既に持って判断を下すことができます。典拠版において非常に先鋭的な解釈として提示されているものの萌芽に当るものが、すでに学生の翻訳の中に含まれていることさえあります。

現在の日本のランボー一巻全集には、今までのありとあらゆるランボー研究の成果が掲載されていて、情報は溢れるようにあります。そして、往々にして、ランボーのような大物を勉強する場合、原テクストの自分自身の訳はそこそこにして、既訳を読んで、たちまちあらゆる先鋭的ランボー論に頭を突っ込んで、そうした論に左右されながら論を展開する、というやり方になりがちですが、実は「急がば回れ」で、大物であればあるほど、オリジナルのテキストそのものを一語一語翻訳することの確実さと実りの豊かさは、思いがけないほどあることを、改めて強調したいと思います。

今、一般的傾向として、翻訳というものが、古臭い教育方法として否定されがちで、コミュニケーション言語としての外国語という概念での教育が主張される傾向があり、その場合には、自国語を経由しない外国語の訓練が主となるかとおもいますが、しかし、コミュニケーション言語としての外国語より深い次元での真の異文化理解の方法として、翻訳というものの重要性をあらためて強調したいと思います。

それで、最後に、外国語学習における翻訳の究極的意義について、フランスの哲学者ベルクソンが、ある講演において語っている素晴らしい言葉がありますので、それをご紹介したいと思います。

これは、フランスの中等教育において、ギリシャ語、ラテン語教育を削減しようとする動きがあった時に、中等教育の優等生への賞状授与記念講演で、古典教育の意義を改めて擁護してベルクソンが語っているもので、現在の日本のように、第二外国語教育を削減しようとする傾向の中にある身としては、涙が出そうに有難く、共感するところの大きい言葉です。

「わたくしはまさに古典教育の中に、何よりもまず、語の氷を割り、その下に思想の自由な流れを再発見する努力を見ます。生徒諸君に観念をある言語から他の言語へと翻訳する練習をさせることによって、古典教育は、それらの観念を異なったいくつかの組織の中にいわば結晶させるように諸君を慣らします。それによって、古典教育は、それらの観念を固定化された全ての言語様式から解き放ち、諸君が観念そのものを言葉から独立に考えるように促します。(中略)古典語は、我々の言語とは大変違った線で事物の連続を切り取っているだけに、それは、強烈で速効的な練習によって、観念の解放

に導くと思われてきたのでしょう。(後略)

この意味で、古典教育は、それが語を最も重視するように見えるときでさえ、語によってあざむかれないことを、われわれに教えるのです。古典教育の教材は変わっても、それは常に同一の一般的目的を保持することでしょう。その目的は、われわれの思惟を機械的活動から引き離し、形式と定式から解放し、ついにはわれわれの思惟の中に生命の自由な流れを取り戻すことなのです」(アンリ・ベルクソン「良識と古典学習」)。

外国語学習においての翻訳の作業が、言葉を学んでいるように見えて、根本的には、言葉に欺かれぬことを学んでいるのであり、更には、自由な思考を自他のうちに流通させることの学びである、というのです。

外国語教育に携わるものとしまして、翻訳についてのこのベルクソンの言葉に励まされて、このような高い意義を目標としてめざしつつ、教育を実践してゆきたいものだと思います。

長いあとがき——『受肉の詩学』以後

私の第一論文集『受肉の詩学』には、私がどういう人間であるか、どのような次第で論文集に収められた論文のテーマに興味を持ったのか、などを述べた「自己紹介」に当たる「ひっくり返ったノートル・ダムー私自身についてのあとがき」が巻末に加えられていた。

この第二論文集『心身の合一——ベルクソン哲学からキリスト教へ』では、もはや「自己紹介」をすることはないが、第一論文集と同じく、私の生活の二本の柱である「研究」と「信仰」に沿って、第一論文集以後、現在までの私の歴史と思索を記す「長いあとがき」を付け加えることをお許し頂きたいと思う。

まず、この論文集の中心をなす「心身の合一――ベルクソン哲学からキリスト教へ」三部作の構想の第一部と第三部の由来は、第一論文集の「あとがき」に次のように記した通りのことである（本書においては、構成の都合上、論文「心身の合一」の第一部～第三部は、第一篇～第三篇となっている）。

「私は、もともとベルクソンに惹かれたのも、ベルクソンの哲学が、伝統的な唯心論のような、心と身体、精神と物質を峻別する二元論を超えるところがあったからであり、それこそがベルクソンの『生命』の視点なのだ、と思い、（中略）それにまた、帰国して以来一〇年間の『復活』についての問いかけは、最終的には『肉身のよみがえり』の教義を展望するものであり、この問いかけの過程で、本書に収められた『心身の合一』の論文の冒頭にも引用したように、フリゾン師の手紙によって、キリスト教の『生命』の視点が、本質的に二元論を超えていることにも気づかされていた。――そのようなことで、私は、自分の研究者としての探求と信仰者としての探求が、ともにこのテーマに収斂するのを感じたのである」。

そして、ベルクソンの生涯において、哲学の次元が、最後の主著『道徳と宗教の二源泉』を経てその後にまで延びる宗教の次元へと、いかに展開していったかを辿る第二部をもって、第一部のベルクソン哲学における心身合一論と第三部のキリスト教における心身合一論を結ぶ蝶番の部分としたのである。

第一部の内容は、一九九四年にフランスにおける文部省長期在外研究から帰国した時にはほぼ準備が出来ており、同年夏には書きあげ、翌年上梓の第一論文集に収められ、幸いにしてこのたび三部作の第一部として本論文集冒頭に再録された。

第一論文集の「あとがき」には、「第二部は半分くらい、第三部のキリスト教についての部分はまだスカスカである」と書いているが、その「半分くらい」の第二部を一九九九年に書きあげて翌年春に発表した。

私にとって、この三部作はどの部分も難しかったが、第三部のキリスト教における心身合一論は、質の異なる難しさのものであった。そもそも、三部作構想のことを知られた当初に、スタンダリヤンの松原雅典先生は、「それは一人でカテドラルを建てるようなものですね、頑張って下さい!」と、半分真面目、半分からかっておっしゃった。二〇〇〇年の夏休み、いよいよ難関の第三部にとりかかり始めて極めて心細い状態にあったころのある日、軽井沢のブレストン・コート・ホテルの付属施設である「石の教会内村鑑三記念堂」を訪れた。ライトの弟子のケンドリック・ケロッグによる設計で、アメリカ建築学会賞を獲得したと評判であった。この「石の教会」のせいぜい一〇畳くらいの広さの内部に一歩足を踏み入れたとき、二年間のアミアンでの留学生活で、名高いゴシック様式のカテドラルに日々親しむ経験をしていた私は直感した。「ほんの小さいものだけれど、この聖堂にはゴシックのエッセンスがある」。松原先生の「一人でカテドラル」の言葉にいささか怖気づいていた私は、そうだ、ごく小さいものでもエッセンスを宿すということはありうるのだ、と思って励ましになった、そんなこともあった。

それから、ペギーが、ベルクソンの著作が当時の教皇庁に存在していた禁書制度にひっかかって、禁書の対象となったとき、ベルクソン哲学弁護のために書いた文の中で、偉大な哲学ではなく、何かを言った哲学である、と書いている言葉を思い出して、欠陥がないなどということはとても無理だけれども、せめて何かを言っている論文が書けたら、と思った。

しかし、何よりも常に励ましとなったのは、第三部執筆時点では先生はもう亡くなられていたが、留学生時代の恩師マドレーヌ・バルテルミー＝マドール先生が、一九九三年に、「まだスカスカ」の第三部も含めての三部作のプランをパリのお宅に伺ってご説明した時に、「独創的でとても面白いからおやりなさい」とおっしゃって下さったそのお言葉であった。

第三部のキリスト教における心身合一論の核になった要素は、個人として私が霊的指導者のフリゾン師から頂いた、キリスト教における「生命」の視点についてのお手紙、そして、エマニュエル・ムーニエの『人格主義』冒頭のキリスト教的人間観の心身合一性についての説明などであるが、論を展開するためには、新訳聖書そのものの徹底的読解が必要であった。

そのために、二〇〇〇年から二〇〇五年までの足かけ六年間、その間に本論文集に収めたモーリヤック『愛の砂漠』論の執筆も入ったが、「犯すべからざる土曜日」の意味で私が秘かに「聖土曜日」と呼んでいた土曜日には必ず、私にとっての集中の場所である杉並区立中央図書館の二階の大きな木の机に、日仏の共同訳聖書、フランシスコ会訳注の新訳聖書、そして付随資料を持参して、一行一行、ノートを取りながら読んでいった。一行一行書写はしなかったが、後に述べる聖書深読法の「心身一如」的読み方はこの時も潜在的に働いていたと思う。

第三部をまとめる時の難しさが他の二部の時と異質であったのは、他の二部においては、基本的には知的な真理の把握をめざすものであるのに対して、第三部においては、同じく言語によって表されたものであっても、キリスト教そのものの霊的な真理の把握をめざすところから来ていた。仕事の節目節目で、畏れつつ「我に霊的真理を悟らしめたまえ」と祈らずには進むことができなかった。

本来の「三毛作」の計画では、三部作は合計九年で完成するはずだったが、間にモーリヤック論文が入ったとはいえ、一一年かかってしまった。けれども、特に第三部を書くことによって、目標としていた「復活」と「肉身のよみがえり」の意味の理解、そしてキリスト教の存在論、救済論すべての基盤である「霊」(pneuma)の次元の理解が深まったことは、大きな喜びをもたらした。このような私自身のキリスト教理解の深まりが、拙論に、ペギーの言うところの「何かを言う」力をいささかでも与えていたら良いのだが、と思う。

『受肉の詩学』以後、現在までの期間で、私にとって最も大きな意義を持った学会は、昨年一〇月の四日間、東京と京都で開かれた国際ベルクソン学会であった。より正確に言うならば「生の哲学の今―ベルクソン『創造的進化』刊行百周年記念国際シンポジウム」、ならびに、同実行委員会と東大グローバルCOE「死生学の展開と組織化」共催のシンポジウム「生の哲学の彼方　ベルクソン『道徳と宗教の二源泉』再読」、である。

四月に、後者のシンポジウムのまとめ役であり、ご自身発表もされた東大の宗教学科の鶴岡賀雄教授から同シンポジウムへの参加を呼びかけられて、私は、本論文集に収めた「心身の合一―ベルクソン哲学からキリスト教へ」第二部「哲学者のモラル」を短縮したものをもって参加することにした。

シンポジウム当日の一〇月一八日は、東大の本郷キャンパスの会場に八〇人ほどの参加者を迎えて、午前一〇時から午後六時まで、午前の第一セッションが、杉村靖彦・京都大学准教授の「田辺元の『二源泉』読解」と、岩田文昭・大阪教育大学教授の「宗教史における『二源泉』」。午後の第二セッションが、瀧一郎・大阪教育大学准教授の「『二源泉』とアナロジーの美学」、第三セッションが、鶴岡賀雄・東京大学教授の「神秘主義の歴史の中の『二源泉』」と、私の「哲学者のモラルと『道徳と宗教の二源泉』」であった。

このシンポジウムの形式は斬新なもので、発表者は全員日本人で、発表そのものはフランス語。会場ではフランス語版と日本語版テクストを配布し、フランス人レポンダンすなわちコメンテーターが一カ月前にテクストを受け取って、当日、発表者に対するコメントと質問。一日の最後の「全体討議」で、日仏の参加者と発表者・コメンテーターの討議、となった。フランス人コメンテーターは、その場で思いつくことではなく、一カ月前から熟読してのコメントと質問であるので、日仏がしっかりと噛み合い、密度の高いものとなった。あるコメンテーターは「バカロレアを思い出します」と言ったが、発表者とコメンテーターの間に、選抜試験のような緊張感があったということだろう。

私自身のコメンテーターは、ジャン＝クリストフ・ゴダール・ポワチエ大学教授だったが、ご病気で欠席のため、コメントの代読となり、それを、アルノー・フランソワ・リール第三大学講師が補う、という形になった。

ゴダール教授の基本的姿勢は、『二源泉』におけるキリスト教などの動的宗教の考察においても、知性の役割をもっと評価するべきではないか、というもので、それについては私も基本的な反論をした。

同教授の拙論についての積極的評価としては、「『仮の道徳』の仮説は魅力的で、しかも資料が非常に豊富である」ということ、そして、「『ユダヤ教に残るということのほうが、真に宗教的ではないか』というベルクソンの言葉についての最後の解釈というのは非常に独創的なものである。また、内的・宗教的な確信が『仮の道徳』からの解放をもたらす、という考えは堅固である」ということであった(フランソワ講師のほうは、「仮の道徳」の仮説に対する正面切った批判はなかったが、留保的立場であった)。

私が非常に嬉しく思ったのは、コメンテーターのゴダール教授を始め、シンポジウムの機会に拙論に触れた多くの人たちが、ベルクソンが最終的にユダヤ教に留まった、その選択に対する私の信仰者としての解釈を受け入れ、高く評価して下さったことであった。

このシンポジウムの記録としては、左記の日仏両語版が今年刊行されたので、ご興味のある方は参照されたい(『シンポジウム報告論集　生の哲学の彼方　ベルクソン『道徳と宗教の二源泉』再読』発行所―東京大学大学院人文社会系研究科・グローバルCOEプログラム「死生学の展開と組織化」、《Bulletin of Death and Life Studies, Vol.4 Au-dela de la philosophie de la vie Les ateliers sur les Deux sources de la morale et de la religion de Bergson》Global COE Program DALS, Graduate school of Humanities and Sociology, The University of Tokyo)。

「生の哲学の今―ベルクソン『創造的進化』刊行百周年記念シンポジウム」のほうは、第一日(学習院大学)

が「『創造的進化』の哲学」、第二日(法政大学)が「哲学史・科学史の中の『創造的進化』」、第三日(京都大学)が『創造的進化』と現代思想」をテーマとして、発表者は日本人とフランス人さらにイギリス人とアメリカ人が、各セッションで二人ずつ組になって発表し、各セッションで参加者と発表者の間の質疑応答、一日の最後に全体討議、と、こちらの形式のほうは、シンポジウムの従来の形式を踏襲して行われた。

『創造的進化』刊行一〇〇周年にあたる昨年は、ヨーロッパを中心に、世界の多くの国で記念シンポジウムが行われ、この日本でのシンポジウムをも含め、やがて記録が出版されるであろうが、日本のシンポジウムだけでも、考察の対象は実に多岐にわたり、これから数年はじっくり時間をかけて検討しなければならないものである。

私自身は、この『創造的進化』シンポジウムに、『創造的進化』が現代生物学に対して持ちうる意義について、本質的位置付けをしてくれるような発表を期待したが、そうした総合的な視点に立っての発表はなかったのが、唯一の残念な点であった。

私は、発表と質問をもって、この国際学会の全てのプログラムに参加しつつ、頭の中でたえずもう一つの大きな国際ベルクソン学会のことを重ね比べていた。

それは、一九七五年すなわち三二年前、フランス・ノルマンディー地方のスリジー＝ラ＝サルの城館で開かれた旬日学会だった。日本からの参加者は、澤潟久敬先生と、マドール先生のご紹介で参加した、当時東大フランス分科の助手だった私、のたった二人で、先生も私も発表はしなかった。発表したのはグイエ、ギットンなどベルクソンの直弟子の七〇代の人たちが中心で、一番若かったのが、後に『政治家的ベルクソン』を著すことになった三〇代のスーレーズだった。ある日の午前、アンジェール・クレメール＝マリエッティの「ベルクソン哲学におけるリズム」という発表への質疑応答のとき、勇気を奮い起こして、「ベルクソン哲学においては、存在のリズムと認識のリズムと二種類のリズムがあると思うのですが」と、少し説明を加えて質問したところ、午後の部会が始まる時に、私の座っているところにグイエが来て、「マドモワゼル、今朝あなたが言ったことはとても面白かったですよ」と言って下さり、それは私の生涯の最良の思い出の一つになったのだった。

当時のベルクソン研究は、「ベルクソン研究」誌(Etudes bergsoniennes)に拠って、グイエを中心にその世代がイニシヤチブを取っていたが、現在は、長いブランクを経て近年復活したベルクソン研究の定期刊行誌「ベルクソン年報」(Annales bergsoniennes)に拠って、フレデリック・ヴォルムスを中心とした四〇代がイニシヤチブを取っており、今回の学会はその人々の「引越し公演」でもあった。迎える日本のベルクソニアンのほうもやはり四〇代が中心で、私は三〇年前と今回の学会の様子の違いを感慨深く思うと同時に、定年を迎えようとしている私がこの学会で発表する機会を与えられて、日仏の若々しい活力に満ちた人々に刺激を与えられ、親しくなる機会を与えられたことは、なんと幸いなタイミングだろうか、と大きな喜びを感じた。

この国際ベルクソン学会の最終日の部会が京都大学で開かれ、それに参加した私は、翌日、実に三七年ぶりに京都を散策した。私は奈良が好きで、この二〇年あまり、学年末の疲れを取るための小旅行に、一〇回以上は行っているが、京都はご無沙汰していた。

三七年前の京都行きは、フランス政府給費留学生として渡仏する直前の一〇月、京都にお住まいの澤潟久敬先生に留学のご挨拶を兼ねて修士論文のプランについてご相談するためだった。先生が基本プランを肯定して下さり、一安心というところで、同行していた母ともども、当時京都大学で吉川幸次郎先生のもとで中国文学研究をしていたアメリカ人の友人に京都案内をしてもらった。時間の余裕があまりないところで、この友人が選んでくれた場所は、洛北の三千院、高山寺、そして円通寺だった。この時の印象は、三千院の苔むした庭にせよ、高山寺の楓の木々を見晴らす広縁にせよ、円通寺の比叡山を借景とする凛とした庭にせよ、全てが秋の優しい陽射しに浸されていた。私は、着物姿の母が高山寺の広縁に座って襟元を直しながらこちらを見て笑ったところを写真に撮り、フランスの留学地アミアンに着くと、早速その写真を寮の自室のベッドの枕辺に飾った。母親っ子だった私は、アミアンでの二年の留学中、この写真の母の笑顔に励まされて過ごしたようなものだった。

三七年ぶりに京都巡りをすることになったとき、私の足は自然にあの時のコースを辿っていた。しかも、季節はあの時と同じ一〇月。学会が終ってほっとした時というタイミングも、澤潟先生に論文プランを肯定して頂いてほっとした時というタイミングと似ていた。

ただ、あの時は、フランス留学を前に「期待と不安で胸が一杯」の、これから研究者としての人生が始まるという節目のとき、そして今度は、来学年で定年という終わりの節目に臨んでいた。その意味で、ひとつひとつの場所を巡ってゆくと、完全に同じ様子でありながら、完全に違う時をすごしている、という実感が深まっていった。

高山寺の入り口の階段を登って、建物の中に入り、あの広縁の部屋まで来たとき、強い衝撃を受けて、私は足を進めることができなくなった。秋の陽射しのなかで母が座り、襟元を直しながらこちらを向いて笑った、その場所がすぐそこに、全くそのままの様子でそこにある。その場所にいま母は完全に居ない。完全に居ない其の場所を凝視していると、母が別の形で完全に居ることが実感された。私の真上に、としか言いようのない仕方で完全に居ることを強く感じた。完全な不在がそのまま完全な存在を強烈に感じさせるものとなったその「場所」の衝撃を全身全霊で受けとめて、長いあいだ私は立ちどまったままでいた。そして、あえて立ち入らない尊い場所のように、広縁には立ち入ることなく、この寺を後にした。

いま、私の部屋の寝台の枕元の壁と足元の棚には、それぞれ一枚の小さい絵がかけてある。足元にかけてあるのは、『受肉の詩学』の「あとがき」にも書いたように、四〇歳の頃につくづく眺めていた、ダンテの『神曲』の冒頭の句「我、人生の半ばにありて、暗き森にありき」のドレによる銅版画挿絵のコピーである。そして枕頭にかけてあるのは、右上方から射す光を仰ぎつつ手を伸べて立っている人物と、光に背を向けて岩のようなものに座っている人物を、黒いケント紙に白いクレヨンで描いた私自身のデッサンである。

『受肉の詩学』上梓以後の私の個人生活において最も大きな出来事は、一九九八年から二〇〇〇年にかけての、二番目の姉の病気と死であった。師や親の死は、近くても向かいにある死という感じであるが、姉妹となると自分の傍らにある死という感じで、半分、自分自身の身の上に起こった出来事であった。

病院で診てもらったときには、姉のガンはかなり進行していて、手術は出来るが、直る可能性は三割、ということだった。小さい頃から、風邪でも死ぬのではないかと恐れるような怖がり屋であったので、病名を告知してしまったら、最初から基本的治療さえもできないような状態に陥りかねないので、身内で相談して、本人の性格を説明し、担当医師に病名を告知しないようお願いした。

我が家は、四人姉妹が同じ敷地内の四軒の家に、各々の家族と住んでおり、子供時代から引き続き五〇年以上も一緒に生活していると、互いに愛情はあるが、同時に、人からのささいなお世辞も通用しないような裸の目で互いを見ている、というか、互いが見えてくる、というのも本当である。重い病気で手術を受けなければならない、ということだけは姉自身にもわかったとき、姉が私をつかまえて、大切な用事を頼むように言った。「弓ちゃん、あなたの信仰は本物だから、あなたの祈りをあてにしているわよ」。裸の目で見られたら、私としては姉に「あなたの信仰は本物ではない」といわれたとしても反論の余地は全くなかったから、姉にこういわれると非常に驚いて、「へえー、そんな風に思っていてくれたの！」と言った。姉は姉で、私が驚いたことに驚いた、と言った。いずれにせよ私はこのとき、姉の魂に対して全責任を負った、と思った。どのようになるのかわからないが、よき最後を全うするまで全力を尽さねばならない、と思った。

いよいよ手術となったとき、姉は、手術が始まった後に読んでくれるように、と、夫と子供たちあての手紙を残した。その手紙には、手術がどうなるにせよ、私の命をあなたに委ねます、と神に祈った、そして、今までの生活を振り返ると、色々困難もあったけれど、あれも良かった、これも良かった、幸福な人生だったと思う、と、驚くほど平和で幸福感に満ちた手紙であった。

「驚くほど」というわけは、姉は小さい頃から、幸福になりたいという強い願望と裏腹の、自分の身の上に起こりうる不幸に対する強い不安と恐れに揺れている人で、それゆえに時に人に対して自分を閉ざしてしまう結果にもなっていたからである。だから、重病と手術という大きな「不幸」が降ってきたまさにその時に、姉がこのように平和で幸福感に満ちた手紙を書いたことが、私を驚かせたのだった。

しかし、姉が「神に祈った」ことを考えたとき、分かった気がした。手術を控えて、姉は真直ぐ神に顔を向け、その光を受けたのだ、そのとき、姉には自分の人生が光に満ちた明るいものに感じられたのだ、と思った。そして、姉の魂に責任を負い、良き最後に至るまで全力をもって助けようと決意していた私は、神に顔を向けて光を浴びた時の姉の顔だけを見つめ、そこに照準を合わせて全てをやってゆこう、姉が神から顔を背けた時に出てくる様々な難問に、とりもちに獲られたようになることはするまい、と思った。

姉の手術は八時間続き、その間、私は姉の手紙のことを考え、右のような決心をし、ひたすら姉のため祈った。祈っていると、光のほうに顔を向けて立ち上がり手を差し伸べている人間と、光に背を向けて座りこんで、闇を見つめている人間の姿が浮かび上がってきた。八時間の手術が一応好首尾に終わり、姉が病室に戻り、面会もできるようになったとき、私はこの二人の人間を黒いラシャ紙に白いクレヨンで描いたものを二枚作り、一枚は、「この、光のほうに顔を向けているのは、あの手紙を書いた郁子ちゃんよ」と言って姉に渡し、もう一枚を自分のベッドの枕頭にかけた。

姉の魂に対して全責任を引き受ける、といっても、病気が重くなるにつれて、不幸なのは自分だけだ、と、姉が自分の中にほとんど完全に閉じこもってしまうこともあった。最後の夏、それは既に姉が自分の病気と状況を知っていた時期であるが、担当医が「今どき珍しいご家族ですね」とおっしゃるほど、大家族に毎日囲まれて過ごしていた姉が、私と二人きりになったとき、いくら皆に囲まれていても、死んでいくのは私だけだから、たまらなく淋しい、と言った。私は姉のため一晩、一生懸命に考えて、翌日姉に言った。あるフランスの哲学者は、人は独りで死ぬのだ、と言ったけれど、それは人間の目から見たときのことだと思う、主のもとに帰る、死ぬときこそ、どの時よりも主が共に居てくださる時だと思う、と言った。姉は黙って、目を大きく見開いて私の言葉を反芻してくれた。姉の魂への責任を果たすことをいつも考えていた二年半の時間は、そのまま、苦しみと死について自分自身に問う時間でもあったし、光を受けた姉の顔を見失うまいと思いながら姉の傍らにいたこの時間ほど、姉を愛した時はなかったと思う。

姉は結局、神に対して顔を背けないよう頑張って、持ちこたえてくれた。なくなる三日前、昏睡状態に入る前日にも、六時に看病の交代で家に帰る私と一緒に、「お告げの祈り《アンジェラス》」を、「天主の聖母、聖マリア、罪人なる我らのために今も臨終の時も祈りたまえ」という最後の言葉まで、声をふりしぼって祈った。

姉が家族に囲まれ、司祭の祈りの言葉が終わった時に、まるで「事成れり」というかのように息を引き取ったとき、遺された者は、深い悲しみの中にも、大きな平安に満たされた。良き最後を全うするまで責任があると思っていた私は、深い安堵を感じた。

そして、それからだいぶたったときに、ふと気がついた。病気の始めに姉が「あなたの信仰は本物だから、あなたの祈りをあてにしているわよ」と思いがけない言葉を言ったとき、あれは、主の「お前がやれ」だったのだ、主は、身近な人や事を通して私たちに働きかけておられるのだ、と思った。


「やがて死ぬけしきは見えず蝉の声」という芭蕉の句を初めて知り、強い印象を刻みつけられたのは、フランスに留学していた大学院生の時だった。当時、少し時差はあるものの、パリから送られてくる日本の新聞を購読していて、ある日送られてきた新聞に、若いデザイナーが自分の好きな言葉として挙げていたのがこの句だった。長髪のデザイナーと芭蕉という組み合わせが、かえってこの句の、時代を超えた普遍性を感じさせた。

当時私は、論文集『受肉の詩学』の「あとがき―ひっくり返ったノートル・ダム」にも記したように、異郷の田舎町に文字通り独り放り出された衝撃をきっかけに、いわゆる「地上の流謫」（exil de la terre）の感覚に一挙に浸されてしまっていたので、「直ぐに」を意味する古語「やがて」に導かれた「死ぬけしき」の儚さが、それと対極をなす、「蝉の声」のいのちの旺盛さと、何ひとつ介在物を容れずに、そのまま重なって響いてくるこの句の与える衝撃と魅力に圧倒されたのだった。この句の奏でる音楽は、私たちに「死すべきもの」としての悲しみと、「生きとし生けるもの」への愛惜の情とを同時に掻き立ててやまない。

一九九九年、姉の病気の二年目の夏の初めのことだった。辻邦生先生が、軽井沢のスーパー・マーケットの前で倒れられ、急逝されたというニュースが朝刊に載った。

私は辻先生の良い読者ではないが、教師になりたてのころ、数年、学習院大学のフランス語の非常勤講師をして、昼休みに仏文の研究室に伺うと、その日の非常勤を迎える学習院側の先生は、辻先生と福永武彦先生というこの上なく豪華な顔ぶれだった。昼食を取りながら、お二人の先生を中心に、話題は融通無碍で、実に楽しい昼休みだった。それから一〇年以上もたって、私が旧軽井沢の文房具屋で、論文原稿のコピーをしていると、あちらから辻先生が、いかにも軽井沢らしいデニム姿で鉛筆を買いにいらっしゃった、ということがあった。覚えていらっしゃるかな、と思いながら軽く目礼すると、先生は思いがけなく親しい口調で、「あ、弓ちゃん!」と言われた。そして、常日頃、軽井沢の俗化、成金化を嘆く言葉を口にしていたこの文房具屋の女主人は、先生と私を前にして、いかにも我が意を得たりというように、「これが軽井沢ですよ!」と大きな声で繰り返したのだった。軽井沢の辻先生については、そんな楽しい思い出もあるので、先生がその軽井沢で最後を迎えられたことを知って、私はなんとも言えない悲しさを感じた。

その日は上智大学に用があったので、少し早めに出かけて、行きがけに辻先生のご冥福を祈るためイグナチオ教会に寄った。教会の入り口までの道沿いの桜並木からは、真昼のその時刻には、炎熱の中、あたりを圧倒するような蝉の声が響いていた。私はしばらく足を止めて、辻先生への追悼の思いのうちに芭蕉の句を口にした。

その日、イグナチオ教会は、午後に葬儀があるらしく、聖堂のドアを開け放しにして、葬儀社の人たちが気ぜわしく花輪を運びこんだり、受付のテーブルを並べたりしていた。コンクリートの聖堂の中はひんやりとして、開け放しのドアから、聖堂の中まで旺盛な蝉の声が聞こえてくる。イグナチオ教会には良く来るが、こんなことは初めてである。しばらく祈っていると、思いがけなくパイプオルガンが鳴り出した。午後の葬儀のためオルガニストが練習をしているらしい。ずっと最後まで弾くのではなくて、突然止まる。そしてまた突然始まり、しばらく続く。外からの蝉の声と混じるその音を聞いていると、オルガンが、鳴いたり止んだりする、聖なる虫のように感じられてきた。外の虫の声と、内の虫の声は、混じりながらも異質の歌を歌っている。外の虫の声は、地上の命の旺盛さと儚さを歌っている。そして内の虫の声は、と思ったとき、辻先生のひとつのエッセーを思いだした。

それは、サルトルの「飢えた子供を前にして『嘔吐』は無力である」という、大きな波紋を呼んだ発言に、現実との関わりで小説は無力か、という問いかけを抱きながらギリシャに旅した辻先生が、彼方の高みに白く輝くパルテノンを見たときに、そこに「永遠なるもの」の現存を感じ、そのようなものを小説は表わしうる、そして、そこに小説を書くことの根拠がある、という啓示を得た、と記されたエッセーである。

そうだ、内の虫は「永遠」を歌っているのだ、しかも、それは聖なる虫で、芸術の領域の「永遠」を超えて、「永遠の命」を歌っているのだ、と思った。「地上の命」を歌う蝉時雨と、「永遠の命」を歌うパイプ・オルガンは、互いに対立しながらも互いを引き立て合い、その両者に対する胸の締め付けられるような愛を掻き立てながら、全体として稀有の美しい音楽として立ち昇っていた。

私は、辻先生のご冥福を祈るために教会に寄ったのに、逆に、先生から素晴らしい贈り物を頂戴した、と思った。

私が非常に好きな三島由紀夫の作品に「海と夕焼」という短編がある。これを最初に読んだのはフランス留学中の大学院生の頃で、留学二年目の一九七一年に出版されて、家人に送ってもらった短編集『鍵のかかる部屋』の中に収められていた。

いわば「空想的」右翼である三島が、全共闘運動という一種の「空想的」左翼運動の本質を、モーリヤックの『テレーズ・デスケルー』の結末でテレーズが、夫に毒を飲ませるという犯罪行為を果たした動機は、自己満足的な夫の目に「不安の色を見たかった」からだ、と言う、ちょうど、それと同じことを社会に対して期する運動なのだ、と見抜いたその洞察力に瞠目したことは、『受肉の詩学』の「あとがき」に記した通りである。

その三島の事件のニュースが、全共闘運動も挫折・終息し、研究者として人間として打開の道を求めて、フランスのあちこちに留学したばかりの私たちのもとに届いた。私たちは大きな衝撃を受けて考えこみ、会うとこの事件に対する意見を述べ合った。思想的には三島と対極にあり、各自の意見も様々であったが、しかしひとつ共通の感想があった。それは、思想というものが単なる思想に留まらず、ここまで行動を決定し、行動とひとつであることに対する一種の感動、三島という一人の人間のうちにおいて思想というものが持った力に対する一種の感動、であった。それは全共闘運動が挫折した直後であっただけに大きかったとも言える。

私自身は、とっさに、これは一種の殉教だ、と思った。しかし普通の殉教は、実在する神のために死ぬものであるのに対して、これは、神でなくなった神のために自分が死んでみせることによって、「神よ、神に戻り給え」と訴える殉教である、と思った。また、竹山道雄が、三島は誤解している、三島の考えている神は、日本の「カミ」ではなく、西洋的絶対神「ゴッド」である、と言ったことも思い出した。

そして「ゴッド」に対するそのような訴えかけとしての殉教と考えたとき、ほとんど誰にも真意を理解されないこの特異な行動が、三島の内において孕んでいたであろう、ほとんど耐え難いような切なさがわかるような気がした（私は最近、観劇の機会にカミュの『カリギュラ』を読み直して、そこに、このような切なさに極めて近いものを見出した）。

当時、この事件をきっかけに文芸誌が競って三島特集をし、それらを送ってもらって、様々な論者のこの事件に対する解釈を読んでみると、その中に、一つだけ私の共感を呼ぶものがあった。それは高橋和巳の文で、その中で高橋は、これは何か普通の事件ではないと感じる、一種の形而上的自殺であって、強いていうなら、ドストエフスキーの『悪霊』のキリーロフの自殺に近いものを感じる、と述べている。キリーロフは、神は死んだと知りながら、人間が神に成り代わったことを未だ当然のこととして受け入れられない過渡期の人間で、何のためにという理由のない自殺を遂行することによって、神に成り代わった人間の自立を証明する、という人物である。内容そのものは違うが、しかし、本質的に、神との関わりでの形而上的自殺と見るところに私は共感した。

「海と夕焼」を含む三島の短編集『鍵のかかる部屋』は、事件の翌年の五月に刊行されたもので、私の持っているこの本には、三島が聖セバスチャンに扮した写真を添えた「血塗られたナルシス」という題の当時の「エクスプレス」誌の記事の切り抜きが挟んである。当時フランスでも、三島とその死をめぐって関心が非常に高まっていたのである。

送られてきた短編集を読んでみると、その中の「海と夕焼」は、事件の一五年も前の一九五五年に書かれたものであるが、私が三島の自殺が孕んでいたにちがいないと思った「切なさ」、絶対者の顕現を渇望しながら、それが成就しない「切なさ」、その「切なさ」の核心が、あの事件の人目を撃つ劇場的な様相とは対極の、この上なく静謐な様相のうちに語られていた。

文永九年、すなわち西暦一二七二年の真夏、建長寺開祖の大覚禅師に伴って日本にやって来た寺男のフランス人安里《アンリ》は、夕焼の美しそうな日には、日没前に必ず、聾唖のために仲間はずれになっている一人の少年を連れて、寺の裏手の勝上ヶ嶽へ登ってゆく。

アンリはセヴェンヌ地方の羊飼いの少年であった。ある日、基督が丘の上から、白い輝く衣を着て、自分のほうへ下りて来られるのを見た。主は手をさしのべて「聖地を奪い返すのはお前だよ、アンリ。沢山の同志を集めてマルセイユへ行くがいい。地中海の水が二つに分かれて。お前たちを聖地へ導くだろう」。

アンリ少年は、多くの同志を連れてフランスのみならずドイツの各地から集まった数千人の子供からなる十字軍を引き連れて、容易ならぬ旅の末についにマルセイユに到着する。岸壁でアンリは祈った。夕日が射してまばゆい海を前に、アンリは永いこと祈った。しかし海はそのままの姿で水を満々とたたえ、波はすこしも頓着せずに岸へ寄せた。「海は分かれなかった」。

そのマルセイユで直ちに子供たちは人買いのわなにかかり、奴隷市場で売り飛ばされてしまった。インドまで流れてきたところで、アンリは大覚禅師に出会い、その教えに安心を得て、もはや徒に来世を願ったりすることはなくなった。しかし夏の空を夕焼が染め、海が一線の緋に輝くときには、勝上ヶ嶽の頂きに向かわずにはいられないのである。

「安里は自分がいつ信仰を失ったか、思い出すことができない。ただ今もありありと思い出すのは、いくら祈っても分かれなかった夕映えの海の不思議である。奇跡の幻影より一層不可解なその事実。何のふしぎもなく基督の幻を受け入れた少年の心が、決して分かれようとしない夕焼の海に直面したときのあの不思議……」。

夕日が闇に消えるまで、来る日も来る日も海を凝視せずにはいられない安里のうちに、三島の根源的「切なさ」が表わされていると感じた。

また、当時、信仰者ではあるが、「地上の流滴」の感じに浸されて、ボードレールの言う「此の世の外なら何処へでも」や「見知らぬ郷への郷愁」に惹かれて、机の上に「ひっくり返ったノートル・ダム」を飾っていた私は、この安里＝三島の「切なさ」に深いところで共感せずにはいられなかった。

信仰者において「天」と「地」、「永遠」と「今」は、常に様々なバランスをもって噛み合っているものであるが、ノートル・ダムの絵葉書を本来の位置に戻した今も、「天」と「永遠」への希求が強まり、自他の日常性の限界に強い悲しみを感じるようなとき、私はあの安里の、海に没してゆく夕日を凝視するまなざしを思い出さずにはいられない。

ところが、近年、聖書の中に、同じ水のイメージであるが、長年私の胸のうちにあった「分かれない海」のイメージに対峙するようなイメージに出会った。それは、マタイによる福音書一〇章の四〇節から四二節である。

「あなたがたを受け入れる人はわたしを受け入れ、わたしを受け入れる人は、わたしを遣わされた方を受け入れるのである」とキリストは弟子たちに語られ、更に、「はっきり言っておく。わたしの弟子だという理由で、この小さな者の一人に、冷たい水一杯でも飲ませてくれる人は、必ず酬いを受ける」と言われる。

神を受け入れる意志のうちに果たされる行為としての「水一杯」は、永遠の酬いに直結している。「水一杯」は、「分かれない海」に拮抗し、やがて、地上の生の終る決定的な時に、決定的にそれを超えるのだろう、と思った。

この「水一杯」の節に出会ってしばらくして、更に、この「水一杯」の根本的意義を解明するような旧約聖書の一箇所に出会った。それは、日曜のミサの第一朗読で読まれたイザヤ書五八章の七—八節であった。

「飢えた人にあなたのパンを裂き与え、さまよう貧しい人を家に招き入れ、裸の人に会えば衣を着せかけ、同朋に助けを惜しまないこと。／そうすれば、あなたの光は曙のように射し出で、あなたの傷は速やかにいやされる」。

この「あなたの光」について「聖書と典礼」のパンフレットの解説には次のように書いてあった。

「この光の源は神ご自身である。『主があなたのとこしえの光となり、あなたの神があなたの輝きとなられる』。(イザヤ六〇章一九節)」

この古えの書には、現代のどんな先端的な心理学的カウンセルをも凌駕するものがある、と私は驚嘆した。私たちが真に愛を生きる行為を果たすとき、その行為を果たすことそのものが、私たちを癒す、というのである。なぜなら、愛の行為を果たすことは、愛そのものである神の存在に与ることであるから。「水一杯」の測り知れない価値がここに説明されている。そして、それは、「分かれない海」を前にした傷をも癒すものなのだ。

参加者の一人が三〇分ほど話をしたあと、持ち寄りのもので夕食を共にする、という、なんとなく初代教会の雰囲気を思わすキリスト者の小さなグループに招かれたとき、「分かれない海を一杯の水が救う」という、終わりまで話を聞かないと絶対に意味のわからない題で、私が話したのは、右のようなことだった。

『受肉の詩学』上梓以後に私が参加したキリスト教関係の活動でも重要なもので、今年で参加一四年目になるのが、聖書深読黙想会である。

これは、日本のカトリック教会の指導者的存在の一人であるカルメル会の奥村一郎師が創始された方法論による黙想会(retraite)である。後述する第二ヴァティカン公会議を機に、カトリック教会は、伝統的に公教要理《カテキズム》とミサを始めとする典礼に重心が置かれ、プロテスタント諸派に比べて、聖書そのものの消化・研究が後まわしになっている状況を反省して、聖職者のみならず一般信徒においても聖書研究の活動が活発化した。日本におけるそのような活動の代表的なものが、カルメル会の奥村師の「聖書深読」と、パリ・ミッション会のルドルズ師の「聖書百週間」である。後者は、百週間で、旧約・新約の両聖書を通読し、グループでその都度読後感を分かち合いつつ、ユダヤ・キリスト教の全貌を消化する「新幹線読み」である。それに対して前者は、黙想会の週の主日の新約聖書の朗読箇所を一泊二日をかけて読む「各駅停車読み」である。両者の特質は相互補完的とも言える。

奥村師の聖書深読法は、例えばイグナチオ・ロヨラの方法「霊操」(exercices spirituelles)などの優れた方法が全てそうであるように、創始者の内的歴史の刻印が深く刻まれている。奥村師は学生時代に禅を深く修業された方で、キリスト教を徹底的に論破しようと試みられた結果、思いがけない回心に至った方である。そこで師の方法には、キリスト教の伝統的方法の中に自然に禅の修業法が活用されている。

黙想会第一日目はまず、上野毛のカルメル会修道院内の「黙想の家」の個室に荷物を下ろし、食堂での夕食。この時はまだ沈黙は守らなくて良い。それにしても、この名高い方法の仔細を何ひとつ知らずに参加した初回の時は、何から何まで驚くことばかりだった。「食後の祈り」を終えると、各自の名札に記されている数字が各自の所属する班の数字で、夕食の後片付けは第一班の方がして下さい、ということだった。自分の名札を見ると、第一班である。

漠然と、「精神的なこと」をやりにきた、というつもりだった「頭でっかち」の私は、この方法でやる最初のことが「皿洗い」であることにまずショックを受けた。しかし、これは幸いなショックであった。後から考えると、この時私は道元の『典座教訓《てんぞきょうくん》』に記されている有名な逸話に通じるような経験をしたのだった。

道元の乗った船が中国の港に着いて停泊していた時に、遠くの禅寺から典座《てんぞ》すなわち食事係りの老僧が、船に積まれている椎茸を買いにやって来た。「寺には代わりに食事を作る人もいるでしょう。ここに一泊していって下さい」と言う道元に対して老僧が固辞するので、若い道元は「修業なら、座禅や語録や考案などを学べばいいではないですか。煩わしい典座の仕事に何か良いことでもあるのですか」と聞く。するとと老僧に「あなたはまだ仏道修業とは何かわかっていない」と大笑いされ、座禅や書物を読むことだけが修業だと考えていた若き日の道元にとって、この老僧の与えた諭しが、修業を深める大きな契機になった、という逸話である。

また、禅のいわゆる「作務《さむ》」のこのような意味は、キリスト教の最も伝統的な修道会と言えるベネディクト会の「良く働き良く祈れ」のモットーとも通じている。「働くこと」と「祈ること」は、一人の人間のうちで深く通底しているのであり、初回の皿洗いは、どこからどこまでが禅的、キリスト教的とも言えない、深読法を一貫する「心身一如」的ありように一挙に浸される機会となった。

最初の晩は、「素読《そどく》」と呼ばれる部分、すなわち、まっさらな「素《す》」の心で聖書を読む作業で、それは、今の自分が聖書の黙想箇所と出会うところに成る「一期一会《いちごいちえ》」の読みとも言える。その最初の作業である「書祷《しょとう》」、これは明らかに仏教の写経からもたらされた方法である。黙想の対象となる聖書の箇所を、ゆっくり書き写す。この書祷の効果には想像を超えるものがある。目で読む速度は知的理解の速度である。それに対して、書き写す速度は、単なる知性を超えて身体を通して感覚的理解をも促す速度である。特に表意文字の漢字を含む日本語の場合、例えばヨハネ福音書第一三章の、最後のときが来たことを悟られたキリストが、「世にいる自分の者たち」への愛を表わすため、晩餐の席から立って、手拭いを取って弟子たちの足を洗われ、ペトロが「主よ、では足だけはなく、どうぞ手も頭も」と言う箇所。それは昔から良く知っている箇所だったが、一字一字「足」と書き写すとき、ペトロの足が眼前に差し出されているような気がし、また、その足を洗うキリストの慈しみの眼差しが臨場感をもって追体験されるような気がして、初めて読むように心打たれたのだった。また、ゆっくり書き写すだけで、通常の速度で目読するのでは、今まで何度読んでも良くわからなかった箇所が一遍でわかって驚嘆したことも何度もあった。

こうして書祷によって黙想箇所の理解を深めたところで、感動した箇所、疑問の箇所など合計三箇所に印をつける。その箇所が翌日の分かち合いの時に、各自が自分の受け止めた印象を説明する箇所となる。

その上で、黙想の対象となった聖書の箇所全体から受けた印象を、例えば「夕焼け」とか「起き上がりこぶし」とかの具体的イメージを表わす名詞にまとめる「全」の作業に取り組む。これは、書祷の作業のあいだになされた知的理解と感覚的理解を、さらに総合する作業で、黙想の箇所の全体を「希望」とか「信頼」とかの抽象名詞にまとめることは容易なことであるが、具体的イメージにまとめるとなると非常に難しい。それで、この「全」の作業に取り組むとき、私は毎回、日常にはしたことのない種類の、いわば「心身一如」的努力をしているという印象を持つ。しかし、それをなんとかひとつのイメージにまとめたとき、その箇所を深く理解したという実感を得ることができる。初回にこの作業をしたとき、なんと難しい作業だろう、しかし、なんと面白い作業だろうか、と思った。

二日目の日曜のミサのあと、「解読」と呼ばれる、黙想の対象箇所についての神学的、歴史的解説が指導司祭によってなされる。肝心なのは、「解読」があくまで「素読」の後になされることである。まっさらな素の自分の、単に知的でも単に感覚的でもない、存在の全体をもっての聖書との一期一会の出会いの体験である「素読」の後に、そのような「解読」がなされるとき、「解読」は「素読」に支えられて血肉化するし、もし「素読」が聖書のその箇所の解釈としては見当はずれのものであった時でも、「素読」そのものでで感じたことは各自にとって真実のものとして残る。

午後には、各自の「全」のイメージを、中央上方に十字架を記した大きな模造紙に、色鉛筆とマジックで描く「色読《しきどく》」の作業がなされ、各自の一期一会の読みが集まって、鮮やかな絵図となる。さらに、ここまでの黙想で対象の聖書の箇所から得た、自分の生活を照らす指針を、「照《しょう》」として、例えば「神に委ねる」

など動詞の形で書く。

黙想会全体の最後は、各自が注目箇所について説明し、「全」とその絵である「色読」、そして「照」を説明する「合読」、すなわち分かち合いとなる。各自の一期一会の読みが、互いを触発し響き合うことによってさらに豊かなものになる。

黙想会の一日目の夕食以後は「合読」以外は全て文字通り沈黙のうちになされる。

学生時代にカトリック研究会の合宿を、当時奥村師が院長をされていた宇治のカルメル会修道院でしたとき、個室の机の中には、「あなたが沈黙を守るのではなく、沈黙があなたを守るのだ」というフランスの作家ベルナノスの言葉を記した紙片が入っていた。どのように「沈黙があなたを守る」のか。沈黙のうちに食事し、掃除し、黙想するとき、散逸していた「わたし」が凝集してくる。しかもそれは、抽象的・精神的「わたし」ではなく、身体を備えたものとしての丸ごとの「わたし」である。その丸ごとの「わたし」が今、此処で神のみまえにあることを意識する。そして、その丸ごとの「わたし」に周囲の人やものの丸ごとの「わたし」が響いてくる。

そのことを奥村師は、「沈黙は『身体性』の密度を濃くするので黙想が深められるための基本条件である」（『聖書深読法の生い立ち』）と書かれているし、フランスのベネディクト会修道院長のドン・ジェルマン・バルビエは、「人が自分の存在を意識し、もろもろの『存在』を意識するのは、沈黙のうちにおいてである」（『神を味わう』）と書いている。

このように、沈黙のうちに過ごされる時間は、自分を含めての全てのものの、いわば「神のみまえの存在感」とも呼ぶべきものを深める。また、この黙想会では、食事の後片付けにしても、掃除にしても、ベッドメーキングにしても、行動のひとつひとつが非常に丁寧になされるので、それがそのまま、「丁寧に生きること」の基礎訓練になっているのを感じる。

この黙想会に向かう道すがら、私は、日常生活の中で担っている重荷を少しづつ捨てて、だんだん身軽になってゆくのを感じる。そして、逆に、黙想会を終えて荷物を肩に、再び渋谷の雑踏に戻ってゆくとき、いつも私は思うのだ。黙想会の深みからこそ社会を見なければならない。そしてまた、黙想会の深みは、社会への関わりへとつながり展開してゆくものでなければならない。黙想会の深みと社会への関わりの両者は、互いに互いを不可欠に必要としているのだ、と。まさに福音書の、キリストの教えに耳を傾けるマリアと、人への応対のために忙しく働くマルタの姉妹のように。

須賀敦子氏の名著『コルシア書店の人々』には、一九五〇年代から六〇年代半ばのイタリア・ミラノのコルシア書店の人々の思想状況、特に、信仰者としての社会に対する関わり方についての思想状況が、各人の生き方の具体例を通して活写されている(私はこの書を須賀氏の著書のうちでも最も愛するものであるが、唯一残念なのは、この書に須賀氏自身のその頃以来の思想状況が語られていないことである。病臥の最後のころ、氏は、霊的師に、本当は宗教と文学について真正面から取り組む作品を書きたくて準備を始めていたのに書けないのは残念だ、それに比べたら今までの作品はクズのようなものだ、と言われたとのことである。その作品が書かれたなら、この唯一残念な欠落がきっと十二分に補われたことであろう)。

学生時代以後の私自身の信仰者としての社会に対する関わり方の思想的立場は、その始まりの時期こそ須賀氏たちに対してほぼ一〇年遅れであるが、基本的に『コルシア書店の人々』のそれに連なり重なるものであり、この書を読むと、ミラノと東京と場所が違い、世代はやや先輩であるが、兄弟のような共感と親しさを覚えた。その思想的立場とは須賀氏がこの書で一言に「カトリック左派」と呼んでおられるものである。

この立場の基盤となるのは、エマニュエル・ムーニエの「エスプリ」運動から第二ヴァィカン公会議（一九六二―一九六五）を経過して流れる現代カトリックの刷新運動である（「刷新」と一応言っておくが、刷新の徹底が原点回帰に他ならないところに、この流れの特質がある）。

一九五〇年代、フランスを含めてのヨーロッパの思想状況は、共産主義と実存主義に真二つに割れていた。そしてそれに対する総合が渇望されていた。ムーニエの、キリスト教の原点に戻っての人間観、唯物的でも唯心的でもない（この後者の「唯心的でもない」の要素が、ヨーロッパのあるがままの伝統的キリスト教に対して実際には刷新的要素として働くことになった）総合的人間としての「人格」（personne）の概念の上に立つ「人格主義」（personnalisme）は、その自然な帰結として、ヨーロッパの伝統的キリスト教が捨象してきた社会的要請を本質的なものとして主張することとなった。社会のあらゆる「人間疎外」的な要素がキリスト教的人間観の存在に関わる問題として批判され乗り越えが目指されることになったのである。

ムーニエの「人格主義」は、哲学的に言えばキリスト教の人間観に基づいて二元論の超克を目ざすものであり、キリスト教の内部においては、前述の聖書の喩えを用いるならば、マリアとマルタの総合を目ざすものである。そして、コルシア書店の人々の活動は、ムーニェの活動の拠点となった雑誌「エスプリ」の名を取って「エスプリ運動」と呼ばれたヨーロッパ全体に広がった運動のイタリアにおける拠点であったのだ（私は大学一年のとき、カトリック研究会の一員として駒場祭の展示と文集作成で、ムーニェの「人格主義」を担当するように言われて、初めてムーニェと出会った。最初から大きな共感を覚えたが、この出会いが結局、ムーニェの思想の師であるベルクソンに興味を持つきっかけとなった。本書所収の論文『心身の合一』第三部の論の基盤になったのは、ムーニェの『人格主義』冒頭に述べられた人間観であり、私は今、再びムーニェ自身の研究にも取り組みたいと思っている）。

やがて、教皇ヨハネス二三世の発意によって一九六二年に、この「エスプリ運動」も、その他の流れと共に流れこむことになる、第二ヴァチカン公会議が始まった。第二ヴァチカン公会議がキリスト教界のみならず現代史に対して持った意義は計り知れなく大きなものであり（ド・ゴールは、現代史の最大の事件は何だと思うかと聞かれて、両大戦と第二ヴァチカン公会議を挙げた）、とても簡単に要約できるものではないが、二つの本質的要素があった、といえると思う。第一の要素は、教皇自ら主張された目標「適応（アジョルナメント）」の語が表わすような、キリスト教を現代社会に「適応」させ、真に生きた宗教とするということである。そして第二の要素は、その第一の要素と不可分で表裏をなす「原点回帰」である。現代に適応するためには、長い歴史のあいだに蓄積した誤った伝統を脱ぎ捨てなければならない。キリスト教を構成する様々な要素について、その本義が何であるかが問い直された。問い直され脱ぎ捨てられた要素のうちでも大きいものに植民地主義《コロニアリズム》がある、と私は思う。近代においてコロニアリズムと歩調を合わせてきたキリスト教が、この公会議の機会に「原点回帰」することによって、自身ひとつのポスト・コロニアリズムとなったのである。それはローマのコロニアリズムの対象であったユダヤの土地にあって、「皇帝《カエサル》のものは皇帝《カエサル》に、神のものは神に返しなさい」と言われたキリストの教えに帰ることに他ならない。

例えば、日本において戦後六〇年を経ても、いまだに戦争責任の問題は解決していないが、キリスト教がコロニアリズムの負の遺産を清算し切るためにもまだまだ時間が必要だし、多くの問題が山積している。しかし、六〇年どころではない長い歴史を持つキリスト教という宗教が、少なくも基本的姿勢としてコロニアリズムを明確に否定したことは、個人としての痛悔と自己浄化に劣らぬ大きな意義があるといえると思う。

戦後日本のカトリック教会において、社会に対する取り組みに堅固で貴重な姿勢を打ち出した活動に、パリ・ミッション会のムルグ師が創立した「カトリック社会問題研究所」の活動があるが、この研究所のモットーは、「キリストと共に闘う」である。これはそのまま「カトリック左派」のモットーと言える。

拙著『受肉の詩学』を上梓した一九九五年以後、現在までの時期の世界の社会的出来事で最大のものは、言うまでもなく二〇〇一年の九・一一であった。

この出来事はアメリカと中東の関係を始め、多くの問題を浮かび上がらせたが、その一つに「一神教と多神教」の相違という問題がある。この問題はそれ自体としては、どこまでも掘り下げるべき根本的問題であるが、この問題への取り組みが今、日本社会の政治的文脈で、新たな偏見を生みつつあることを私は危惧せずにはいられない。

九・一一を仕掛けたビン・ラディンも、それに対して反撃するブッシュ大統領も、共に、イスラム教とキリスト教という一神教である、というところから、一神教は排他的であり、それゆえにこのような苛酷な争いが起こる、その点、日本の神道のような多神教は寛容な精神風土を育てるものであり、その美質を見直すべきである、おおよそそのような論である。

日本の保守的宗教学者や心理学者たちが、九・一一を機会に一斉にこのような論を口にし始めた。そして、イラク戦争開戦後、ある雑誌の連載コラムに高名なイタリア在住の作家が書いた文章を読んでみると、日本在住のそれらの人々と全く変わらぬ論旨が展開しており、キリスト教という一神教を基礎とする欧米の文化に対して日本人はコンプレックスを持つ必要はない、多神教の寛容な文化を今こそ誇って良い、というようにこの文は結ばれていた。

私自身は戦争を知らないが、この文を読んで、先次大戦とそれに先立つ時期を含めての「一五年戦争」のあいだ、「神国日本」は異文化に対して寛容であったか？と、占領したアジア諸国に、当時の日本の権力が建てた大きな鳥居の写真や、朝鮮における「創氏改名」その他の事象を思い浮かべながら、この作家は戦争を知っている世代のはずなのに、この健忘症は困る、と思った。

それに日本在住の人たちがそのような宗教対比の錯覚に囚われたままなのはまだしも、「一神教」のローマ教皇ヨハネ＝パウロ二世が、重病の身に鞭打って開戦を阻止するため、ブッシュ大統領、フセイン大統領、そして国連にメッセージを託した特使を派遣したことを、すべてのイタリア人同様、この作家は知っている筈なのである。

また、こちらのほうは、その作家が注目したかどうかわからないが、イラクのアルカイダ系グループに日本のボランティアの若者たち三人が捕らえられ人質になったとき、イスラム聖職者協会の会長クベイシ師は、自身、政治的にはアメリカ製品の不買運動を組織するなどの筋金入りの反米の立場を取った人ながらも、真の宗教者としてイスラム原理主義者のテロ活動には反対し、極秘のルートを通じて彼らに働きかけ、三人の人質を解放させた。解放された三人を祝福し、これからも苦しむ人々を助ける活動を続けて下さい、と励ます師のたたずまいには、真の宗教者らしさが滲み出ていて、感銘を与えた。

キリスト者が皆ブッシュ大統領のような極端な原理主義者であるわけではないように、イスラム教徒が皆ビン・ラディンであるわけではない。真の宗教者は、ヨハネ・パウロ二世にしても、クベイシ師にしても平和をこそ願っている。また、件の作家は、キリスト教を基盤とする欧米の文化、と十把一絡げにしたが、ヨーロッパのキリスト教徒は九・一一以後のブッシュ大統領の姿勢に対して非常に批判的である。

他方、戦前の「神国日本」のみならず、今日においても、靖国神社参拝を欠かさない小泉首相が、ブッシュ大統領に協力してイラクに自衛隊を派遣したように、実際に平和主義者であるか否かは、一神教か多神教かで決まるものではない。九・一一以来の日本における「一神教と多神教」論議は、自国の現代史に対する健忘症の上に成り立つ自己満足と、一神教の人々を全て原理主義者と決め付ける新たな偏見が組み合わさった非常に危険なものであると思う(ベルクソンは、『道徳と宗教の二源泉』において、種の自己保存本能の延長上にある静的宗教と、人類創造の根源にある神の愛の情動の延長上にある動的宗教を区別したが、後者でも戦争の旗印の役を担う場合には静的宗教に堕している、と言っている。この論は、真の宗教は本質的に平和を希求するはずであることを説明し、ブッシュ大統領のキリスト教もビン・ラディンのイスラム教も静的宗教に堕していること、更には、神道を含む国家宗教というものが孕む好戦性の危険も説明している)。

小泉首相がイラクへの自衛隊派遣を決断しようとしているとき、憲法九条がいよいよ本当に骨抜きになるか、という大きな危機の時なのに、世の中があまりに静かであることに逆に危機意識を感じて、私は学生時代以来、ほぼ三〇年ぶりに市民団体の主催する自衛隊派遣反対デモに参加した。主催者の名前を見ると、ほぼ「べ平連」のメンバーがそのまま中核をなしている。日比谷公園での集会のあとデモに出発するというスケジュールで、日比谷の野外公会堂に行くと、個人参加の人はこちら、と、座る場所が指示される。

あたりを見廻すと、意外にというべきか、やはり、と言うべきか、私と同世代くらいの人が多い。若者がどうしてこんなにいないのか、と、そのことにまた危機感を覚える。

やがて、待ち時間のBGMとしてジョン・レノンの「イマジン」が流れ出した。この曲は、ベトナム反戦運動が盛んでしばしばデモに参加していた学生時代のテーマ・ソングのような曲である。だから、この曲を聴いているうちに、ベトナム戦争の「あの頃」が、イラク戦争の「今」に直接つながっていった。

集会では、九・一一以後のアメリカの運動として私自身注目し、高く評価している「平和な明日」(peaceful

tomorrows)運動の代表者が感動的なスピーチをした。この運動は、九・一一で身内を失った人々が、正に身内を失ったがゆえに、暴力の連鎖を断ち、非暴力で世界平和を築いてゆかなければならない、と主張する平和運動で、つとにアフガニスタン戦争にも反対し、初期は同国人から裏切り者扱いされる苦しい状況の中で実践されてきた運動である。

スピーチをした代表は、大学で歴史学を教えているという比較的若い男性だった。パートナーが貿易センタービルで働いていて、その朝彼女は言葉を交わす余裕もなくそそくさと出勤してしまった。そしてあの事件に遭い、彼女の痕跡は結局、何も見つからなかったので、自分はアパートを、彼女の毛一本でも残っていないかと探した、と話しながら、この人の目からは、事件が昨日のことかのように、涙がとめどなく流れた。しかし、今、自分は、非暴力による世界平和実現のための運動のうちに人々と連帯することによって、その時の絶望から救われた。「人を殺すことは、何時でも、何処でも、悪しきことです」(Killing is wrong, anytime, anywhere.)とこの人が言い切ったとき、通訳を待たずして、会場全体から大きな拍手が沸き上がった。

いま私は定年と本格的老年の入り口に臨んでいて、ちょうど『受肉の詩学』の「あとがき」に記した四〇歳の節目の時のように、率直に言って、少し緊張している。

定年後と老年期について、いま私は、細かく具体的なことから、本質的な生き方の問題まで、考えることが多く、学生時代から続いている日記に、特別の印をつけて、それらのことについて書き記しているが、それもだいぶ溜まった。しかし、それはまだ整理がついていないし、急いで整理することでもないだろう。

さしあたっての展望をするならば、自分の生活の二本の柱が「研究」と「信仰」であることに変わりはないであろうし、私の関心の対象である根本的テーマが「精神と身体」、「天と地」、「永遠と今」の二元論の超克であることにも変わりないだろう。ただ、細かいことを言うならば、モーリヤック研究は本論文集の二作をもって一応サイクルを閉じて、クローデル研究に再び取り組むつもりであるし、ベルクソン研究は「心身の合一」三部作で一応の総括ができたかとは思うが、昨年の国際学会で大きなインパクトを受け取ったので、何が出てくるかはまだわからないが、研究を続けたいと思うし、研究の現状に触れていきたいと思う。それに、この「あとがき」で前に述べたように、ベルクソンの影響を受けた思想家ムーニエの研究もしたいと思う。

ただ、今後はこの根本的テーマの前者のほうに今までよりもやや重心がかかっていくことになる可能性を漠然と感じている。すなわち、この二項の、前項の後項への受容が一言に「受肉」と呼ばれるものであれば、今後の関心の方向性は、「受肉」の方向性よりも，後項の前項への受容、これを一言に「変容」と言うべきか、その方向のほうにやや重心がかかってゆくであろうと思う。「老年」の本質をなすべきテーマは「永遠」であろうから。

仕事に取り組む姿勢としては、基本的には、四〇歳の節目で考えた「我が庭を耕す」のモットーに変わりはないし、やはり「三毛作」で行こうと思う。ただ定年後の比較的自由なスケジュールの中でどのように仕事をするか、その点について、「生きること」と「仕事すること」についての優れたエッセーとして私の枕頭の書ともなっているアメリカの詩人・小説家メイ・サートンの『夢みつつ深く植えよ』の中に是非参考にしようと考えている一節がある(これはサートンが科学史家の父ジョージ・サートンの仕事ぶりを模範として書いている一節である)。

「来る日も来る年も、父が信じられない量の仕事をこなしてゆくのを見ていた私には、決まりきった手順というものがいかに役にたつか、ちょうど質素なニューイングランドの教会でのように、精神がどんなに自由にその中で動きうるかを知っていた。決まり仕事というものは牢獄ではなく、時間から自由を得る道だ。はっきりと計量された時間には無限の空間があり、その意味では音楽に似ている」。

「信じられない量の仕事」をこなすことを目ざすわけではなくとも、やはり、「聖土曜日」を引き伸ばしつつ、サートン言うところの「決まり仕事」をしてゆこうと思う。そうやって、私なりの「良く働き良く祈れ」の生活が成り立ってゆくだろう。

本書の表紙のロダンの作品の「カテドラル」について一言。この作品については、ゆるやかに合掌する手が、カテドラルの内部空間を象徴する、なんと美しい作品かと子供の頃からこよなく愛してきた作品である。一九九三年の文部省長期在外研究でパリに滞在した折に、ロダン美術館で実物を見て、非常に大きい作品であることにおどろいたが、本物の、白い大理石の姿からは、写真で見たとき以上に優しさが感じられた。この作品の絵葉書を買って、大学都市の自室の机の上に飾って、ふとこの手のポーズを真似ようとして、意外なことに気がついた。この二つの手は一人の人間の両手ではないのだ。一人の人間の右手ともう一人の人間の右手が合わさろうとしているところなのだ。そのとき、この作品の題名「カテドラル」の意味が改めてわかるような気がした。人間同士が集まり、ひとつになって祈る場所。「心身の合一」をテーマとする本論文集の表紙を考えたとき、異なるものが合わさり、その全体が天へと伸びるこの作品の姿がぴったりだと思ったのだった。

最後に、定年という節目に臨んで、『受肉の詩学』に次ぐ論文集を出したいという私の願いを、面倒な要望ごと、寛容な心で受け止めて実現して下さった、東信堂の下田勝司社長に衷心から感謝申し上げる。この論文集の上梓が私に与えてくれた喜びを糧として、今後の仕事に励みたいと思う。

二〇〇八年九月

初出一覧／心身の合一——ベルクソン哲学からキリスト教へ

心身の合一——ベルクソン哲学からキリスト教へ

第一篇　ベルクソン哲学における心身合一論
『お茶の水女子大学人文科学紀要』第一八巻（一九九五年三月）

第二篇　哲学者のモラル
『お茶の水女子大学人文科学紀要』第五三巻（二〇〇〇年三月）

第三篇　キリスト教における心身合一論—命の癒しの教え
『お茶の水女子大学人文科学研究』第二巻（二〇〇六年三月）

ベルクソンとキリスト教神秘主義
久米博、中田光雄、安孫子信編『ベルクソン読本』（法政大学出版局、二〇〇六年）

ふたつの愛——キリスト教と文学
聖心女子大学キリスト教文化研究所編『宗教文学の可能性』（春秋社、二〇〇一年二月）

『蝮のからみあい』——危機と恩寵
『お茶の水女子大学人文科学研究』第四巻（二〇〇八年三月）

体験としての翻訳
『お茶の水女子大学比較日本学研究センター研究年報』第二号（二〇〇六年三月）

著者略歴

中村 弓子（なかむら ゆみこ）

1944年、東京に生まれる。
東京大学教養学部フランス分科卒業。
東京大学大学院人文科学研究科仏語仏文学修士課程修了。
現在、お茶の水女子大学教授。

著書：『受肉の詩学』（みすず書房、2005年）、『宗教文学の可能性』（共著、春秋社、2001年）ほか。
訳書：カトリーヌ・バケス＝クレマン『レヴィ＝ストロース』（共訳、大修館書店、1974年）、アレクシー・カレル『ルルドへの旅・祈り』（春秋社、1983年）、エチエンヌ・ジルソン『アベラールとエロイーズ』（みすず書房、1987年）ほか。

心身の合一 —ベルクソン哲学からキリスト教へ　　＊定価・本体価格はカバーに表示してあります。

2009年 3月20日　　初　版第1刷発行　　〔検印省略〕

著　者©中村弓子　　発 行 者　下田勝司　　印刷・製本／中央精版印刷

東京都文京区向丘1-20-6　　郵便振替00110-6-37828
〒113-0023　TEL(03)3818-5521　FAX(03)3818-5514

発行所 株式会社 東信堂

published by TOSHINDO PUBLISHING CO., LTD.
1-20-6, Mukougaoka, Bunkyo-ku, Tokyo, 113-0023, Japan
E-mail: tk203444@fsinet.or.jp

ISBN978-4-88713-884-1　C3010　